O JOGO *dos* DESEJOS

O JOGO *dos* DESEJOS

MEG SHAFFER

Tradução de Guilherme Miranda

Copyright © 2023 by 8th Circle, LLC

TÍTULO ORIGINAL
The Wishing Game

REVISÃO
Juliana Souza
Sara Ramos

PROJETO GRÁFICO
Ralph Fowler

DIAGRAMAÇÃO
Julio Moreira | Equatorium Design

MAPA
Olivia Walker

ILUSTRAÇÕES
Shutterstock (bússola e numerais)
red_spruce / Adobe Stock (relógios)

DESIGN DE CAPA
Cassie Gonzales

ILUSTRAÇÃO DE CAPA
Holly Ovenden

ADAPTAÇÃO DE CAPA
Lazaro Mendes

CIP-BRASIL. CATALOGAÇÃO NA PUBLICAÇÃO
SINDICATO NACIONAL DOS EDITORES DE LIVROS, RJ.

S537j
    Shaffer, Meg
    O jogo dos desejos / Meg Shaffer ; tradução Guilherme Miranda. - 1. ed. - Rio de Janeiro : Intrínseca, 2024.

    Tradução de: The wishing game
    ISBN 978-85-510-0897-3

    1. Ficção americana. I. Miranda, Guilherme. II. Título.

23-86933   CDD: 813
                                       CDU: 82-3(73)

Meri Gleice Rodrigues de Souza - Bibliotecária - CRB-7/6439

[2024]
Todos os direitos desta edição reservados à
EDITORA INTRÍNSECA LTDA.
Av. das Américas, 500, bloco 12, sala 303
22640-904 – Barra da Tijuca
Rio de Janeiro – RJ
Tel./Fax: (21) 3206-7400
www.intrinseca.com.br

*Este livro é dedicado a Charlie
e a todos que ainda estão buscando seu bilhete dourado.*

PRÓLOGO

Maio

T ODA NOITE, HUGO saía para dar uma volta na Praia às Cinco, mas hoje foi a primeira vez em cinco anos que seus pés errantes escreveram um SOS na areia.

Ele traçou as letras com cuidado, deixando-as tão grandes que poderiam ser vistas do espaço. Não que isso importasse. A maré varreria a Cinco antes do amanhecer.

Tinha sido certo capricho da parte de Jack dar esse nome à Praia às Cinco. *Destino*, era o que dizia Jack sobre ter encontrado esse pequeno trecho de floresta cerca de vinte anos antes. Aqueles trinta e tantos hectares perto do sul do Maine formavam um círculo quase perfeito.

Jack Masterson, que havia criado a Ilha Relógio no papel e em sua imaginação, poderia agora construí-la na vida real. Em sua sala, Jack tinha um relógio com os números marcados por fotos dos lugares da ilha — o farol às doze, a praia às cinco, a casa de hóspedes às sete, o poço dos desejos às oito —, o que levava a conversas como...

Aonde você vai?
Às Cinco.
Quando você volta?
Antes do farol.

Lugares eram horários. Horários eram lugares. Confuso no início. Charmoso depois que acostuma.

Hugo já não achava confuso nem charmoso. Era enlouquecedor morar numa casa como essa. Talvez tenha sido isso que aconteceu com Jack.

Ou talvez tenha sido isso que aconteceu com Hugo.

SOS. Salvem nossa sanidade.

A areia estava tão fria em seus pés descalços que parecia molhada. Que dia era? 14 de maio? 15 de maio? Ele não sabia dizer com certeza, mas sabia que o verão chegaria em breve. Seu quinto verão na Ilha Relógio. Talvez fosse seu limite, pensou ele. Ou quem sabe fazia cinco verões que ele havia ultrapassado seu limite?

Hugo lembrou que só tinha trinta e quatro anos, o que significava — se estivesse fazendo as contas direito (o que era improvável, afinal pintores não eram conhecidos por suas habilidades matemáticas) — que ele havia passado quase 15% da vida numa ilha bancando a babá de um adulto.

Será que ele poderia ir embora? Fazia anos que vinha sonhando com isso, mas apenas como um adolescente desejando fugir de casa. Mas agora era diferente. Agora Hugo estava fazendo planos, ou ao menos planejando fazer planos. Para onde iria? Voltaria para Londres? Sua mãe estava lá, mas ela finalmente estava recomeçando — marido novo, enteadas novas, felicidade nova ou algo parecido. Ele não queria atrapalhar.

Certo, Amsterdã? Não, ele nunca conseguiria trabalhar lá. Roma? Mesma coisa. Manhattan, então? Brooklyn? Ou a oito quilômetros dali, em Portland, para poder ficar de olho em Jack de uma distância próxima mas saudável?

Será que Hugo conseguiria fazer isso? Conseguiria abandonar o velho amigo ali, sem ninguém para ajudá-lo a diferenciar uma hora da outra, o farol da casa de hóspedes?

Se ao menos o velho voltasse a escrever... Pegasse uma caneta, um lápis, uma máquina de escrever, um graveto para escrever na areia... qualquer coisa. Hugo poderia até escrever se Jack ditasse — e tinha até se oferecido para isso.

— Por favor, pelo amor de Deus, de Charles Dickens e de Ray Bradbury — dissera ele a Jack no dia anterior —, escreva. Qualquer coisa. Desperdiçar um talento como o seu é como queimar uma pilha de dinheiro na frente de uma instituição de caridade. É cruel e podre.

Essas foram as palavras exatas que Jack tinha jogado na cara dele anos antes, quando era Hugo quem estava afogando seu talento de tanto encher a cara. Elas carregavam tanto impacto e tanta sinceridade agora quanto naquela época. Milhões de crianças pelo mundo — e ex-crianças também — chorariam de alegria se Jack Masterson escrevesse um livro novo sobre a Ilha Relógio e o misterioso Mestre Mentor que vivia nas sombras e concedia desejos a crianças valentes. A editora de Jack mandava regularmente à casa caixas de correspondências de fãs, milhares de crianças implorando a Jack que voltasse a escrever.

SOS, salvem nossas histórias.

Mas Jack não tinha feito nada nos últimos cinco anos além de andar pelo jardim, ler algumas páginas de um livro, tirar um cochilo demorado, beber vinho demais durante o jantar e mergulhar num de seus pesadelos antes de o ponteiro menor chegar à Doca às Nove.

Algo precisava mudar. O quanto antes. No jantar daquele dia, Jack não tinha acabado com uma garrafa inteira de vinho como de costume. Ele estava mais quieto, o que não era nem um bom nem um mau sinal. Tampouco havia lançado alguma charada amarga, nem mesmo a sua favorita...

Dois homens numa ilha, e ambos a água tinham culpado
pela perda de uma esposa e por uma filha ter matado
mas nenhum deles é pai, tampouco casado.
O segredo das meninas e da água será revelado?

Era esperança demais acreditar que Jack estivesse saindo dessa? Finalmente?

Hugo andou pela areia à beira-mar. Deixou as ondas subirem até perto de seus pés, mas não mais que isso. Ele e o oceano não tinham mais uma boa relação. Isso era excêntrico? Sim. Mas tudo bem. Ele era pintor. Esperava-se que fosse excêntrico. Antigamente, ele amava o oceano, amava vê-lo toda manhã, toda noite, ver todas as suas facetas, todos os seus rostos. Não era todo mundo que sabia como o mar era em cada estação sob cada fase da lua, mas ele sabia. Agora, sabia que o oceano era tão perigoso quanto um vulcão adormecido. Em momentos de paz, era magnífico, mas, quando queria, era capaz de derrubar reinos. Cinco anos atrás, havia abatido o pequeno e estranho reino da Ilha Relógio.

Jack podia até acreditar que fazer pedidos por aí valia a pena — ou havia acreditado, em um passado distante —, mas Hugo não. Trabalho árduo e pura sorte o haviam levado aonde estava. Nada mais.

Mas, nesta noite, Hugo desejou, desejou muito, que algo arrancasse Jack de sua apatia, quebrasse o feitiço, desse a ele um motivo para escrever de novo. Qualquer motivo. Amor? Dinheiro? Raiva? Algo a fazer além de se afogar lentamente num Cabernet caríssimo?

Hugo deu as costas para a água. Encontrou seus sapatos e os bateu para tirar a areia deles.

Quando ele foi para a Ilha Relógio, havia jurado a si mesmo que ficaria um ou dois meses. Depois, que ficaria até Jack se recuperar. Cinco anos mais tarde, ainda estava lá.

Não. Chega. Acabou o tempo. Era hora de ir. A essa altura na primavera seguinte, já teria ido embora. Ele não podia ficar parado observando seu velho amigo se apagar como tinta em papel velho até ninguém mais conseguir ler o que estava escrito.

Tomada a decisão, Hugo se dirigiu à trilha. Foi então que viu uma luz se acender numa janela.

A janela da fábrica de escrita de Jack.

A fábrica de escrita, onde apenas a faxineira tinha colocado os pés nos últimos anos... e hoje era o dia de folga dela.

A luz na janela era baixa e dourada. A luminária de mesa de Jack. Ele estava sentado à escrivaninha pela primeira vez em anos. Estaria o Mentor escrevendo novamente?

Hugo pensou que a luz se apagaria, que aquilo era apenas um engano, uma besteira, só Jack buscando uma carta perdida ou um livro desaparecido.

No entanto, a luz continuou acesa.

Era esperança demais, mas, mesmo assim, Hugo torceu com todo o seu coração e fez o pedido a todas as estrelas do céu. Desejou, torceu e rezou por ele.

Rezou pelo milagre mais antigo de que se tem notícia — para que um homem morto voltasse à vida.

— Certo, velhote — disse Hugo para a luz na janela da casa da Ilha Relógio. — Já não era sem tempo.

PARTE UM

Faça um desejo

Astrid acordou de um sono profundo e sem sonhos. O que a havia despertado? Seu gato pulando em cima da cama? Não, Vince Gataldi estava dormindo enroladinho em sua caminha no tapete. Às vezes o vento acordava Astrid quando chacoalhava o telhado da casa antiga, mas os galhos das árvores do outro lado da janela estavam parados. Era uma noite sem vento. Mesmo assustada, ela se levantou da cama e foi até lá. Será que um pássaro havia se chocado contra o vidro?

Astrid levou um susto quando o quarto foi inundado por uma luz branca, como os faróis de um carro, mas mil vezes mais forte e mais brilhante.

Então passou. Foi isso que a havia acordado? Aquela rajada de luz em seu quarto?

De onde veio?, perguntou-se ela.

Astrid pegou os binóculos pendurados na cabeceira da cama. Ela se ajoelhou diante da janela, os binóculos posicionados em frente aos olhos, e olhou para a outra margem da água, onde ficava uma ilha solitária, como uma tartaruga adormecida no oceano frio.

A luz brilhou de novo.

Tinha vindo do farol. O farol na ilha.

— Mas — sussurrou Astrid para a janela — faz uma eternidade que aquele farol está apagado.

O que aquilo queria dizer?

A resposta lhe ocorreu tão de repente quanto a luz em sua janela.

Fazendo o mínimo de barulho possível, ela saiu do quarto e entrou de fininho no quarto do outro lado do corredor. Max, seu irmão de nove anos, dormia tão profundamente que estava babando no travesseiro. Argh. Que nojo. Meninos. Astrid cutucou o ombro de Max uma, duas vezes. Foram necessárias doze cutucadas no ombro para que ele acordasse.

— Quê. Quê? Quêêê?
Ele abriu os olhos, secando a baba com a manga do pijama.
— Max, é o Mentor.
Isso chamou a atenção dele. Ele se sentou na cama.
— O que tem ele?
Ela sorriu no escuro.
— Ele voltou à Ilha Relógio.

— A casa da Ilha Relógio, Ilha Relógio Vol. 1,
de Jack Masterson, 1990

CAPÍTULO UM

Um ano depois

O SINAL DA ESCOLA TOCOU às duas e meia, e a debandada habitual de pezinhos veio em seguida. Lucy cuidou das mochilas e lancheiras enquanto a sra. Theresa, a professora da turma, dava seus avisos de sempre.

— Mochilas, lancheiras e papéis! Se esquecerem alguma coisa, não vou levar para a casa de vocês, e a srta. Lucy também não!

Algumas das crianças ouviram. Outras a ignoraram. Felizmente, era o jardim de infância, então não havia muita coisa em jogo.

Várias crianças a abraçavam na saída. Lucy sempre gostou desses apertinhos rápidos, como os chamava. Faziam os longos dias exaustivos como auxiliar de turma — apartando brigas no parquinho, limpando acidentes escatológicos, amarrando e voltando a amarrar mil cadarços e secando mil lágrimas — valerem o trabalho sem fim.

Quando a sala de aula finalmente ficou vazia, Lucy se afundou na cadeira. Por sorte, não era responsável pelo ônibus hoje, então tinha alguns minutos para se recuperar.

Theresa avaliou a sala com um saco de lixo na mão. Todas as mesas redondas estavam cobertas de pedaços de cartolina, com potes de cola abertos e lambrecados. Havia também lápis grossos e arames felpudos espalhados pelo chão.

— É como o Arrebatamento — comentou Theresa, com um gesto. — Puf. Eles desaparecem.

— E ficamos para trás de novo — disse Lucy. — O que fizemos de errado?

Alguma coisa, obviamente, porque naquele momento ela estava descolando um chiclete de baixo da mesa pela segunda vez na semana.

— Aqui, pode me dar o saco de lixo. É minha função.

Lucy pegou o saco e jogou o chiclete lá dentro.

— Tem certeza de que não se importa em limpar sozinha? — perguntou Theresa.

Lucy fez um gesto indicando que não precisava. Theresa parecia tão exausta quanto Lucy, e a coitada ainda tinha reunião do conselho escolar naquele dia. Quem acha que a vida de professor é fácil obviamente nunca deu aula.

— Não se preocupe — garantiu Lucy. — Christopher gosta de ajudar.

— Adoro quando as crianças têm idade suficiente para a gente convencê-las a fazer tarefas, porque elas pensam que é brincadeira — disse Theresa, pegando a bolsa na última gaveta da mesa. — Falei para Rosa que ela não podia passar o esfregão na cozinha porque era coisa de adulto, e ela literalmente ficou de bico até que eu a deixasse passar.

— É isso que é ser mãe? — perguntou Lucy. — Dar vários golpes nos filhos?

— Basicamente — respondeu Theresa. — Até amanhã de manhã. Mande um oi para Christopher.

Theresa saiu, e Lucy deu uma olhada na sala. Parecia ter sido atingida por um tornado arco-íris. Lucy deu a volta em cada mesa com o saco de lixo na mão, pegando maçãs de papel grudentas, laranjas de papel grudentas, uvas de papel grudentas e limões de papel grudentos.

Quando terminou a limpeza, ela estava com as mãos cobertas de cola, um morango de papel grudado na calça cáqui e o pescoço dolorido de tanto se abaixar embaixo de mesas baixas por meia hora. Ela precisava de um banho demorado a mil graus e uma taça de vinho branco.

— Lucy, por que você está com uma banana no cabelo?

Ao se virar, ela viu um menino franzino de olhos arregalados e cabelo preto parado no batente olhando para ela. Ela levou a mão ao cabelo e sentiu o papel. Que bom que fazia alguns anos que praticava o autocontrole como auxiliar de turma, senão teria soltado uma série de palavrões criativos.

Em vez disso, e com toda a dignidade que lhe restava, ela tirou a banana de papel do cabelo.

— A pergunta é, Christopher, por que *você* não está com uma banana no cabelo? — indagou ela, tentando não pensar em por quanto tempo tinha ficado com a banana grudada ali. — Todos os jovens descolados estão usando.

— Ah — disse ele, revirando os olhos. — Acho que não sou descolado.

Ela colou a banana em cima da cabeça dele com delicadeza. Seu cabelo escuro era tão ondulado que sempre parecia que ele tinha passado algumas horas de ponta-cabeça.

— *Voilà*, agora você é.

Ele balançou a cabeça até a banana cair e a grudou na mochila azul desbotada. Passou as mãos no cabelo, não para arrumá-lo, mas para reafofá-lo. Ela adorava esse seu menino esquisito. Meio que seu. Um dia seu.

— Viu? Não sou descolado — disse ele.

Lucy puxou uma das cadeirinhas e se sentou, depois puxou outra para Christopher. Ele se sentou com um gemido cansado.

— É, sim. Eu acho você descolado. Caça às meias.

Ela pegou os tornozelos de Christopher e colocou os pés dele em cima de seus joelhos para a escavação arqueológica diária que era ajeitar as meias nos sapatos do menino. Será que ele tinha tornozelos estranhamente finos ou meias especialmente escorregadias?

— Você não conta — disse Christopher. — Os professores têm que achar todas as crianças legais.

— Sim, mas sou a auxiliar de turma mais descolada de todas, então entendo dessas coisas.

Ela deu uma última puxada nas meias dele.

— Não é, não.

Christopher baixou os pés e abraçou a mochila azul como se fosse um travesseiro.

— Não sou? Quem me venceu? Vou brigar com ela no estacionamento.

— A sra. McKeen. Ela dá festas com pizza todo mês. Mas dizem que você é a mais bonita.

— Que bacana... — disse ela, mas não se sentiu lisonjeada.

Ela era a auxiliar de turma mais jovem, e isso era basicamente tudo o que tinha a seu favor. Na melhor das hipóteses, era mediana em todos os sentidos: cabelo castanho na altura dos ombros, grandes olhos castanhos que sempre a faziam parecer menor de idade e um guarda-roupa que não era renovado havia anos. Roupas novas exigiam dinheiro.

— Espero que no Dia dos Prêmios eu ganhe um certificado que oficialize isso. Você tem lição de casa?

Lucy se levantou e voltou à limpeza, passando um pano com desinfetante nas mesas e cadeiras. Ela torceu para que a resposta fosse não. Ele não recebia muita atenção dos pais temporários, e ela tentava compensar o que ele não recebia em casa.

— Não muita.

Ele jogou a mochila em cima da mesa. O coitadinho parecia tão cansado... Estava com olheiras escuras, e os ombros, caídos de exaustão. Uma criança de sete anos não devia ter os olhos de um detetive exausto trabalhando num caso de assassinato particularmente brutal.

Ela parou na frente dele, o frasco de limpeza pendurado em um dos dedos, os braços cruzados.

— Você está bem, garoto? Dormiu ontem à noite?

Ele deu de ombros.

— Pesadelo.

Lucy voltou a se sentar ao lado dele. Christopher deitou a cabeça na mesa.

Ela imitou o movimento dele, e os olhos dos dois se encontraram. Os do menino estavam com os contornos rosados, como se ele tivesse passado o dia todo tentando não chorar.

— Quer me contar sobre esse sonho? — perguntou ela, mantendo a voz suave, baixa e gentil. Crianças com vidas difíceis mereciam palavras gentis.

Algumas pessoas gostam de dizer que as crianças são resilientes, parece que elas se esqueceram de como as coisas tinham um impacto maior quando eram crianças. O coração de Lucy ainda tinha as marcas dos golpes que ela havia levado na infância.

Christopher apoiou o queixo no peito.

— O de sempre.

O de sempre significava o telefone tocando, o corredor, a porta aberta, os pais dele na cama parecendo dormir, mas com os olhos arregalados. Se Lucy pudesse puxar os pesadelos dele para o cérebro dela, para dar a ele uma boa noite de sono, certamente faria isso.

Ela colocou a mão na lombar de Christopher e deu uns tapinhas. Os ombros dele eram finos e delicados como asas de mariposa.

— Eu também ainda tenho pesadelos, às vezes — admitiu ela. — Sei como é. Você contou para a sra. Bailey?

— Ela me disse para não a acordar a menos que seja uma emergência — disse ele. — Sabe, por causa dos bebês.

— Entendi.

Lucy não gostou daquilo. Sabia, sim, que a mãe temporária de Christopher estava cuidando de dois bebês doentes. Mas alguém tinha que cuidar dele também.

— Sabe, eu estava falando sério quando disse que pode me ligar quando não conseguir dormir. Vou ler pelo telefone para você dormir.

— Eu queria te ligar — disse ele. — Mas, sabe...

— Sei — concordou ela. Christopher tinha pavor de telefones, e ela achava compreensível. — Tudo bem. Talvez a gente possa encontrar um gravador antigo para eu me gravar lendo uma história para você, aí você pode tocar na próxima vez que não conseguir dormir.

Ele sorriu. Foi um sorriso pequeno, mas os melhores perfumes vinham nos menores frascos.

— Quer tirar um cochilo? — perguntou ela. — Abro um tapetinho para você.

— Não.

— Quer ler?

Ele deu de ombros de novo.

— Quer... — Ela ficou em silêncio, tentou pensar em algo que o distraísse de seus sonhos. — ... me ajudar a embalar um presente?

Isso chamou a atenção dele. Ele se empertigou e sorriu.

— Você vendeu um cachecol?

— Trinta dólares — disse ela. — A lã me custou seis. Faça as contas.

— Hum... vinte e dois? Quatro! Vinte e quatro.

— Muito bem!

— Posso ver? — perguntou ele.

— Vou pegar, aí a gente embala e escreve uma carta.

Lucy foi até a mesa em que ela e Theresa trancavam suas bolsas e chaves todo dia. Dentro de uma sacola plástica estava a mais nova criação de Lucy: um cachecol tricotado com uma lã macia, rosa e creme. Ela levou a sacola até a mesa e o tirou, mostrando para Christopher como se fosse um boá de plumas ao redor dos ombros.

— Gostou?

— É de menina — disse ele, balançando a cabeça de um lado para o outro como se avaliasse o mérito da peça.

— Uma menina fez, e uma menina comprou — replicou Lucy. — E fique você sabendo que, no século XIX, rosa era considerada uma cor de menino, e azul era considerada uma cor de menina.

— Que esquisito.

Lucy aponta para ele.

— Esquisito é você.

— Esquisita é *você* — retrucou ele.

Lucy bateu de leve no topo da cabeça dele com a ponta do cachecol e deu risada.

— Vá buscar o papel timbrado — disse ela. — Temos que escrever nossa carta de agradecimento.

Christopher correu até o armário de materiais. Ele amava aquele armário. Era onde todas as coisas divertidas ficavam escondidas: os pacotes novos de cartolina, os sacos de arames felpudos, o glitter, as canetinhas, os pincéis e os lápis de cor, as decorações de Halloween. Também havia alguns itens de escritório bonitos, doados pela mãe de uma das crianças, que era dona de uma papelaria na região. Lucy tinha definido o papel azul-celeste com nuvens brancas como o oficial da "empresa" deles.

— Posso escrever enquanto você embrulha? — perguntou Christopher, correndo de volta até a mesa com o papel na mão.

— Você quer escrever a carta? — indagou ela enquanto passava o rolo tira-pelos com cuidado no cachecol. Ela vendia on-line cerca de um ou dois cachecóis por semana. Para a maioria das pessoas, os trinta ou quarenta dólares a mais por semana não valiam o esforço de tricotar um cachecol com quatro agulhas. Mas, para Lucy, cada centavo desse dinheiro fazia diferença.

— Andei treinando como escrever cartas — disse Christopher. — Escrevi uma página inteira ontem de noite.

— Você escreveu uma carta para quem? — quis saber ela, enquanto dobrava com capricho o cachecol e o embalava em papel de seda branco.

— Ninguém — respondeu ele.

— Quem é Ninguém? — perguntou ela. — Um amigo novo?

— Não escrevi para ninguém — disse ele.

— Tá.

Lucy não insistiu. Ainda mais porque conseguia imaginar para quem ele tinha escrito sua carta. Mais de uma vez ela o havia flagrado escrevendo bilhetes para os pais.

> Sinto sua falta mamãe. Queria que você estivesse no piquenique da escola hoje. muitas mães vieram.

> Pai hoje ganhei uma estrela na lissao de casa.

Cartinhas. Bilhetes de partir o coração. Ela havia tentado conversar com Christopher sobre isso, mas ele nunca quis admitir que estava escrevendo para os pais. Isso o deixava com vergonha. Ele entendia que eles estavam mortos e provavelmente achava que as outras crianças ririam dele se soubessem que ainda falava com eles às vezes.

Christopher dobrou o papel de nuvem em cima da mesa e pegou o lápis.

— Qual é o nome da moça do cachecol? — perguntou ele. O menino era tão inteligente que já sabia até como mudar de assunto.

— Carrie Washburn. Ela mora em Detroit, no Michigan.

— Onde fica isso?

Lucy foi até o mapa dos Estados Unidos na parede. Uma estrela azul marcava onde os dois estavam, na Escola Redwood, em Redwood Valley, na Califórnia. Ela apontou para a estrela azul e, então, passou o dedo pelo meio do mapa até parar perto do lago Erie.

— Nossa. É longe — comentou Christopher.

— Eu não gostaria de andar por lá — disse ela. — No inverno faz muito frio em Detroit. É bom ter muitos cachecóis.

— Eu sei onde o Mentor mora.

— Quem? — perguntou ela. A linha de raciocínio de crianças pequenas era sempre uma surpresa.

— O Mentor, dos nossos livros.

— Ah — disse ela. — Você está falando de Jack Masterson? O autor dos nossos livros?

— Não, o Mentor. Ele mora na Ilha Relógio.

Lucy não sabia como continuar a conversa. Christopher só tinha sete anos, então ela ainda não queria contar para ele que os personagens que o pequeno tanto amava não eram reais. Ele não tinha muito em que se agarrar no momento, então por que não deixar que pensasse que o Mentor dos livros da Ilha Relógio era uma pessoa de verdade que concedia desejos para crianças de verdade?

— Como você sabe onde o Mentor mora?

— Minha professora me mostrou. Quer ver?

— Manda ver, Magalhães.

— Quê?

— Fernão de Magalhães. Um navegador famoso. Passou por maus bocados nas Filipinas. Acho que mereceu, mas isso não vem ao caso. Mostre a Ilha Relógio.

Ele se levantou de um salto e apontou para a pontinha na extrema direita do mapa.

— Aqui — disse ele, e Lucy ficou surpresa ao ver que ele tinha acertado perfeitamente. A ponta do dedo dele tocava um trecho de água perto da costa de Portland, no Maine.

— Muito bem — elogiou ela.

— É mesmo a Ilha Relógio? — quis saber ele, franzindo o rosto para o mapa. — Tem trem e unicórnios lá?

— Como nos livros, você quer dizer? — perguntou Lucy. — Bom, ouvi dizer que é bem incrível, sim. Sabia que tem gente que acha que o Mentor e Jack Masterson são a mesma pessoa?

— Mas você disse que conheceu o Jack.

— Conheci Jack Masterson, sim. Muito tempo atrás. Ele, hum, autografou um livro para mim.

— Ele não era o Mentor, era?

Droga. Nessa ele a pegou. O Mentor sempre se escondia nas sombras, que o envolviam na escuridão e o seguiam aonde quer que ele fosse.

— Não, ele não parecia o Mentor quando o conheci.

— Viu?

Christopher estava triunfante. Nada deixava uma criança mais feliz do que provar que um adulto estava errado.

— Eu me enganei.

Christopher traçou uma linha da Ilha Relógio até a cidade deles, Redwood, na Califórnia.

— É muito, *muito* longe.

Ele fez uma careta. O Maine era do outro lado do país em relação à Califórnia, exatamente o motivo pelo qual ela tinha se mudado do Maine para a Califórnia.

— Bem longe, né? — disse ela. — É melhor ir de avião.

— Crianças podem ir?

Lucy sorriu.

— Para a Ilha Relógio? Podem, mas não devem fazer isso sem ser convidadas. A ilha é particular, e o Mestre é dono dela toda, como se a ilha inteira fosse a casa dele. Seria falta de educação aparecer sem ser convidado.

— As crianças vivem fazendo isso nos livros.

— Verdade, mas mesmo assim, vamos esperar um convite.

Ela deu uma piscadinha.

Lucy sabia muito bem sobre as crianças que apareciam na Ilha Relógio sem serem convidadas. Não que ela fosse contar para Christopher, pelo menos não até ele ficar mais velho.

Ele se afastou do mapa e olhou para ela.

— Por que não saem mais livros?

— Bem que eu queria saber — respondeu Lucy, voltando a embrulhar o cachecol com papel de seda e barbante. — Quando eu tinha sua idade, saíam uns quatro ou cinco por ano. E eu lia cada um no dia em que saía. E relia umas dez vezes na semana seguinte.

— Que sorte... — disse Christopher, melancólico.

Os livros da Ilha Relógio não eram muito longos, cento e cinquenta páginas no máximo, e só havia sessenta e cinco volumes. Christopher teria lido todos em seis meses se ela não desse apenas um por semana para ele. Mesmo assim, tinham terminado a série toda e recomeçado pelo primeiro livro algumas semanas antes.

— Não se esqueça da carta para nossa cliente — comentou Lucy, dando uma piscadinha para ele.

— Ah, é. Como se escreve Carrie? — perguntou ele, colocando o lápis no papel.

— Como você acha?

— K-A...

— É com C — disse Lucy.

— Carrie começa com C? C tem som de K.

— Mas C também tem às vezes. Como o C em Christopher.

Ela deu uma encostadinha de leve na ponta do nariz dele.

Christopher olhou feio para ela. Ele reprovava encostadinhas no nariz.

— Tem uma Kari na minha turma — explicou ele, como se Lucy não fosse tão inteligente quanto parecia. — Começa com K.

— Dá para escrever de muitas formas. Essa Carrie é com um C, dois *R*s e um *I-E*.

— Dois *R*s?

— Dois *R*s.

— Por quê? — perguntou Christopher.

— Por que tem dois *R*s? Não sei. Deve ter ficado gananciosa.

Com sua mão de criança, Christopher desenhou com cuidado as palavras *Querida Carrie* e se lembrou de colocar dois *R*s no nome.

— Sua ortografia e sua letra estão melhorando muito.

Ele sorriu.
— Andei treinando.
— Dá para ver.

Lucy incluía em toda encomenda uma carta de agradecimento pela compra de um cachecol feito à mão da Empresa de Tricô Hart & Lamb. Não era uma empresa de verdade, só sua loja on-line, mas Christopher adorava ser "copresidente".

— O que eu escrevo agora? — perguntou ele.
— Alguma coisa simpática — disse Lucy. — Que tal... *Obrigado por comprar um cachecol. Espero que goste.*
— Espero que deixe seu pescoço quentinho? — perguntou Christopher.
— Essa é boa. Pode escrever.
— Mesmo sendo um cachecol de menininha.
— Não escreva isso.

Christopher riu e voltou a escrever. Fazê-lo sorrir ou dar risada era melhor do que ganhar na loteria, embora ela fosse ter muito mais tempo para fazê-lo rir se ganhasse na loteria. Ela olhou por cima do ombro dele enquanto o menino escrevia. Christopher estava ficando muito bom em escrever. Poucos meses antes, ele cometia um erro de ortografia palavra sim, palavra não. Agora era só a cada quatro ou cinco palavras. Suas habilidades de leitura e matemática também estavam melhorando. Isso não acontecia quando o garoto estava alternando entre meia dúzia de lares temporários. Este ano, ele contava com uma estrutura domiciliar estável, ótimos terapeutas e Lucy como professora de reforço todo dia depois da aula. As notas dele melhoraram muito desde então. Se ao menos ela conseguisse fazer algo sobre aqueles pesadelos e o pavor dele de telefones...

Lucy sabia do que ele precisava, e era a mesma coisa que ela queria para ele: uma mãe. Não uma mãe temporária com dois bebês doentes que ocupavam todos os minutos do dia dela. Ele precisava de uma mãe permanente, e Lucy queria ser essa mãe.

— Lucy, quanto dinheiro você tem na poupança dos desejos? — perguntou ele, escrevendo o próprio nome com cuidado ao pé da carta.

— Dois mil e duzentos dólares — respondeu ela. — Dois, dois, zero, zero.

— Uau... — disse ele, encarando-a com os olhos arregalados. — Tudo dinheiro de cachecol?

— Quase tudo.

Dinheiro de cachecol e todos os trabalhos como babá que ela tinha conseguido arranjar. Todo dia, Lucy pensava em voltar a trabalhar como garçonete, mas isso significaria nunca mais ver Christopher, e ele precisava dela mais do que ela de dinheiro.

— Quanto tempo demorou para juntar isso?

— Dois anos — disse ela.

— De quanto você precisa?

— Hum... um pouco mais.

— Quanto?

Lucy hesitou antes de responder.

— Talvez dois mil — admitiu ela. — Talvez um pouco mais.

O semblante de Christopher mudou. O menino era bom demais em matemática.

— Assim vai precisar de mais dois anos — disse ele. — Eu vou ter nove anos.

— Talvez menos? Quem sabe?

Christopher baixou a cabeça na carta que estava escrevendo para Carrie de Detroit. Lucy foi até ele, tirou-o da cadeira e o segurou no colo. Ele envolveu o pescoço dela com os braços.

— Apertinho — sussurrou ela, abraçando-o com firmeza. Pelo andar da carruagem, levaria dois anos para ela virar mãe dele. Pelo menos dois. — Vamos chegar lá — disse ela suavemente, balançando-o. — Qualquer dia desses, vamos chegar lá. Eu e você. Estou trabalhando nisso todo dia. E, quando chegarmos, vamos ser eu e você para sempre. E você vai ter seu próprio quarto com barcos pintados na parede.

— E tubarões?

— Tubarões por toda parte. Tubarões nos travesseiros. Tubarões nas cobertas. Tubarões pilotando os barcos. Talvez uma cortina de chuveiro de tubarões. E vamos comer panquecas toda manhã. Nada de cereal frio.

— E waffles?

— Waffles com manteiga e calda e chantilly e bananas. Bananas de verdade. Não bananas de papel. Acha uma boa?

— Acho.

— Quais vão ser nossos outros desejos, já que estamos nessa?

Esse era o jogo favorito de Lucy e Christopher, o jogo dos desejos. Eles desejaram dinheiro para que Lucy pudesse comprar um carro. Desejaram um apartamento de dois quartos para que cada um tivesse um só seu.

— Um livro novo da Ilha Relógio — disse ele.

— Ah, essa é boa — comentou ela. — Tenho quase certeza de que o sr. Masterson está aposentado, mas nunca se sabe. Vai que ele nos surpreende qualquer dia desses?

— Você vai ler para mim toda noite quando eu for morar com você?

— Toda noite — disse ela. — Você não vai conseguir me impedir. Pode até cobrir os ouvidos e gritar "LA LA LA NÃO ESTOU TE OUVINDO, LUCY" que eu vou continuar lendo.

— Que doideira.

— Eu sei. Mas sou doida. O que mais quer desejar? — perguntou ela.

— Isso importa?

— O quê? Nossos desejos? É lógico que importam — disse ela, empurrando-o um pouco para trás para poder olhar nos olhos dele. — Nossos desejos importam.

— Eles nunca se realizam — comentou ele.

— Lembra o que o sr. Masterson sempre diz nos livros? "Os únicos desejos que são realizados..."

— "... são os desejos de crianças valentes que continuam desejando mesmo quando parece que ninguém está escutando, porque alguém em algum lugar sempre está" — completou Christopher.

— Isso — concordou ela, assentindo. Ela ficava admirada com a memória de Christopher. Ele tinha uma esponjinha no lugar do cérebro, por isso ela tentava colocar tantas coisas boas na cabeça dele: histórias e charadas e navios e tubarões e amor. — A gente só tem que ter coragem suficiente para continuar desejando e não desistir.

— Mas não sou corajoso. Ainda tenho medo de telefones, Lucy.

Ele lançou para ela aquele olhar, aquele olhar horrível de desapontado consigo mesmo. Ela odiava aquele olhar.

— Não se preocupe com isso — disse ela, embalando-o de novo. — Você logo vai superar isso. E confie em mim: adultos também têm medo de telefones quando eles tocam.

Ele apoiou a cabeça no ombro dela de novo, e Lucy o abraçou apertado.

— Vamos lá — incentivou ela. — Mais um desejo, e aí fazemos a lição de casa.

— Hum... desejo que faça frio — disse Christopher.

— Você quer que faça frio? Por quê?

— Para você vender muitos cachecóis.

CAPÍTULO DOIS

Fazia muito tempo que Hugo não caminhava pelas ruas do Greenwich Village. Quanto tempo? Quatro anos? Cinco desde sua última exposição? Estava igualzinho. Alguns restaurantes novos. Algumas lojas novas. Mas a essência era a mesma de que ele se lembrava — boêmia, vibrante, extremamente cara.

Quando era jovem, ele romantizava a ideia de morar no Village, o reduto de Jackson Pollock, Andy Warhol e tantos outros de seus ídolos. Ele teria dado tudo para se amontoar numa daquelas velhas casas geminadas do pré-guerra com uma dezena de outros aspirantes a pintores e comer, beber e respirar arte dia e noite. Coitados dos pobres artistas jovens que haviam continuado com essa fantasia. Eles não tinham dinheiro para pagar o aluguel nem de uma caixa no fundo do guarda-roupa de alguém no Village. Agora que Hugo conseguia pagar, percebeu que não queria mais. Nem Park Slope, nem Chelsea, nem Williamsburg...

Nada como o sucesso para apagar a chama que antes ardia dentro dele. Todos os flats, todos os apartamentos, todas as casas geminadas que tinha visitado naquela manhã pareciam a casa de um estranho e, se ele se mudasse para alguma delas, estaria vivendo a vida de um estranho. Talvez ele tivesse simplesmente superado aquele sonho antigo e ainda não houvesse encontrado um sonho novo para substituí-lo.

Hugo desistiu do plano de passar o dia procurando apartamentos. Em vez disso, seguiu para sua galeria favorita na cidade, a Art Station, na 12th Street, que permanecia aberta, apesar do aumento dos aluguéis. Ele disse a si mesmo que só queria ver o que havia de novo, talvez tomar um café. Sempre se surpreendia com a própria capacidade de acreditar nas mentiras que contava para si.

O ar frio atingiu seu rosto quando Hugo empurrou as portas de vidro e entrou na galeria principal, toda em cores primárias e coberta de tapetes estranhos de pele de boi sintética. Ele tirou os óculos escuros, colocou-os no estojo e pôs seus outros óculos — uma necessidade recente da qual não era muito fã.

A galeria estava com uma exposição nova, de monstros de filmes clássicos — Drácula, Frankenstein, a Bolha Assassina — representados em retratos antigos com molduras douradas clássicas. A mostra se chamava *Meu bisavô era um monstro*, e a artista era uma porto-riquenha de vinte e três anos do Queens.

Hugo gostou do estilo dela e ficou impressionado com o sucesso precoce. Vinte e três? Ele só foi ter a primeira mostra solo aos vinte e nove.

Hugo tinha algumas pinturas expostas em algum lugar da galeria. Ele foi da galeria principal à Sala de Tijolos, onde as obras eram exibidas em molduras pretas em paredes com tijolos expostos. Lá estavam elas — um trio de telas a preços tão exorbitantes que ele duvidava que um dia saíssem dessas paredes. O que não era um problema para ele. Ficava feliz de vê-las em público. Eram algumas de suas melhores obras, embora nem de perto tão populares quanto suas pinturas mais recentes da Ilha Relógio.

— Fique você sabendo, Hugo Reese, que por sua culpa não posso mais trazer minha filha aqui.

Ao virar a cabeça, Hugo viu uma mulher a poucos passos dele. Cabelo preto curto, olhos castanhos penetrantes e lábios vermelhos comprimidos porque ela queria sorrir mas não queria que ele soubesse.

— Piper — disse ele. — Não sabia que ainda trabalhava aqui.

Uma mentira deslavada.

— Meio período — explicou ela com um dar de ombros elegante. — Algo para fazer agora que Cora entrou na pré-escola. A professora dela perguntou se poderiam fazer uma excursão para a galeria. Por sua causa, tive que dizer não.

Piper ergueu uma das sobrancelhas, mas Hugo não soube dizer se ela estava brava. Fazia tempo que tinham passado dessa fase.

— São nus de muito bom gosto — comentou ele, apontando para o trio de pinturas que havia feito de Piper no decorrer de um longo inverno anos antes.

As poses eram clássicas: uma mulher bonita nua e deitada na cama. O que fazia delas pinturas de Hugo Reese eram as cenas bizarras pintadas na janela grande — um circo de palhaços com rostos de demônio, um castelo em chamas derretendo como uma vela, um grande tubarão-branco flutuando pelo céu como um zepelim.

— O problema não é a nudez. Cora morre de medo de palhaços.

— Eles são um pouco malucos — admitiu ele, lançando um olhar de esguelha para o circo demoníaco. — Pelo que eu estava passando naquela época?

— Por mim — disse ela, então deu risada. Piper deu um passo à frente e um beijo na bochecha dele. — É bom ver você.

— Digo o mesmo. Você está linda.

— Você também não está nada mau. Tomou banho, pelo visto. Raspou a barba hipster.

Ela deu um tapinha na bochecha dele. Não havia sinal da barba de sofrimento pós-término já fazia tempo. Hugo tinha até se arrumado, o que, no caso dele, significava usar uma calça jeans limpa, uma camiseta sem furos e um blazer preto de alfaiataria. Ele também havia cortado o cabelo e voltado a correr, então parecia um ser humano de novo, o que era um grande avanço, comparado com seu estado anterior, que era basicamente uma versão em carne e osso da autodepreciação.

— Estava na hora de a barba dizer tchau — disse Hugo. — Encontrei uma aranha nela um dia.

— Os óculos são novos, não? Muito chiques. Bifocais?

— Nem brinca.

Sorrindo, ela tirou os óculos dele e colocou no próprio rosto. A armação preta ficava muito melhor nela, pensou Hugo.

— Se Monet usasse um desses — disse Piper, olhando para si pela câmera do celular —, nunca teríamos tido o impressionismo.

Ela tirou os óculos e os devolveu para ele.

— Problemas de visão fizeram a carreira de muitos pintores. A minha mesmo, até — comentou ele, recolocando os óculos, e Piper voltou a entrar lindamente em foco. — Diga aí, como vai o bobo do Bob?

— *Rob*. Não Bob. Nem bobo. Meu marido. E ele está maravilhoso.

— Ainda é babá de pet?

— Ele é cirurgião veterinário, como você sabe, e sim, é. Como está o Jack? Melhor? Ou é melhor não perguntar?

Ele hesitou antes de responder.

— Talvez? Às vezes ouço a máquina de escrever à noite. Alto o bastante para acordar os mortos. E ele está bebendo menos.

— Quer dizer que você vai sair de lá? Finalmente?

— Parece que sim.

Ela lançou um olhar que parecia dizer: *Só acredito vendo*. Mas foi gentil o bastante para guardar esse comentário para si.

— É por isso que você está aqui? — O tom dela indicava uma dose de bom humor, mas também de desconfiança. Qualquer mulher ficaria assim se o ex aparecesse em seu local de trabalho. — Vai se mudar para o Village?

— Estou pensando no assunto. Tem que se odiar muito para aceitar pagar os aluguéis por aqui, então devo me encaixar bem.

— Ah, Hugo. De verdade, quanto mais sucesso você faz, mais deprimido fica.

Agora ela estava irritada com ele. Hugo tinha sentido saudade de irritá-la.

— Não, não — replicou ele, balançando o indicador para ela de um lado para o outro. — Quanto mais deprimido eu fico, mais sucesso eu faço. É preciso sofrer pela arte, né? Por que você acha que minhas melhores obras vieram logo depois que você me deu um pé na bunda?

Piper deu um tchauzinho para ele e virou as costas.

— Não vou mais escutar isso.

Ela começou a se afastar, e Hugo correu para alcançá-la.

— Eu entendo — disse ele. — Eu também teria me dado um pé na bunda.

— Ninguém deu pé na bunda nenhum em você. Você escolheu continuar se escondendo naquela ilha com Jack em vez de voltar para o mundo real e começar uma vida comigo.

— O mundo real é muito caro. E você não pode negar que fiz algumas obras muito boas depois que você foi embora.

Isso era verdade. Depois que Piper terminou com ele, ele começou a pintar as paisagens da Ilha Relógio — o bando de cervos malhados, a luz refletida no oceano, o farol, o parque abandonado... tudo em aquarela em tons de cinza, as cores do coração partido. Essas paisagens abstratas atraíram a atenção do mundo da arte pela primeira vez em sua vida. Pessoas com mais de dezoito anos finalmente sabiam seu nome. Então por que ele alimentava a esperança de que Jack estava escrevendo de novo? Ele sentia mesmo saudade de pintar navios piratas, castelos e uma escada secreta para a lua?

Talvez um pouco.

— Tenho duas coisas para dizer para você — retrucou ela. — Número um, para de falar merda, e número dois...

— Falar merda deveria ser a número dois, se parar para pensar.

Ele deu batidinhas na própria têmpora. Ela o ignorou.

— E número dois, fale o que quiser para si mesmo, mas uma coisa é certa: eu era uma namorada fantástica, e você queria muito se casar comigo.

— Não vou discordar de nada disso.

— E mesmo assim você escolheu a ilha e Jack em vez de mim. Não finja que odeia aquela ilha. Você ama aquele lugar e ama Jack, por isso não quer ir embora.

Hugo não se daria por vencido.

— Sabe como é difícil encontrar uma namorada numa ilha particular cuja população são dois homens, vinte cervos e um corvo que pensa que é escritor?

— Se quiser um conselho...

Ele olhou ao redor como se buscasse ajuda. Não havia ninguém.

— Não sei se quero.

Piper cutucou o peito dele.

— Encontre uma mulher que ame Jack tanto quanto você.

— Certo... sabe qual é o problema disso?

Ele não estava sorrindo agora. Ela também não.

O problema — não que Hugo fosse admitir em voz alta — era que ninguém amava Jack tanto quanto ele.

— O fato, Pipes... — começou ele. Ela odiava quando ele a chamava de Pipes, assim como ele odiava quando ela dizia que Hugo era latim para Um Grande Ego. — ... é que amo muito aquela ilhazinha maldita.

A floresta, o pântano, as focas tomando banho de sol na praia perto da cabana, o barulho das gaivotas de manhã. Gaivotas de manhã? Quando era criança, em Londres, ele acordava com o som do casal no apartamento de baixo brigando como se estivesse na 3ª Guerra Mundial. E agora... focas, gaivotas, maresia e alvoradas que até Deus acordava cedo para assistir.

— Sabia — disse ela.

— Odeio amar aquele lugar, mas não... não mereço ficar lá.

— Por que não?

— Porque Davey teria vendido a alma para pisar na Ilha Relógio, enquanto eu passo minha vidinha covarde lá sem pagar um centavo.

Piper balançou a cabeça.

— Hugo, Hugo, Hugo.

— Pipes, Pipes, Pipes.

— Um calouro de psicologia poderia diagnosticar você com culpa do sobrevivente a um quilômetro de distância.

Hugo ergueu a mão como se para afastar as palavras dela.

— Não. Não...

— Sim. — Ela cutucou o peito dele de novo. — Sim.

Uma família de quatro pessoas com camisetas iguais de "Eu ♥ Nova York" passou pela galeria. Piper abriu um sorriso educado para elas. Hugo tentou sorrir. Elas rapidamente passaram para a galeria seguinte.

— Não é culpa do sobrevivente — disse ele quando a família foi embora. Piper ergueu uma sobrancelha, incrédula. — Não me sinto culpado por estar vivo. Estar vivo é... bom, não é minha primeira opção, mas, já que estou aqui, é melhor continuar nessa. O que tenho é culpa do *vencedor*. A questão não é só que estou vivo. Estou vivo e... Meu Deus, olhe minha vida: minha carreira, minha casa, meu... tudo. Todos os dias, eu acordo e me pergunto: por que estou nesta ilha e Davey está embaixo da terra? Por que tudo de bom aconteceu comigo e tudo de bosta aconteceu com ele? Graças a Deus você me largou, para eu não ter que me odiar mais do que já me odeio.

— Hugo...

— Não, chega — interrompeu ele com um aceno. — Chega de diagnósticos amadores das doenças mentais de artistas modernos. Sei que é seu esporte favorito, mas não quero mais brincar.

— Desculpa. Não queria tocar num ponto sensível.

— Davey não é um ponto sensível. Davey é meu sistema nervoso inteiro.

— Pode até ficar bravo comigo, mas, quer você decida acreditar ou não, eu quero de verdade que você seja feliz.

Por mais que ele não quisesse acreditar nela, ele acreditava.

Com um longo suspiro, ele se recostou na parede entre *O monstro de Frankenstein* — um cavalheiro de cartola e sobrecasaca — e *A noiva de Frankenstein* — embaixo de um guarda-sol branco e preto e de cabelo preso.

— Jack está escrevendo de novo — comentou Hugo. — Estou feliz. Quer dizer, mais feliz. Agora posso sair da Ilha Relógio com a consciência limpa. Posso ser infeliz em Manhattan ou amargurado no Brooklyn.

Ela ergueu uma das sobrancelhas para ele, mas por pouco tempo. Depois, sorriu e suspirou.

— Trégua? — pediu ela, erguendo a mão, e ele a apertou. Quando ele tentou puxar a mão de volta, ela a segurou. — Não tão rápido. Aproveitando que você está aqui...

— Ai, caramba.

— Quero quadros, e quero agora.

Como um lobo preso numa armadilha, ele fingiu morder a própria mão na altura do punho.

— Você disse que deve o renascimento de sua carreira a mim — disse ela, apertando os dedos dele. — Se estava falando sério, então o mínimo que pode fazer é me trazer uma pintura de capa da Ilha Relógio ou duas ou cinquenta, por favor.

— Pinturas de capa não estão à venda. A editora de Jack vai mandar a polícia da ficção atrás de mim.

— Para uma mostra só, então.

Ela apertou com mais força.

— Solte-me, bruxa. Não serei pressionado.

Não era assim que artistas costumavam fazer negócios em galerias. Normalmente, havia gerentes, agentes e e-mails, não guerra de braço.

Ela soltou a mão dele.

— Como quiser.

— Contraoferta — disse ele. — Quero uma mostra solo inteira. Vou trazer cinco pinturas de capa da Ilha Relógio e dez a doze de minhas obras mais recentes, que você *pode* vender. Além disso, uma festa de abertura com um bufê bom dessa vez.

— Hum... — Ela fingiu afagar uma barba inexistente. — Pode funcionar. Uma retrospectiva de Hugo Reese. Gostei. Combinado.

— Pague um café para mim, e vamos escolher uma data — disse ele. — Devo ter algumas pinturas de capa antigas em meu estoque secreto embaixo das tábuas do assoalho, onde guardo os corpos.

Ela o chamou com o dedo — o que significava algo muito diferente quando eles namoravam — e o guiou até o café-bar da galeria.

Uma moça de avental vermelho estava no balcão entornando água quente fumegante em uma geringonça equilibrada em uma xícara de café.

— O que ela está fazendo? — sussurrou Hugo. — Um experimento de química?

— É um café coado. É o melhor jeito de fazer café.

— Vou seguir com o meu sr. Café. Embora eu sempre tenha me perguntado… existe uma sra. Café?

— Ashley — disse Piper quando chegaram ao balcão. — Pode fazer um café para meu convidado?

— Não, obrigado — interveio Hugo ao olhar os preços no cardápio. — Treze dólares por uma xícara? É passado com diamantes e o sangue de espécies em extinção?

— É por conta da galeria — disse Piper.

— Confia — comentou Ashley, a barista. — Vale treze dólares.

Ela pegou uma caneca branca grande e outra geringonça em formato de funil.

— Ashley, esse é um de nossos artistas, Hugo Reese. Ele ilustrava os livros da Ilha Relógio, de Jack Masterson.

— Ai, meu Deus! — exclamou Ashley, batendo as mãos no balcão. Seus olhos estavam arregalados e sua voz, reverente. — Está falando sério?

Nunca cansava. Havia uma faixa etária específica de pessoas que reagiam aos nomes "Ilha Relógio" e "Jack Masterson" que nem meninas adolescentes reagiam antigamente aos Beatles.

— Sim — disse Hugo. — Infelizmente.

Piper bateu no braço dele.

— Como ele é? — sussurrou Ashley, como se Jack estivesse atrás deles.

— Ah, ele é Alvo Dumbledore, Willy Wonka e Jesus Cristo numa pessoa só.

Se Dumbledore, Wonka e Jesus tivessem depressão e bebessem demais.

— Que incrível — disse ela. Hugo era inglês, e percebia que os estadunidenses tinham dificuldade de diferenciar seu sotaque do tom de sarcasmo. — Sabe, você parece muito jovem para ter trabalhado neles.

Elogios assim a levariam longe.

— Não fui o ilustrador original. Depois de quarenta livros, eles quiseram refazer o projeto gráfico e relançar a série com artes novas. Consegui o trabalho quando tinha vinte e um anos.

Catorze anos antes. Parecia fazer um milhão de anos. Parecia ontem.

— Suas capas definitivamente foram as melhores — opinou Piper. — O ilustrador antigo não era ruim, mas a arte era derivativa, parecida demais com a da série dos Hardy Boys. As suas eram... não sei, como um Dalí para crianças.

— Pelo bem das crianças, que bom que ele não foi pra esse ramo — comentou Hugo.

— Posso perguntar uma coisa? — disse Ashley, colocando a mão no quadril e inclinando a cabeça para o lado com um ar de flerte.

Pronto. Ela ia pedir um autógrafo. Ou uma selfie. Ele não era tratado como estrela com frequência, e pretendia aproveitar.

— Fique à vontade — disse ele.

— Qual é a semelhança entre o corvo e a escrivaninha? — perguntou ela.

— Os dois podem... Espera — disse Hugo, semicerrando os olhos. — Por que você está perguntando isso?

Havia um celular preto de última geração no balcão. Ela clicou algumas vezes na tela e o ergueu para exibir uma página.

— Está no site de Jack Masterson. E no Facebook.

— Quê?

— Posso ver? — pediu Piper.

Ela pegou o celular da mão de Ashley. Hugo olhou por cima do ombro dela e leu em voz alta:

Meus queridos leitores,
Escrevi um livro novo — Um desejo para a Ilha Relógio. *Existe apenas uma cópia, e pretendo dá-la a alguém muito valente, muito inteligente e que saiba fazer desejos.*

O coração de Hugo começou a bater tão rápido que sua mente não conseguia acompanhar o ritmo. Jack estava fazendo o *quê*?

— Preciso ir — disse ele.

— Já? O que está acontecendo? — indagou Piper, preocupada.

— Não faço ideia.

Ele deu um beijo na bochecha dela e saiu em disparada para a rua, deixando para trás a xícara de café de treze dólares cravejada de diamantes. Ele fez sinal para um táxi que passava. O carro parou, e ele entrou.

— Penn Station, rápido, por favor.

Hugo puxou o celular do bolso de trás. Ele o tinha colocado no modo avião enquanto visitava os apartamentos. Assim que mudou a configuração, uma torrente de e-mails, mensagens e ligações perdidas atingiu seu celular numa cacofonia de bipes, toques e vibrações.

Oitenta e sete ligações perdidas e cerca de duzentos e-mails novos, todos de veículos de imprensa e amigos que estranhamente haviam ressurgido depois de anos.

— Ai, meu Deus — resmungou Hugo.

Ele ligou para a casa. Jack atendeu.

Hugo não o deixou dizer uma palavra.

— O que é que você está tramando? — questionou Hugo. — O *Today Show* deixou cinco mensagens de voz na minha caixa postal.

— Como sou – disse Jack —, mas não meu corpo.

— Odeio suas charadas idiotas. Você pode me dizer em frases curtas e simples exatamente por que uma menina em uma cafeteria acabou de me perguntar qual é a semelhança entre o corvo e a escrivaninha?

— Como sou — disse Jack de novo, mais devagar dessa vez, como se estivesse falando com uma criança. — Mas não meu corpo.

E aí ele desligou.

Hugo resmungou para o celular e pensou em jogá-lo pela janela. Mas ele provavelmente não deveria fazer isso bem quando a CBS News estava ligando para ele. Ele deixou cair na caixa postal.

— Está tudo bem, cara? — perguntou o taxista.

— O que é como sou, mas não meu corpo? — perguntou Hugo. — Alguma ideia? É uma charada, então é uma resposta idiota, irritante e ridiculamente óbvia depois que você descobre.

O motorista riu.

— Você não conhece *Sherlock*? Pois deveria. Você meio que fala que nem ele.

— O que você quer dizer com... — E então Hugo entendeu.

O que é como sou, mas não meu corpo?

Começou, não como sou.

Como Sherlock disse certa vez, "O jogo começou".

Jack Masterson estava jogando um jogo. Agora. Do nada. Ele tinha perdido a cabeça? Fazia anos que Jack mal saía de casa, e agora estava jogando um jogo? Com o mundo? Com a porcaria do mundo inteiro?

Hugo soltou uma série tão violenta de palavrões que era bom que o taxista não soubesse quem ele era, senão nunca mais conseguiria trabalhar com livros infantis.

Ele ligou de novo para Jack.

— Quando falei para você — disse Hugo, cada palavra cortante — voltar a fazer tramas, eu quis dizer *em seus livros*.

E lá veio aquela risada de novo, a risada de *o diabo está à solta e ninguém se lembrou de trancar a porta*.

— É como dizem, meu rapaz... cuidado com o que você deseja.

CAPÍTULO TRÊS

Lucy estava diante do espelho do banheiro, tentando ficar com uma aparência responsável, adulta e madura. Tinha que soltar as marias-chiquinhas, isso era certeza. Ela adorava usar marias-chiquinhas porque fazia as crianças na escola rirem, especialmente quando ela amarrava laços grandes em volta delas. Mas ela havia tirado meio dia de folga do trabalho para uma reunião, e era algo importante demais para chegar parecendo uma Menina Superpoderosa gigante.

Ela arrumou o cabelo e colocou uma calça cáqui limpa e passada e uma camisa branca elegante que encontrara no brechó beneficente por alguns dólares. Em vez de uma personagem de anime, agora ela se encaixaria bem em uma igreja ou uma reunião de negócios.

Relutante, Lucy entrou na sala. A namorada de Chloe chamava a sala deles de Poço do Desespero, e era uma descrição bem fidedigna. Os móveis antigos descombinados não eram um problema. Ela não era nenhuma esnobe. Mas havia caixas de pizza e garrafas de vodca por toda parte. Havia meias sujas no chão e o tapete berbere cinza estava começando a assumir um tom nitidamente marrom-claro, já que seus colegas de apartamento se recusavam a tirar os sapatos dentro de casa. Havia apenas três cômodos impecavelmente limpos em toda a casa de três andares — o quarto de Lucy, o banheiro de Lucy e a cozinha, que ela limpava porque ninguém mais fazia isso.

Ela odiava aquele lugar e queria desesperadamente se mudar, e não apenas por Christopher. Mas ali era barato, e isso permitia que ela economizasse dinheiro, por isso ela ficava. Não era ruim dois anos antes, quando seus colegas de apartamento estavam todos no último ano da faculdade e eram relativamente limpinhos. Mas eles tinham se formado, e em seu lugar havia agora calouros inebriados pela liberdade.

Naquele momento, Beckett, seu colega de apartamento mais jovem, estava deitado no sofá xadrez manchado de cerveja na sala assistindo a algo no celular. Se ela bem o conhecia, só podia ser pornô ou vídeos engraçados de gatos. O garoto sabia variar.

— Beck, amigo, está acordado? Você disse que eu poderia pegar seu carro emprestado.

Ele piscou devagar para recuperar a consciência.

— Quê?

— Beckett. Acorde e foque — disse ela, estalando os dedos.

Ele piscou.

— Hum, L. O que você está usando? Virou freira agora? Você fica muito mais gostosa de maria-chiquinha.

Lucy respirou fundo. Seus colegas de apartamento testariam a paciência até de um mestre zen.

— Não vou receber críticas de moda de um homem de camisa de folha de maconha que não toma banho há seis dias.

— Cinco. E tomar banho demais faz mal para a pele. Isso se chama autocuidado.

— Também se chama higiene — replicou Lucy. — Sugiro tentar um pouco às vezes. Aliás, chaves, por favor?

— Estou cansado. Minha cabeça está doendo.

Lucy deu meia-volta, entrou na cozinha e voltou com uma garrafa da geladeira.

— Experimente. Eu te desafio.

Ele abriu a garrafa, deu um gole. Arregalou os olhos.

— Ai, meu Deus, o que é isso?

— O nome disso é... *água*.

— Uau.

— Está se sentindo melhor?
— Demais — disse Beck. — Você é muito sábia, como uma feiticeira sexy.
— A feiticeira sexy pode pegar suas chaves agora?
— Beleza.
Ele tirou as chaves do carro do bolso da calça jeans. Lucy as pegou com um sorriso.
— Obrigada. Agora, por favor, tome um banho.

DIANTE DAS PORTAS DE VIDRO duplas do Conselho Tutelar, Lucy deu mais uma olhada na roupa, respirou fundo e se obrigou a manter a calma. Ela estava prestes a encontrar a sra. Costa, a assistente social responsável pelo lar temporário e pelo cuidado de Christopher. Tinha que haver algo que Lucy pudesse fazer para acelerar o processo. A expressão do menino quando fez as contas e percebeu que os dois só ficariam juntos quando ele tivesse nove anos a assombrava.

Na sala de espera na frente do escritório da sra. Costa, Lucy ficou olhando fixamente para o celular. Ela odiava ficar ali. Lembrava demais uma sala de espera de hospital: ladrilho institucional, tinta berrante, avisos laminados em cores fortes — ASSISTÊNCIA INICIAL, ASSISTÊNCIA INFANTIL, ASSISTÊNCIA FINANCEIRA. Assistência financeira para famílias adotivas e famílias temporárias, para crianças com pais na prisão, para crianças com pais dependentes químicos. Mas nada para uma mulher solteira de vinte e seis anos sem dinheiro tentando ser mãe de um garotinho.

O maior pôster na parede dizia em letras pretas grandes: VOCÊ NÃO PRECISA SER PERFEITO PARA ADOTAR ALGUÉM. Ótimo. Uma notícia maravilhosa, considerando que ela estava longe de ser perfeita.

Claro, a família representada no pôster parecia feliz, sorridente e completamente perfeita.

Não havia nenhuma família perfeita na sala de espera. Mulheres com bebês aos prantos. Mulheres com crianças de colo aos berros. Mulheres — e uns poucos homens — sentadas ao lado de adolescentes quietos e distantes que provavelmente haviam passado pelo tipo de horror sobre o qual a maioria das pessoas só lia em livros e jornais. Será que Christopher se tornaria um daqueles adolescentes traumatizados algum dia? Ela sentia que a janela de oportunidade para salvá-lo desse destino estava se fechando rapidamente.

Em cima da mesa ao lado dela havia manuais e folhetos informativos. Lucy encontrou um com o título *Fatos de lares temporários*. O primeiro fato era que o tempo médio que uma criança passava em lares temporários é vinte meses, pouco menos de dois anos. Christopher já estava em seu décimo segundo mês. Outro fato sobre lares temporários, muito mais perturbador: crianças em lares temporários tinham duas vezes mais chance do que veteranos de guerra de desenvolver transtorno de estresse pós-traumático.

— Lucy Hart? — chamou a sra. Costa, à porta de sua sala. Ela sorriu, mas não muito. Um sorriso educado. Lucy já sentia que estava desperdiçando o tempo da mulher.

Lucy entrou e se sentou na cadeira em frente à mesa atulhada da sra. Costa. Arquivos pendiam da beirada, prestes a caírem a qualquer minuto.

— Então, Lucy — disse a sra. Costa com um entusiasmo obviamente fingido. — O que posso fazer por você?

— Queria conversar com a senhora de novo sobre o acolhimento para adoção de Christopher. Nenhum parente se apresentou?

A assistente social olhou para ela. A sra. Costa era uma mulher mais velha, o rosto maltratado pelo sol, cabelo castanho grisalho, olhos que tinham visto coisas que ninguém jamais deveria ver.

— Obviamente, a reunificação familiar é sempre o melhor cenário — disse a sra. Costa —, mas não, ele não tem nenhum familiar além de um tio-avô na prisão e outro numa casa de repouso. Então sim, ele se qualifica para adoção. Seria um processo longo, mas, Lucy...

— Para Christopher, já sou a nova mãe dele em todos os sentidos, menos no papel.

— Eu sei que ele quer morar com você. Sei que você quer ser a mãe dele...

Lucy não a deixou terminar.

— Christopher está crescendo. Está fazendo mais perguntas. Consegue perceber que a mãe temporária dele não está interessada em cuidar dele e dos bebês gêmeos que ela também está acolhendo.

— Catherine Bailey e o marido são uma de nossas melhores famílias. Ele tem sorte de ter os dois.

— Eu seria melhor para ele. Ele tem um vínculo forte comigo — disse Lucy.

O vínculo da criança era importante. Ela sabia disso. A sra. Costa sabia disso.

— Eles o alimentam, dão roupas, dão um teto para ele, o mantêm seguro, garantem que ele faça o trabalho da escola, e a sra. Bailey vem preparada a todas as audiências, todas as reuniões... O que mais você quer?

— Quero que ele seja amado. Eles não amam o Christopher. Não como eu.

A sra. Costa soltou um forte suspiro.

— Isso não é um crime.

— Pois deveria ser — interrompeu Lucy, a voz tão cortante que até ela mesma ficou surpresa pela própria veemência.

— Escute — disse a sra. Costa. A delicadeza em sua voz obrigou Lucy a olhar nos olhos dela. — Eu daria aquele menino para você neste minuto, se pudesse. Se amor fosse suficiente, você seria a pessoa perfeita para adotá-lo.

Lucy esperou. Sentiu um nó no estômago. Ela sabia o que estava vindo porque já tinha escutado aquilo tudo antes.

— Mas...

— Certo. *Mas*. Você nunca passaria na avaliação domiciliar. Não em sua situação atual. Você tem muitas dívidas de cartão de crédito, Lucy. Não tem acesso a transporte confiável. Divide casa com três pessoas, um lugar que está a um acidente culinário de ser reduzido a cinzas. Ah, e um de seus colegas de casa levou uma multa recente por dirigir sob o efeito de substâncias. Mesmo se inscrevêssemos você em todos os programas de assistência pública disponíveis, você ainda não conseguiria pagar uma moradia adequada e um carro. Lucy, pense um pouco: se eu mandasse Christopher para casa com você hoje, onde ele dormiria? No chão de seu quarto?

— Eu dormiria no chão. Ele pode ficar com a cama.

— Lucy...

— Recebemos dinheiro, não? Pais temporários recebem um auxílio do estado. Eu usaria isso para conseguir uma moradia melhor.

— Você precisa de moradia adequada antes de acolher uma criança.

— Olhe — disse Lucy e mostrou o folheto de *Fatos de lares temporários*. — Diz aqui que crianças em lares temporários têm sete vezes mais chance do que outras crianças de sofrerem de depressão e cinco vezes mais de sofrerem ansiedade. E quatro vezes mais de irem para a cadeia. Quer que eu continue? — perguntou ela, balançando o folheto. — Morar em minha casa miserável por alguns meses não é um pequeno preço a pagar para salvá-lo? Ele precisa de uma mãe de verdade. Ficaria melhor comigo do que com alguém que só faz o básico.

— O básico também é importante pra caramba. Sei que você acha que crianças não precisam de nada além de amor, mas uma boa dose de estabilidade também não faz mal. Odeio dizer, mas sua vida atualmente não é estável o bastante para uma criança. Ele vai para a escola. Faz sessões de terapia duas vezes por semana. E o que vai acontecer quando ele acordar doente e precisar de remédio no meio da noite e a única farmácia aberta ficar a quinze quilômetros? Vai esperar duas horas por um ônibus? Vai acordar um de seus colegas de casa e pedir para levarem você? Ir de bicicleta às quatro da madrugada na rodovia?

— Posso pegar o carro de um deles emprestado. Posso...

A sra. Costa fez um sinal com a mão, interrompendo-a.

— Você precisa de um emprego novo.

Lucy tentou explicar que tinha planejado dar aulas mas não tinha dinheiro para o curso necessário, a licença nem a taxa de certificação.

— Um segundo emprego, então? — sugeriu a sra. Costa.

— Se eu arranjar um segundo emprego, nunca vou ver Christopher. Ele não usa telefones, tem pavor deles. A senhora também teria, não? A senhora está me pedindo para abandoná-lo.

— Estou pedindo para você fazer algumas escolhas difíceis.

— Claro, porque todas as escolhas que fiz nos últimos tempos foram muito fáceis.

— Lucy, Lucy, Lucy... — A sra. Costa balançou a cabeça. — Para cuidar de uma criança, é necessária uma rede de apoio, uma base. Cadê a sua?

— Não tenho uma, ok? Meus pais só davam bola para minha irmã. Ainda é assim. Eu morava com meus avós, e eles morreram. Não tenho mais ninguém.

— E sua irmã?

Lucy bufou.

— A senhora não me escutou? Ela sempre foi a favorita dos meus pais. Também não nos falamos há anos.

— Bom... e se ela estiver arrependida? Já considerou essa possibilidade? Você pode tentar dar uma ligada para ela, se esforçar para conseguir algum apoio.

— Eu preferia vender meus órgãos no mercado paralelo a ligar para minha irmã implorando dinheiro.

A sra. Costa cruzou os braços, se recostou na cadeira.

— Nesse caso, sinto muito, mas não sei como ajudar você se você não se ajudar.

Lucy piscou para afastar as lágrimas.

— A senhora deveria ter visto a cara que ele fez quando eu disse que poderia demorar mais dois anos para ter dinheiro para um carro e um apartamento. Parecia que eu tinha dito vinte. Ou nunca — argumentou Lucy, erguendo as mãos e as abanando. — Pessoas pobres deveriam ter o direito de ter filhos. Não?

— Sim, sim, sim, claro que sim — disse a sra. Costa. — Embora eu também acredite que crianças pobres não devessem ser pobres. Mas não me deixaram encarregada disso.

— Deve existir uma maneira — insistiu Lucy, inclinando-se para a frente, os olhos suplicantes. — Não tem nada?

— Se eu acreditasse em milagres, diria que sempre dá para torcer para que um aconteça, mas... não vi nenhum milagre nos últimos tempos — respondeu a sra. Costa, com o mesmo olhar vazio de alguns dos adolescentes na sala de espera. — Talvez seja hora de dizer a Christopher que não vai dar certo.

Lucy balançou a cabeça.

— O quê? Não posso. Simplesmente... não posso fazer isso.

O que seu ex tinha dito para ela? Pessoas como nós não deveriam ter filhos, Gansa. Somos cagados demais. Pessoas cagadas cagam com a cabeça dos filhos. Você seria uma péssima mãe e eu, um péssimo pai...

Ela expulsou as palavras de sua cabeça. Lágrimas escorriam por seu rosto. Com um gesto elegante que sem dúvida vinha de anos de prática, a sra. Costa tirou alguns lenços da caixa atrás de si sem nem olhar e os ofereceu para Lucy.

— Na última vez que falei com Christopher — continuou a sra. Costa —, ele me contou que você e ele jogam um jogo dos desejos. Vocês fazem vários desejos extravagantes. Você sabe que não é assim que funciona, certo? Sabe que desejos não se realizam só porque você quer muito?

— Eu sei — disse Lucy, com uma voz dura aos próprios ouvidos, dura e amargurada. — Mas eu queria que Christopher tivesse... não sei. Esperança?

— Foi esperança que você deu para ele? — perguntou a sra. Costa. — Ou só criou expectativas demais no menino?

Do outro lado da porta do escritório havia uma sala de espera cheia de pessoas passando por necessidades, pessoas em situações muito piores do que a de Lucy, e crianças em situações ainda piores do que a de Christopher.

— Posso dizer isso para ele, se quiser — ofereceu a sra. Costa.

— Posso ir à casa dos Bailey e ter uma conversa sincera com ele. Dizer que eu tomei a decisão, e que não é culpa sua.

Foi uma oferta gentil de fazer algo terrível. Lucy quase quis aceitar, mas sabia que era uma saída covarde.

— Eu vou... — Lucy secou o rosto. — Vou pensar em algo para dizer a ele. Sou eu quem precisa falar com Christopher sobre isso. — Ela engoliu o nó na garganta.

— Com o tempo ele vai entender. Mas posso dizer com certeza que, quanto mais esperarem, mais difícil vai ser para vocês dois. Em algum momento, uma família vai querer adotá-lo. E vai ser mais fácil para ele aceitar uma família nova se não estiver esperando você.

Lucy não conseguia aceitar a ideia de Christopher ser adotado por alguém que não fosse ela. A sra. Costa lhe deu outro lenço.

— Acredite se quiser, é provável que você se sinta um pouco aliviada depois de alguns dias. Isso vai tirar um peso de seus ombros.

Lucy olhou nos olhos dela.

— Se Christopher fosse meu filho, ele não seria um peso em meus ombros — respondeu de forma lenta e articulada. — Se ele fosse meu filho, eu ficaria nas nuvens.

O rosto da sra. Costa não transparecia nada.

— Posso ajudar com mais alguma coisa? — perguntou ela.

Lucy estava sendo dispensada. Como não, certo? Não havia mais nada a discutir.

— Não, obrigada — disse Lucy. — A senhora já fez demais.

CAPÍTULO QUATRO

Lucy devolveu o carro de Beckett. Ela voltaria para a escola a pé. Precisava se movimentar, respirar, recompor-se antes de voltar ao trabalho.

Um alívio? Um peso tirado dos ombros? A sra. Costa achava que Christopher era algum tipo de projeto para Lucy? Algum trabalho de caridade que estava atravancando sua vida? Ela havia tido uma vida. Tinha feito tudo que dava para fazer na faculdade. Ido a festas, transado com canalhas gostosos, visitado a Cidade do Panamá nas férias de primavera, dividido um quarto de hotel vagabundo com mais cinco meninas. Tinha até ido além e namorado um de seus antigos professores da faculdade, que por acaso também era um dos escritores mais famosos do país. Um escritor premiado de renome que a levava a coquetéis em terraços de Nova York e jantares em mansões nos Hamptons e em turnês pela Europa. Ela tinha vivido a vida. Tinha feito loucuras. Tinha sido jovem. Tinha se divertido.

E teria trocado todas as festas badaladas, todos os jantares chiques, todos os famosos que já havia conhecido e todas as noites em hotéis cinco estrelas por uma semana como mãe de Christopher. Ou um dia. Um único dia.

Mas, segundo a sra. Costa, nada disso importava.

Lucy manteve a cabeça baixa, na esperança de que ninguém visse seus olhos vermelhos e pensasse que ela estava vagando pelas ruas bêbada ou chapada. Era sexta à tarde. Depois da aula, ela poderia dizer a Christopher que tinha visto a sra. Costa de novo e que o estado havia decidido que Lucy não poderia ser a mãe temporária dele. Talvez ela o levasse ao cinema no fim de semana para animá-lo. Tinha mais de dois mil dólares guardados. Por que não começar a gastar isso agora com pequenas coisas para deixar Christopher feliz? Talvez, se passasse o fim de semana inteiro o mimando, na segunda-feira ele estivesse tranquilo com tudo. No fundo nada teria mudado. Lucy sempre seria amiga dele. Ela só nunca poderia ser sua mãe.

Nada mau, certo?

Então por que parecia muito, mas muito mau?

Ao cortar caminho por um estacionamento, Lucy passou por uma loja de brinquedos de luxo, deu meia-volta e entrou. Um dos pais estava de voluntário na sala naquele dia, então Theresa ainda não precisava dela.

Assim que colocou os pés dentro da Tartaruga Roxa, Lucy percebeu imediatamente que havia cometido um erro. Quase tudo era incrivelmente caro. Como seria a sensação de ser uma dessas mães que tinham dinheiro suficiente para comprar blocos de madeira da Alemanha e bonecas pintadas à mão importadas da Inglaterra?

— Posso ajudar? — perguntou uma jovem de trás do balcão. Lucy se virou e a viu olhando fixamente para o celular, a testa franzida.

— Vocês têm alguma coisa para um menino que ama tubarões ou barcos? Ele tem sete anos — disse ela. Queria dar algo a Christopher que suavizasse o golpe. Algo que o fizesse lembrar que ela sempre o amaria e queria estar na vida dele. — Algo pequeno?

Algo não muito caro.

— Tem um barco pirata de LEGO, mas é bem grande.

A jovem apontou para a caixa, e Lucy viu que custava quase duzentos dólares. Isso acabaria com dez por cento de suas economias.

— Alguma outra coisa? Algo menor?

— Também temos os bichinhos da Schleich — disse a atendente —, se quiser algo pequenininho. Acho que tem alguns tubarões.

Lucy seguiu na direção em que a garota apontava. Foi até uma grande caixa de madeira de animais de todos os gêneros e espécies — leões, pássaros e lobos, claro, mas também dinossauros, unicórnios e, sim, até tubarões.

Custava sete dólares cada, mas três por quinze. Lucy passou quase dez minutos em dúvida se deveria comprar três — o tubarão-tigre, o grande tubarão-branco e o tubarão-martelo — ou apenas um. Por fim, pegou os três e os levou até o balcão. Que se dane, certo? Pagaria quinze dólares e, no fundo, ela sabia que, mesmo se torrasse todos os dois mil dólares de sua poupança dos desejos, ainda assim isso não curaria o coração partido dele nem o dela. Afinal, ela não sairia à procura de um apartamento nem compraria um carro tão cedo.

Não, ela não tinha como justificar um kit de LEGO de duzentos dólares, mas poderia se permitir comprar todos os três tubarões.

— Vocês embrulham para presente? — perguntou ela.

A jovem ergueu uma sobrancelha.

— Quer que eu embrulhe três tubarõezinhos?

— Se não for um problema. Pode ser?

— Claro — respondeu a atendente. — São para seu filho?

Lucy engoliu o nó na garganta de novo.

— São para um menininho da minha escola — disse Lucy. — Ele está passando por um momento difícil e não ganha muitos presentes.

— Você é professora? — indagou ela enquanto colocava os tubarões numa caixinha de papelão.

Lucy apontou para o papel azul de dinossauros. Christopher gostaria mais desse do que do papel com estampa de arco-íris.

— Auxiliar de turma na Redwood.

— Você entende de charadas e essas coisas?

— Charadas? Acho que sim — respondeu Lucy, confusa pela pergunta. — Fazemos uma aula sobre piadas, trocadilhos e charadas todo mês de abril.

— Você conhece esta charada, *Qual é a semelhança entre o corvo e a escrivaninha?*

A garota ia embrulhando a caixa.

— Sim, claro — disse Lucy. — É de *Alice no País das Maravilhas* ou *Alice através do espelho*. Não lembro qual.

— Você sabe a resposta?

Se ela sabia a resposta? Uma vez, há muito tempo, alguém havia usado a mesma charada com ela como início de uma piada. Não havia uma solução, ao menos não segundo Lewis Carroll.

— Não existe uma resposta de verdade — comentou Lucy. — É uma charada do País das Maravilhas. Todo mundo é maluco no País das Maravilhas.

— Hum — soltou a outra. — Droga.

— Por que a pergunta?

— Estão falando disso na internet. Passei o dia inteiro tentando descobrir.

— Boa sorte.

A jovem colocou o embrulho em uma bolsinha marrom com alças e uma tartaruga roxa estampada na frente. Era um presente legal por quinze dólares mais impostos.

Mas o navio pirata, pensou ela enquanto saía da loja, *teria sido muito mais legal.*

QUANDO LUCY CHEGOU à escola, eles estavam cantando as musiquinhas finais — "*De Colores*" seguida por "O velho MacDonald tinha uma fazenda", na versão original e em espanhol. Na última estrofe, o primeiro sinal tocou, e lá veio o Arrebatamento de novo. Em questão de segundos, a sala ficou vazia, exceto por Lucy e Theresa.

— Como foi? — perguntou Theresa a Lucy assim que as duas começaram a limpar.

— Nem pergunte — disse Lucy, tentando não chorar.

Theresa lhe deu um abraço rápido.

— Era o meu medo.

Ela sabia que era melhor não transformar aquilo num abraço longo, senão Lucy voltaria a chorar para valer.

Lucy respirou de forma trêmula e tentou se recompor pela terceira ou quarta vez naquele dia.

— Está tudo bem. Você vai chegar lá. É só continuar juntando as moedinhas.

Ela balançou a cabeça.

— Moedinhas não vão dar conta.

— Bem-vinda aos Estados Unidos — disse Theresa. — Onde dizem que cuidar de crianças é o trabalho mais importante de todos e nos pagam como se não tivesse importância nenhuma. Você sabe que eu te daria o dinheiro se tivesse.

— Tudo bem. Não se preocupe. Vou só me matar mais tarde.

— Ai, para. Nem fale uma coisa dessas.

— Desculpa. Está sendo um dia ruim.

Lucy se afastou dela e pegou o spray de limpeza e o pano para os quadros brancos.

— Lucy? — disse Theresa, parando a seu lado e olhando fixamente para ela. Lucy não conseguiu olhar nos olhos da amiga. — Vamos, fale comigo.

— Não vai acontecer.

Theresa arquejou de leve.

— Meu bem, não...

— Tentei de tudo. A assistente social falou na minha cara hoje que é simplesmente impossível que eu adote Christopher e que era hora de falar isso para ele.

— Ela não sabe de nada. Ela não te conhece como eu conheço.

— Ela tem razão. Ele merece coisa melhor.

— Melhor? E tem coisa melhor do que você? Você é o melhor para ele. *Você.* — Theresa cutucou seu ombro com delicadeza.

Lucy respirou fundo e se obrigou a se concentrar nos quadros brancos. Ela os limpou até ficarem reluzentes.

— O que eu sei sobre ser mãe? Tive pais horríveis. Fico com caras bostas...

— Sean? Você está falando isso por causa dele? Porque, se for, não estou nem aí se você tem vinte e seis anos, vou dar umas palmadas em você agora mesmo.

Lucy riu baixo, triste e cansada.

— Não, não. Apesar de ele ser um escroto.

— Um escroto de primeira classe — comentou Theresa. — Quebrou todos os recordes de escrotice.

— Digo isso por causa da realidade mesmo. E a realidade é que isso nunca vai acontecer.

Theresa soltou um forte suspiro.

— Odeio a realidade.

— Eu sei. Eu sei — disse Lucy —, mas, pelo bem de Christopher...

— Pelo bem dele, não desista — interveio Theresa, pegando-a pelos ombros e a chacoalhando de leve. — Sou professora há quase vinte anos. Conheci todos os tipos de pais ruins que dá para conhecer. Pais que compram roupas novas para si e deixam os filhos irem para a escola com sapatos três números menores. Pais que batem em um menino de cinco anos por derrubar um copo de leite. Pais que não dão banho nem lavam as roupas dos filhos por semanas. Pais que dirigem bêbados para a escola com o filho no banco da frente sem cinto de segurança. E esses nem são os piores, Lucy, e você sabe disso.

— Eu sei, de verdade. Alguns fazem meus pais parecerem santos. Quer dizer, não exatamente, mas poderia ter sido pior — disse ela, sentando-se a uma das mesinhas redondas. — A sra. Costa basicamente me deu uma palmadinha no ombro, disse que para cuidar de uma criança é necessário uma rede de apoio e que eu deveria ligar para minha irmã e pedir ajuda.

— Ela não está errada sobre a coisa de precisar de ajuda. Por que você não liga para ela?

— Como assim?

Lucy estava pasma.

Theresa balançou a mão.

— Eu também odiava minha irmã quando era criança. Daria para fazer perucas com todo o cabelo que arrancamos uma da outra. Mas agora nós seríamos capazes de matar alguém pela outra. Eu não emprestaria minha jaqueta favorita para ela, mas meteria a faca em qualquer pessoa que a maltratasse. Eu ligaria para ela, se fosse você. O pior que pode acontecer é ela desligar na sua cara, meu bem.

— Não — replicou Lucy, enfática. Depois, por via das dúvidas, repetiu: — Não.

— Tá, tá — disse Theresa, erguendo os braços e se rendendo. — Mas pelo menos não diga isso para Christopher hoje. Dê um tempinho. Pense bem. Pode ser?

Lucy piscou para conter as lágrimas.

— Nada vai mudar em uma semana.

Theresa se endireitou e apontou para o peito de Lucy.

— Será? Vou te contar uma coisa. Quando meu primo JoJo estava a dois dias de perder a casa para o banco, a namorada botou fogo na cama dele porque ele a traiu com a irmã dela. Ele é o maior mulherengo do planeta, então juro por Deus que não estou mentindo. Mas, bem, o lugar todo pegou fogo em menos de uma hora — disse ela com satisfação. — E aí ele ganhou uma indenização *gigantesca* por conta do seguro. Agora mora em Miami num apartamento de luxo com duas garotas que têm metade da idade dele.

Lucy olhou nos olhos dela.

— História muito inspiradora e edificante. Obrigada. Você deveria dar TED Talks.

— Dê uma semana. Ou mesmo um dia, pode ser? Só não hoje. Nunca parta um coração numa sexta-feira. Estraga o fim de semana todo.

— Comprei uns tubarões de brinquedo para aliviar o baque.

— Guarde os tubarões. E não conte para ele ainda.

Lucy riu pela primeira vez no dia todo.

— Sim, senhora — concordou, por fim.

Theresa saiu para uma reunião do conselho. Sozinha na sala vazia, Lucy pegou o celular e abriu o Google. Apenas por curiosidade, digitou "Angela Victoria Hart", depois "Angela Hart" e "Angie Hart Portland Maine".

Não demorou para Lucy encontrá-la. Angie Hart, de Portland, Maine, trinta e um anos, era uma corretora de alto nível na Weatherby's International Realty. Lucy clicou na foto dela e viu a irmã, toda adulta. Bonita, não linda. Mas tinha dentes brancos perfeitos e uma maquiagem impecável, além de usar uma saia e um paletó cinza que deviam custar mais do que o aluguel de Lucy. Segundo o site da empresa, Angie tinha acabado de vender um imóvel de dois milhões de dólares. Só para piorar as coisas, Lucy pesquisou a comissão padrão para agentes imobiliários — três por cento. Três por cento de dois milhões eram sessenta mil dólares.

Bem abaixo do rosto sorridente de Angie estavam todas as informações de contato dela. Telefone e e-mail.

Sessenta mil dólares? Por uma única venda?

O dedo de Lucy pairou sobre o número de telefone. Será que mataria tentar mandar uma mensagem?

Seu coração acelerou só de pensar nisso. Ela começou a suar. O que ela diria? *Obrigada por me dizer que a mamãe e o papai nunca me quiseram? Obrigada por me lembrar que eu não era amada e não era digna de receber amor? Obrigada por fazer com que eu me sentisse uma estranha em minha própria casa? Ah, aproveitando, pode me emprestar uma grana?*

Não, ela não diria nada, porque não havia nada a dizer.

Lucy jogou o celular de volta na bolsa. A bateria estava quase no fim mesmo.

QUANDO CHRISTOPHER CHEGOU à sala, Lucy já tinha se acalmado o bastante para fingir que estava tudo bem.

— Ei, querido — disse Lucy alegremente quando o menino foi lhe dar um abraço. Ele se apoiou nela, exausto, mas Lucy conseguia ver que ele estava cansado de tanto brincar no parquinho, não de tristeza. — Dia difícil?

Ele parecia um pouco melhor do que no dia anterior. Sem as olheiras de guaxinim.

— Tanta... tanta... matemática — grunhiu ele.

Christopher largou a mochila em cima da mesa e se afundou numa cadeira, relaxando os braços magricelas de forma exagerada.

— Tem muita lição de matemática? — perguntou ela enquanto fazia seu mergulho diário nos sapatos dele para encontrar suas meias. Ela teria que começar a usar fita adesiva para colar as meias nos tornozelos dele.

— Não, terminei tudo — respondeu ele, passando os dedos no cabelo até seus cachos suados se arrepiarem como os de Einstein. — Mas meu cérebro fritou.

— Eu vi a fumaça saindo de suas orelhas, é bem verdade. Espere até começar a tabuada — comentou Lucy, sentando-se na cadeirinha à frente dele. — Que outras lições de casa você tem?

— De leitura. A sra. Malik quer que eu leia uma história de um livro e responda dez perguntas sobre ela. Respostas completas — ressaltou ele, depois acrescentou: — Argh.

— Uma história e dez perguntas? Parece muita coisa — disse Lucy. Estava mais para uma lição de casa de quarto ano do que de segundo. — A turma toda vai ter que fazer isso? Ou só as Águias?

Christopher estava no grupo de leitura das Águias. As Águias eram os melhores leitores da turma, alunos que liam acima do nível da série. Abaixo das Águias ficavam os Falcões e, abaixo dos Falcões, as Corujas. Mesmo com nomes inocentes de animais, as crianças aprenderam imediatamente que ser uma Águia tornava você especial e ser uma Coruja te transformava em um objeto de pena e zombaria. Ela nunca sentira mais alívio na vida do que quando descobriu que Christopher tinha entrado no grupo das Águias. As crianças já implicavam demais com ele por não ter família e estar para adoção.

— Hum... só eu — disse ele enquanto passava as mãos no cabelo e o bagunçava sem motivo.

— Só você? Você ficou de castigo ou coisa assim?

Ele colocou os dedos nas pálpebras inferiores e as puxou para baixo para parecer um zumbi. Estava nitidamente muito animado com alguma coisa. Lucy tirou as mãos dele do rosto antes de o garoto revirar olhos.

— O que foi? — questionou ela, segurando os punhos dele.

— A sra. Malik disse que estou lendo bem demais até para as Águias. Ela achou que talvez eu quisesse ir mais alto.

Ela o encarou, os olhos arregalados.

— Está falando sério?

Ele assentiu rapidamente, algo que ele fazia em momentos de muita emoção.

Lucy pegou as mãos do menino e fez uma dancinha com ele para comemorar a novidade. Onde estavam as serpentinas quando se precisava delas? Onde estavam os balões? Como os pais não desmaiavam quando os filhos voltavam da escola com uma notícia como essa? Não, ela definitivamente não poderia contar a má notícia para ele naquele dia, não quando ele estava mais feliz do que em muito tempo.

— Você é incrível — disse ela. — Você está voando mais alto que uma águia. O que voa mais alto do que uma águia? Cisnes, talvez? Gansos? Quer ser um ganso?

— Eu *não* quero ser um ganso — replicou ele.

Ela estalou os dedos duas vezes quando teve a ideia perfeita.

— Um condor. Você, Christopher Lamb — disse ela, apontando para ele —, é um condor. Vamos mudar seu nome. Christopher Condor. Bom trabalho, sr. Condor.

Eles se cumprimentaram com um tapinha de comemoração.

— Certo, qual é a história? E quais são as perguntas? — perguntou ela enquanto ele pegava o livro.

— A primeira história, "Um dia na praia". Tenho que aprender a diferença entre... artigos não sei o quê.

— Artigos não sei o quê? Posso dar uma olhada? — pediu Lucy, abrindo a página e encontrando a história.

Não era nada muito interessante, mas tudo bem. Ele ainda não estava pronto para Tchekhov. As instruções diziam que Christopher teria que prestar atenção em quando *um* e *uma* eram usados em vez de *o* ou *a*.

— Ah, artigos definidos e indefinidos — concluiu Lucy. — Isso é fácil. Você vai pegar rapidinho. Está pronto?

Ela puxou a cadeira para perto de Christopher, mas, antes que eles pudessem começar a história, Theresa voltou de sua ida à secretaria. Ela estava tão concentrada lendo algo no celular que trombou com uma das mesas no meio da sala enquanto tentava chegar à própria.

— Theresa? — disse Lucy, tentando chamar a atenção dela.

— Qual é a semelhança entre o corvo e a escrivaninha? — indagou Theresa. Ela se sentou e foi rolando a tela do celular.

— Você é a segunda pessoa que me pergunta isso hoje. O que é que está acontecendo? — perguntou Lucy.

— Um corvo é um pássaro, né? — quis saber Christopher.

— É como uma gralha — explicou Lucy —, só que maior. Tem algum tipo de meme rolando na internet?

Theresa finalmente tirou os olhos da tela.

— Vocês leem aqueles livros da Ilha Relógio, né?

O coração de Lucy deu um salto. Ela sentiu um pavor súbito de que Jack Masterson tivesse morrido. Uma doença prolongada explicaria por que ele tinha parado de escrever os livros.

— O que está acontecendo?

— Ele está fazendo uma espécie de concurso para o livro novo dele.

Lucy olhou para Christopher, que a encarava com um olhar admirado.

— Lucy — sussurrou ele. — A gente desejou um livro novo.

— Alguém ouviu nosso desejo — disse Lucy, sorrindo.

Ela pegou Christopher pela mão, e eles correram até Theresa.

— Como é o concurso? — perguntou Lucy.

— Não dá para participar dele assim — disse Theresa. — Então não se anime. Parece que é só para convidados.

Lucy se sentou no chão, de pernas cruzadas, e puxou Christopher para seu colo para que ele pudesse ver o celular também. O site era de um azul-celeste simples, com a charada escrita na tela em uma fonte grande, preta ornamentada. *Qual é a semelhança entre o corvo e a escrivaninha?*

Ela desceu a tela e leu em voz alta para Christopher.

Meus queridos leitores,

Escrevi um livro novo — Um desejo para a Ilha Relógio. Existe apenas uma cópia, e pretendo dá-la a alguém muito valente, muito inteligente e que saiba fazer desejos. Alguns de meus leitores mais corajosos de tempos atrás vão receber um convite muito especial hoje. Você sabe que é um deles se souber minha resposta a esta charada: Qual é a semelhança entre o corvo e a escrivaninha? Olhe sua caixa de correio.

Com amor da Ilha Relógio,
O Mestre Mentor

Lucy inspirou bruscamente.

— O que houve? — perguntou Christopher.

Ela não respondeu a princípio. Estava chocada demais para falar.

Você sabe que é um deles se souber minha resposta a esta charada.

— Lucy? — chamou Christopher, saindo do colo e se virando para ela. Theresa não estava prestando atenção.

— Christopher — sussurrou Lucy.
Ela abriu um sorriso tão largo que suas orelhas até se mexeram.
— O quê? — sussurrou ele de volta.
— Eu sei a resposta.

CAPÍTULO CINCO

— Venha — chamou Lucy. Ela pegou Christopher pela mão, e eles correram pelos corredores.
— Aonde a gente está indo?
— Laboratório de informática — respondeu Lucy. — Minha bateria está quase acabando, e a gente precisa fazer umas pesquisas.

O laboratório estava vazio, exceto pelo sr. Nojo, o pobre coitado do professor de informática. Nojo era o último sobrenome que alguém que trabalhava com crianças pequenas poderia querer.

— Vamos usar um computador por alguns minutos — disse Lucy a ele enquanto ela e Christopher corriam até o computador no canto dos fundos da sala.

— Todo seu.

Ele estava tentando configurar uma impressora nova e, a julgar por seus xingamentos adaptados ao ambiente escolar, não estava dando muito certo.

Assim que Lucy se sentou, ela colocou Christopher em cima de seu joelho de novo. No entanto, ele logo desceu e puxou uma cadeira a seu lado. Tudo bem sentar-se no colo dela quando estão sozinhos, mas não quando há homens adultos por perto. Mas Lucy estava distraída demais para se ofender.

Lucy digitou rapidamente suas credenciais e sua senha de funcionária. Foi direto para a fanpage da Ilha Relógio no Facebook, mas não havia nada lá que Lucy não tivesse visto no celular de Theresa. Apenas o anúncio de Jack Masterson e milhares e milhares de comentários de leitores querendo saber mais.

Lucy olhou suas mensagens. Amigos de faculdade a haviam inundado de perguntas.

Você viu o lance de Jack Masterson? Essa era de Jessie Conners, sua colega de apartamento no último ano. *Você não o conheceu?*

Um ex-colega do restaurante em que Lucy trabalhava como garçonete escreveu: *Ei, você conhece Jack Masterson, não é? Sabe qual é a semelhança entre o corvo e a escrivaninha?*

Lucy não se deu ao trabalho de responder nenhum deles. Entrou no Google e digitou "Jack Masterson concurso desejo Ilha Relógio". Christopher olhou para a tela quando ela clicou em um link do Twitter. Lucy sabia que não deveria estar fazendo isso na frente dele. Crianças não deviam ter contato com redes sociais de adultos, mas ela estava ansiosa demais para se conter.

O tweet era de um repórter famoso da CNN: *Quero participar do jogo! Cadê minha carta de Hogwarts, Jack?* Um link para uma notícia anunciando o retorno súbito de Jack Masterson ao mundo literário vinha na sequência.

— Carta de Hogwarts? — perguntou Christopher.

— As pessoas devem estar recebendo convites em papel para a Ilha Relógio ou coisa assim. Será que...

— O quê?

— Você pode guardar um segredo? — perguntou ela.

— Sim.

— Estou falando sério. É um grande segredo. Você não pode contar para ninguém.

Lucy odiava pedir para uma criança guardar segredo. Era pressão demais, e ela sabia disso. Mas realmente não gostaria que essa história vazasse. Todos os pais ficariam atrás dela.

— Não vou contar para ninguém, juro — garantiu Christopher, já exasperado com ela.

— Certo. É o seguinte... eu já estive na Ilha Relógio.

A reação de Christopher era tudo que ela poderia ter imaginado. Os olhos dele se arregalaram. Seu queixo caiu.

— Você foi lá?
— Fui.
Christopher gritou.
— Shh! — disse ela, balançando a mão no ar.
Essa realmente era a melhor parte de trabalhar com crianças. Ela também voltava a ser criança durante algumas horas por dia. Em vez de uma adulta cansada, preocupada com dinheiro, trabalho e contas, Lucy era apenas uma criança, com medo de levar bronca por fazer barulho demais.
— Está tudo bem? — perguntou o sr. Nojo.
— Está, sim — disse Lucy. — Quando a gente tem que gritar, tem que gritar.
— Também estou prestes a começar a gritar — comentou o sr. Nojo e socou a impressora.
— Shh! Calma — disse ela a Christopher. — Você está assustando o sr. Nojo.
Christopher não pareceu escutá-la.
— Você foi pra Ilha Relógio! Você foi pra Ilha Relógio!
Ele arfava, chacoalhando as mãos. Lucy o pegou com delicadeza pelos punhos antes que ele derrubasse um computador.
— Sim, é verdade — admitiu ela. — Eu sei, porque fui eu que acabei de te contar.
— Você mentiu! — retrucou Christopher. Aquele moleque era inteligente demais para seu próprio bem. — Você disse que conheceu Masterson e que ele autografou seu livro.
— Não menti. Não. Jamais. Eu nunca... tá, sim, eu mentiria. Com certeza já menti. Mas, neste caso, eu só não contei a história inteira. Eu falei que conheci Jack Masterson e que ele autografou meu livro. É tudo verdade. Só não contei que o conheci na Ilha Relógio.
Christopher lhe lançou um olhar mortal.
— Você mentiu.
Lucy o encarou.

— Você me disse que o Super-Homem era seu vizinho.

— Eu achava que era! Juro! Era igual a ele! — disse Christopher, com o rosto franzido. — Mais ou menos.

— Você quer ouvir a história ou quer me mandar para a cadeia por distorcer um pouco o que aconteceu?

— Você mentiu.

— Tá. Eu menti.

— Como foi lá? Você conheceu o Mentor? Viu o trem?

Christopher fez mil perguntas.

— Foi incrível. Não vi nenhum homem escondido nas sombras — respondeu ela — nem trens, mas entrei na casa.

— Como você chegou lá?

E essa era a parte secreta da história.

— Quando tinha treze anos — disse ela —, eu fugi de casa.

O queixo de Christopher caiu. Para uma criança, fugir de casa era a maior das travessuras, o ápice do crime infantil. Toda criança sonhava com isso, falava sobre isso, ameaçava fazer, mas quase nenhuma fazia, e as que faziam raramente voltavam para contar a história.

Ele olhou para ela com um novo tipo de respeito, quase fascínio.

— Por quê? — murmurou ele.

— Porque — respondeu ela — meus pais não me amavam como amavam minha irmã. Eu queria chamar a atenção deles.

— Mas você é tão legal! — comentou ele, com uma expressão confusa de partir o coração. — Por quê?

— Tem certeza de que quer ouvir essa história? É um pouco triste — argumentou ela.

— Tudo bem — disse Christopher. — Estou acostumado a ficar triste.

Lucy olhou para ele, seu coração se partindo pela segunda vez naquele dia. Mas era verdade. Christopher não estava mentindo. Ele estava acostumado a ficar triste. Bom, ela também.

— Certo — disse ela. — A história é a seguinte. É triste. Mas não se preocupe. Tem um final feliz.

* * *

CHRISTOPHER OUVIU ATENTAMENTE enquanto Lucy contava a história que ela nunca havia contado antes — a história de Angie, sua irmã.

Angie vivia doente. Ela tinha imunodeficiência congênita, o que significava que basicamente não tinha um sistema imunológico. Os pais de Lucy faziam tudo que podiam por Angie. Lucy, a filha caçula, era saudável e não precisava da atenção deles, então não recebia nenhuma. Assim como não recebia o amor deles.

— Que triste — interrompeu Christopher.

— Eu avisei.

Lucy beijou a testa dele. Ele deixou. Ela continuou falando.

A falta de cuidado e carinho na família poderiam ter destruído Lucy, se não fosse por Jack Masterson e os livros da Ilha Relógio.

— Não vou contar toda a história sobre como encontrei os livros — disse Lucy. — Mas digamos apenas que eles me encontraram na hora certa. Meus oito anos foram difíceis. Quando comecei a ler aqueles livros, tudo ficou muito melhor.

Lucy estava na sala de espera do hospital infantil, sem poder sair, enquanto os pais passavam horas com a irmã dela. Ela queria ver Angie, mas era nova demais para entrar. Uma placa enorme na ala pediátrica dizia: PROIBIDA A ENTRADA DE VISITANTES MENORES DE DOZE ANOS. Lucy não estava nem procurando um livro para ler. Estava revirando uma cesta de livros de colorir quando o encontrou.

Um livro fino de capa mole. No verso, a faixa etária indicava que era um livro recomendado para crianças de nove a doze anos. Não era um livro para bebês. Não havia figuras em todas as páginas, apenas em algumas. E também não parecia um livro apenas para meninos. Nenhum robô cuspindo fogo nem pirata com espada. A capa desse livro tinha um menino, mas ele estava ao lado de uma menina. Os dois pareciam ter por volta da idade dela ou um pouco mais, talvez nove, dez anos, e ambos seguravam lanternas. Eles pareciam estar andando devagar por um longo corredor escuro numa casa antiga, estranha e mal-assombrada. O título do livro era *A casa da Ilha Relógio*. Lucy gostou dele imediatamente porque quem guiava na capa era a menina, determinada, e o menino estava atrás dela, com uma cara de pavor. Em outros livros, costumava ser o contrário.

Curiosa, Lucy abriu o livro ao acaso e leu:

Astrid não gostava de regras. Quando seus pais diziam que ela tinha que esperar uma hora depois de comer para nadar, ela sempre mergulhava depois de vinte minutos. E quando via uma placa que dizia PROIBIDA A ENTRADA DE CRIANÇAS! ESTOU FALANDO COM VOCÊ, CRIANÇA!, *ela ignorava o aviso.*

Lucy foi fisgada na hora. Uma menina que quebrava as regras? Uma menina com um nome tão legal como Astrid, em vez de um nome idiota de velha como Lucy? Se Astrid estivesse no hospital, ela teria encontrado uma forma de entrar às escondidas só para ver a irmã.

Ela queria que Astrid fosse sua verdadeira irmã...

Em sua cabeça, Lucy apagou o pequeno Max da capa do livro e o substituiu por ela mesma. Seriam Lucy e Astrid se aventurando na Ilha Relógio.

Horas depois de seus pais a deixarem sozinha, os avós de Lucy a buscaram. Ela levou o livro consigo.

— Você o roubou? — perguntou Christopher, mais impressionado do que horrorizado.

— Parecia algo que Astrid faria — disse Lucy. Christopher aceitou isso.

Depois disso, mais nada foi capaz de distanciar Lucy de seus livros da Ilha Relógio. Ela pegou emprestado todos que havia na biblioteca da escola. Tudo o que ela queria era comprar livros.

Quando chegou seu aniversário, não pediu nada além de dinheiro. Quando sua avó a levou à livraria da cidade, Lucy comprou todos os livros em estoque, até aqueles que ela já tinha lido da biblioteca. Ela até se vestiu como Astrid no Halloween, usando calça cápri branca, uma camiseta náutica com listras brancas e azuis e um chapéu branco de marinheiro. Ninguém sabia quem ela era, mas Lucy não ligava. E quando sua professora do quinto ano deu a todos a tarefa de escrever uma carta para seu autor favorito, Lucy já tinha o seu escolhido.

Jack Masterson. Fácil. Para que a carta fosse até ele — ou o Mestre Mentor —, bastava escrever:

— Eu sei — interveio Christopher. — Você escreve "Ilha Relógio", e a carta vai direto para lá.

— Como você sabe? — perguntou Lucy.

Ele a olhou como se ela talvez fosse a pessoa mais burra da face da terra.

— Está atrás dos livros — disse ele.

— Ah, sim. Tinha esquecido.

Lucy passou uma semana trabalhando em sua carta para o sr. Masterson, até finalmente criar coragem de dá-la para a professora colocar no correio. A tarefa era que eles dissessem aos escritores por que começaram a ler seus livros, por que gostavam tanto deles, e então fizessem uma pergunta aos autores. Eles receberam nota pelas habilidades de escrever cartas, e não pela resposta ou não do autor, felizmente.

O sr. Masterson nunca respondeu a carta dela.

Como Lucy não recebeu resposta nenhuma depois de meses, a sra. Lee disse para ela não desanimar. O sr. Masterson era um dos autores mais vendidos no mundo. Os livros infantis dele vendiam mais exemplares do que os de muitos escritores famosos do público adulto.

Lucy tinha ficado magoada, mas não desolada. Estava acostumada com a ideia de o amor ser algo unilateral. E, na verdade, naquela idade, ela não conseguia conceber direito Jack Masterson como uma pessoa real. Ele era apenas um nome na capa dos livros que ela tanto amava, e só. Pensar nele morando numa casa, dormindo numa cama, comendo bolo ou indo ao banheiro parecia tão doido quanto pensar em Jesus fazendo todas essas coisas. Ou na Britney Spears.

— Quem é Britney Spears? — perguntou Christopher.

— Você não sabe quem é a grande Britney? — questionou Lucy.

Christopher deu de ombros.

— Falhei com você, criança — disse Lucy. — Mas depois falamos dela. Voltando ao sr. Masterson.

Embora Jack Masterson não tivesse respondido sua primeira carta, Lucy decidiu continuar escrevendo. A cada poucos meses, mandava uma nova carta para ele. Como essas cartas não passavam pela leitura da professora antes, Lucy conseguia ser mais sincera e contar mais sobre a sua vida. Ela escreveu que seus pais não a amavam como amavam sua irmã, e que ela morava com os avós porque ninguém a queria por perto.

Falou para ele, inclusive, sobre seu retorno para casa nas férias de primavera naquele ano. E que, durante uma semana, tinha contado quantas palavras seus pais lhe disseram, da manhã de segunda à noite de domingo.

O resultado final?

Mãe: 27 palavras
Pai: 10 palavras

Ela contou os minutos que eles passaram no mesmo cômodo.

Mãe: 11 minutos
Pai: 4 minutos

E quando ela contou quantas vezes eles tinham dito que a amavam, o resultado foi o seguinte:

Mãe: 0
Pai: 0

Talvez tenha sido isso.
Porque essa foi a carta que Jack Masterson respondeu.

CAPÍTULO SEIS

Christopher chegou bem pertinho, como se ela estivesse prestes a revelar segredos nucleares para ele.
— Eu me lembro desse dia como se fosse ontem — sussurrou Lucy. Ela estava se divertindo contando a história para ele.

Num dia de outono, ela voltou da escola para casa e, na mesa da cozinha dos avós, estava um envelope azul-claro com o nome dela. Lucy havia acabado de fazer treze anos, mas sabia que não era um cartão de aniversário. Ninguém enviava cartões de aniversário para ela. Ela encontrou uma faca de cozinha e abriu o envelope.

— O que falava na carta? — perguntou ele.

Lucy disse a ele palavra por palavra. Tinha lido tantas vezes que havia memorizado.

Querida Lucy,
Aqui vai um segredo: tenho um monstro em minha casa. Ele fica atrás de minha cadeira em minha fábrica de escrita e só me deixa sair quando acabo todo meu trabalho. Esse monstro se chama editor, e ele é verde e coberto de pelos, e seus dentes são compridos e cheios de ossos de outros escritores que ele comeu por não cumprirem os prazos. No momento, ele está amarrado no canto de minha sala de escrita, amordaçado e vendado. Ele vai se soltar em breve, mas, enquanto está preso, finalmente tenho a chance de te escrever.

O que seus pais fazem com você é uma coisa horrível. Ah, imagino que você possa arranjar desculpas para eles. Sua irmã tem uma doença crônica e, embora criar os filhos seja um trabalho em tempo integral, criar um filho com uma doença crônica faz de você um prisioneiro da doença. Ninguém quer ser um prisioneiro. Ninguém pediria isso. Queria que isso não tivesse acontecido com sua irmã nem com a irmã, o irmão, a mãe ou o pai de ninguém.

Dito isso, o que seus pais fazem com você é uma coisa horrível. Tão péssima que escrevi isso duas vezes. Talvez escreva até uma terceira.

O que seus pais fazem com você é uma coisa horrível.

Se você fosse minha filha, os números seriam muito diferentes.

Quantas palavras te diria em uma semana?

Cem mil (a maioria sobre o monstro detestável com que tenho que lidar todo dia).

Quantos minutos passaríamos juntos em uma semana?

Algo entre 840 e mil. É uma média de três a quatro horas por dia. Seriam tantos minutos assim porque eu daria um arpão e um lança-chamas para você, e eu e você lutaríamos lado a lado todos os dias para manter o monstro editor fora de minha casa. É um trabalho árduo, vou logo avisando. Tomo chaleiras e chaleiras de chá todo dia. Seria bom ter uma ajudante. Meu ajudante atual não está contribuindo muito, e pode falar para ele que eu disse isso.

Infelizmente, o monstro no canto roeu quase todas as cordas. Queria poder fazer mais por você do que dizer como sinto muito pela coisa horrível que seus pais fazem com você. Está claro que você é uma menina valente e inteligente e, mesmo que eles não enxerguem isso, eu enxergo. E minha opinião vale mais do que a deles, porque sou rico e muito famoso. Isso foi uma piadinha. Quer dizer, nem tanto. Sou, sim, rico e famoso, mas não é por isso que minha opinião vale mais. O verdadeiro motivo é que sei coisas que as outras pessoas não sabem. Segredos místicos e conhecimentos ocultos, o tipo de coisa pelo qual homens de chapéus fedora matam e morrem. E as runas e as cartas de tarô e o corvo que mora em minha sala de escrita me falam a mesma coisa sobre você: Lucy Hart, você vai ficar bem. Vai ficar ainda melhor do que bem. Vai ser amada como merece ser amada. E *vai ter uma vida muito mágica (se quiser; fique à vontade para dizer não, pois a magia sempre tem um preço).*

Não desista, Lucy. Sempre lembre que os únicos desejos que são realizados são os desejos de crianças valentes que continuam desejando mesmo quando parece que ninguém está escutando, porque alguém em algum lugar sempre está. Alguém como eu.

Continue desejando.

Estou ouvindo.

Seu amigo,
Jack Masterson

P.S. Ai, meu Deus, ele se soltou de novo. ALGUÉM ME TRAGA A ÁGUA BENTA E O CRUCIFIXO!

— É uma piada — disse Lucy a Christopher. — Ele estava brincando que o editor monstro dele era um vampiro. A gente usa água benta e crucifixos para manter os vampiros longe.

Ela achou que Christopher perguntaria a ela sobre o monstro ou que diria algo sobre como a carta do sr. Masterson para ela era engraçada e esquisita. Em vez disso, ele colocou os braços ao redor do pescoço dela e apoiou o queixo em seu ombro.

— Sinto muito por seus pais não quererem você — disse ele.

Lucy sorriu. Ela não choraria, não por eles. Eles não mereciam.

— Eu não — replicou ela, retribuindo o abraço dele.

— Não?

— Se eles me quisessem, eu não estaria aqui com você. Talvez eu ainda estivesse morando no Maine. E... se me quisessem, eu nunca teria fugido. E, como fugi, sei a resposta para a charada.

— E qual é? — sussurrou Christopher.

— Já chego lá.

Depois que Lucy leu essa carta do sr. Masterson algumas centenas de vezes, ela concluiu que gostava mais dos números dele do que dos dela. E ele não disse que precisava de uma ajudante nova?

Em sua aula de informática na escola, ela tinha aprendido a usar a internet para encontrar lugares e descobrir como chegar a eles. Então, Lucy colocou na bolsa suas roupas e todo o dinheiro que havia economizado trabalhando como babá e fazendo tarefas para a avó: 379 dólares. Ela pegaria um ônibus para o terminal de balsas de Portland. Em seguida, perguntaria a um adulto qual balsa ia para a Ilha Relógio. Alguém provavelmente diria para ela, só para exibir que sabia onde uma pessoa famosa morava e como chegar lá. Nos livros da Ilha Relógio, os adultos viviam subestimando as crianças. Talvez alguém acabasse mesmo contando para ela.

E o mais engraçado foi que... contaram.

— Contaram? — perguntou Christopher.

— Perguntei para a moça da bilheteria. Ela simplesmente me falou — explicou Lucy. — Disse que eu não poderia descer na Ilha Relógio. Que a barca só parava lá para entregar correspondência, mas eu poderia tirar fotos. Só que, quando a balsa chegou à doca e o carteiro desceu, assim que ele virou, eu também desci. E pronto.

Considerando o quanto ela planejou, conspirou e pensou em tudo que poderia acontecer, tudo que poderia dar errado, até que foi bem fácil chegar à Ilha Relógio. Era como se Jack Masterson fosse apenas uma pessoa normal. Para saber onde uma pessoa normal morava, era só perguntar a alguém que soubesse. E, para ir à casa dela, era só ir. Conforme seguia pela trilha de pedra que levava da praia ao que parecia o topo de uma colina, Lucy refletia sobre como aquilo tinha sido fácil. Onde estavam as cercas elétricas? Onde estavam os guarda-costas? As pessoas não sabiam como Jack Masterson era famoso e importante?

E, então, lá estava: a casa da Ilha Relógio. Sem sombra de dúvida. Era enorme, arrepiante, branca com persianas pretas, trepadeiras subindo pelas laterais... Sim, era *A Casa*.

Ela não sabia muito sobre casas quando era criança, exceto que havia casas de gente rica e casas de gente normal. E aquela era sem dúvida uma casa de gente rica.

Depois de adulta, havia entendido que era um casarão vitoriano, a casa de alguém rico demais e um pouquinho excêntrico. Torretas e torres e janelas com vitrais, sabe?

Ela foi se aproximando da casa, com medo. Seu coração batia forte, como se pudesse escapar do peito e fugir de volta para seus avós. Parada atrás de um pinheiro, olhando fixamente para a casa mais bonita que já tinha visto, Lucy sentiu a ficha cair. O que ela havia feito? Como voltaria para casa? O que estava fazendo ali?

Então ela lembrou... Ela lembrou que, em todos os livros da Ilha Relógio, as crianças tinham medo de ir até a casa, tocar a campainha e pedir ajuda ao Mestre Mentor. E ele era assustador, mas isso não significava que fosse mau. Tempestades eram assustadoras. Lobos eram assustadores. Mas Lucy adorava tempestades e lobos.

Antes que desse por si, Lucy estava diante da porta. E tocou a campainha.

Ela esperou.

Um homem abriu a porta.

Ela soube quem era imediatamente. Jack Masterson: um homem mais velho, branco, de cabelo castanho grisalho um pouco desgrenhado, olhos castanhos e uma sobrancelha permanentemente franzida. Vestia cardigã azul-marinho e calça cáqui amarrotada. Aquele era ele, com certeza. Ela não conseguia acreditar que ele havia atendido a própria porta. Ele não tinha um milhão de empregados?

— Sr. Masterson — começou Lucy, antes que ele pudesse dizer algo. — Meu nome é Lucy Hart. O senhor respondeu minha carta. Disse que precisava de uma ajudante. Então... aqui estou eu.

Ele devia ser o homem mais sábio do mundo. Qualquer outro homem, qualquer outro escritor que encontrasse uma fã de mochila a sua porta pedindo para ser sua ajudante provavelmente chamaria a polícia, um hospital psiquiátrico e o corpo de bombeiros, por via das dúvidas. E, se isso tivesse acontecido, Lucy teria ficado devastada. Tão devastada que nunca conseguiria se recuperar, não importa quantos Christophers ela conhecesse.

Em vez de fazer isso, a coisa sensata, o sr. Masterson fez a coisa Jack Masterson. Ele disse:

— Ah, Lucy. Estava esperando por você. Entre. Estou fazendo chá na fábrica de escrita. Você toma no estilo americano ou inglês?

Não era uma pergunta de sim ou não, mas ela respondeu:

— Hum... não?

Ela tinha quase certeza de que nunca havia tomado chá antes.

— Então vou fazer do jeito que eu gosto: noventa por cento açúcar. Vamos subir e conversar.

Ela entrou atrás dele e subiu a escada principal. Mal se lembrava de como era dentro da casa, de tão emocionada que estava na época. Mas se lembrava de ver pinturas estranhas nas paredes verde-escuras. Estranhas, mas maravilhosas.

Eles seguiram por um longo corredor até a fábrica de escrita dele, onde havia uma chaleira sobre uma chapa elétrica, com saquinhos pendurados na lateral.

Jack Masterson a convidou a se sentar numa grande poltrona de couro e lhe deu uma xícara de chá fumegante cheia de açúcar, como havia prometido. E estava gostoso. (Até o tempo presente, ela tomava chá preto com açúcar e sem leite.) Lucy deu uma olhada no escritório com fascínio e encanto. Todas aquelas estantes. Todos aqueles livros. Máscaras. Foguetes em miniatura. Uma lanterna de abóbora no lugar de uma luminária de mesa. Mariposas com olhos nas asas em caixas de vidro. Um globo da lua. Um pássaro preto num poleiro de madeira perto da janela aberta, olhando para o mar.

Um pássaro vivo.

— É uma gralha — disse ela em choque quando o pássaro se mexeu.

O sr. Masterson levou o dedo aos lábios em um sinal para ela falar baixo.

— *Corvo* — disse ele suavemente. — Thurl é muito sensível. Mas ele é só um bebê, então vai melhorar. Venha cá, Thurl.

Ele assobiou e o corvo bateu as asas, voando pelo cômodo para pousar no punho de Jack.

— Uau — soltou Lucy. — Como ele se chama? Thurl?

— Sim, Thurl Ravenscroft. Nenhum parentesco.

— Parentesco com quem?

— Thurl Ravenscroft.

Ela o encarou. Ele era ainda mais esquisito do que ela havia imaginado. Lucy não queria ir embora *nunca mais*.

— O senhor tem um corvo de estimação?

— "Esperança é a coisa com penas", escreveu a maravilhosa Emily Dickinson. Bom, se esse for o caso, um desejo é uma coisa com penas *pretas* — disse ele, sorrindo enquanto acariciava o peito preto brilhante de Thurl Ravenscroft. — Penas pretas, um bico afiado e garras. Coisas perigosas, os desejos. Às vezes, eles vêm quando você quer. Às vezes, voam para longe depois de bicar você.

Ele ergueu o dedo na altura do bico de Thurl, mas o corvo não o mordeu. Jack assobiou de novo e Thurl voltou a seu poleiro, um pedaço de madeira esculpida.

— Deseje com cuidado, é tudo que estou dizendo.

— Meu único desejo é poder ficar aqui — disse ela. — Quero isso mais do que qualquer coisa.

O sr. Masterson se voltou para ela, colocou a mão no queixo e a observou como se a estivesse avaliando. Ela devia ter passado em algum tipo de teste, porque ele disse em seguida:

— Lucy, gostaria de ver algo em que estou trabalhando?

— Claro — murmurou Lucy. — O que é?

— Existia um homem muito estranho chamado Charles Dodgson... você deve conhecê-lo como Lewis Carroll, será?

— Sim, conheço — respondeu Lucy, ansiosa.

— Pessoalmente? — perguntou o sr. Masterson.

— A gente nunca se encontrou — admitiu Lucy. Isso o fez sorrir.

— Ele fez uma charada num livro certa vez. "Qual é a semelhança entre o corvo e a escrivaninha?" Eu não conseguia descobrir —

disse ele. — Não tem nada pior do que não saber a resposta de uma charada. É enlouquecedor, o que sem dúvida era o objetivo dele. Como eu tinha prazos a cumprir, não tive tempo para ficar louco. Inventei minha própria resposta.

— O senhor inventou uma resposta?

Jack Masterson sorriu para ela. Segundo a página dele na enciclopédia on-line, ele tinha cinquenta e quatro anos, mas, naquele momento, parecia um garotinho.

— Veja só — disse ele, e foi até a janela onde Thurl estava.

O sr. Masterson abriu bem a janela. Em seguida, pegou uma mesinha de colo de madeira, como uma pequena escrivaninha, não muito maior do que uma bandeja de refeitório. Com um floreio, ele a atirou pela janela. Lucy levou um susto. O sr. Masterson era doido? Ela correu até a janela e olhou para fora, pensando que veria a escrivaninha no chão lá embaixo.

Mas uma coisa incrível aconteceu, contou Lucy a Christopher. A mesinha não caiu no chão: ela pairava no ar. E o sr. Masterson segurava algum tipo de controle remoto na mão.

— Coloquei rotores de um helicóptero de brinquedo embaixo da bandejinha — explicou ele enquanto apertava os botões do controle. — Voa que nem aquelas coisinhas flutuantes de shopping.

A escrivaninha flutuou e pairou, subiu e desceu e, depois de um tempo, voltou à janela, onde ele a pegou no ar.

Naquele momento, Lucy soube que nunca houve nem haveria um homem mais incrível do que Jack Masterson, e que ela precisava ser a ajudante dele, ou nunca seria feliz de verdade.

— Agora você sabe... — disse Jack Masterson. — Qual é a semelhança entre o corvo e a escrivaninha?

TREZE ANOS DEPOIS, COM UMA voz suave e de puro fascínio, Christopher respondeu à charada:

— Os dois podem voar.

— Exatamente — disse Lucy com um sorriso. — Pelo visto... com um pouquinho de ajuda, os dois podem voar.

Christopher a encarou, os olhos arregalados de perplexidade.

— Enfim — continuou Lucy. Ela tinha prometido a Christopher que a história tinha um final feliz, então era melhor dar um a ele —, tive que ir embora, óbvio. Não dá para aparecer à porta de seu escritor favorito e querer morar com ele quando se tem treze anos. Mas ele foi supergentil e autografou um livro para mim. E disse que, quando eu fosse mais velha, poderia voltar e visitá-lo de novo. Então talvez eu possa fazer isso um dia.

— Posso ir com você? — perguntou ele.

Ela estava prestes a dizer que sim, que o levaria a qualquer lugar, quando se lembrou do que a sra. Costa havia falado: ela nunca seria a mãe de Christopher, a menos que acontecesse um milagre.

Mas ela precisava dizer alguma coisa. Christopher estava olhando para ela, esperando uma resposta. Talvez fosse o momento certo de contar para ele, ao menos de começar a dar sinais de que as coisas não aconteceriam como eles desejavam.

— Sabe, querido. Queria conversar com você sobre uma coisa... — começou ela, mas, de repente, Theresa apareceu à porta da sala de informática.

— Te achei — disse Theresa. Lucy viu que ela estava segurando um envelope azul. — Acabaram de entregar isso para você. Por correio expresso. Espero que não esteja sendo processada, meu bem.

Ela olhou para o envelope azul. Olhou para Christopher. Christopher olhou para o envelope azul. Olhou para ela.

Ele gritou. Ela gritou.

Quando a gente tem que gritar, tem que gritar.

Tique-taque-tógio.
Bem-vindos à Relógio.

No meio das profundezas da floresta, ficava uma casa semiescondida por bordos imponentes. Astrid nunca tinha visto uma casa tão estranha nem tão escura. Embora a casa fosse alta e larga e feita de tijolos vermelhos, o lugar era coberto por tantas trepadeiras verdes que ela só conseguia ver onde ficavam as janelas pela maneira como o luar refletia no vidro.

— É essa? — sussurrou Max atrás dela. — É essa a casa?

— Acho que sim — respondeu Astrid, também aos sussurros. — Vamos entrar.

— Está escura. Não tem ninguém lá dentro. É melhor a gente voltar para casa.

— Não, acabamos de chegar aqui — disse Astrid.

Ela também queria ir para casa. Nada seria mais fácil do que ir para casa. Mas não realizariam o desejo deles se desistissem naquele momento.

Uma luz apareceu na janela. Alguém estava lá dentro.

Astrid soltou um "ah" baixo. Max soltou um "ah" alto.

Eles se entreolharam. Devagar, foram se aproximando da casa por uma trilha feita de pedras tomadas de musgo e escorregadias. Max seguiu logo atrás.

Quando eles chegaram à porta, estava tão escuro que Astrid teve que ligar a lanterna para encontrar a campainha. Ela apertou o botão e esperou ouvir um toque.

Não houve um toque, mas ouviu-se uma voz, uma estranha voz mecânica.

— O que se quebra sem nem mesmo tocar?

Astrid deu um pulo para trás, o que fez Max dar um pulo também. Os dois estavam ofegantes de medo.

— O que foi isso? — perguntou Max, os olhos arregalados.

— Acho que foi a campainha.

A mão dela estava tremendo, mas ela apertou de novo.

A voz falou de novo, e era como ouvir um relógio falar, cada sílaba um tique-taque.

— O. Que. Se. Que. Bra. Sem. Nem. Mes. Mo. To. Car?

— É uma charada — disse Astrid. — A gente só pode entrar se responder à charada. O que se quebra sem nem mesmo tocar? Pense, Max!

Mas Max não estava pensando. Estava tremendo.

— Astrid, quero ir para casa. Você prometeu que se fosse assustador a gente voltaria para casa.

Então caiu a ficha. Ela sabia a resposta.

Astrid gritou para a porta:

— Uma promessa.

Depois de uma longa pausa, a voz mecânica disse:

— Ti. Que. Ta. Que. Tó. Gio. Bem. Vin. Dos. À. Re. Ló. Gio.

A porta se abriu.

— *A casa da Ilha Relógio, Ilha Relógio Vol. 1,*
  de Jack Masterson, 1990

CAPÍTULO SETE

Hugo estava exilado. Culpa dele. Ele estava no mirante, e lá de cima observava os barcos e balsas irem e virem, trazendo caixas e sacolas de compras, e até empregados para cuidar da cozinha e da limpeza. Um pequeno exército de funcionários tinha sido recrutado temporariamente por Jack para organizar aquele concurso maluco dele. Até o momento, a única coisa que tinha sido quebrada fora um busto caríssimo de mármore feito por um gênio das artes já falecido, o que fez Jack rir e falar: "É para isso que temos seguro." A cabeça de Hugo tinha quase explodido, e foi aí que Jack o mandou ao mirante para "supervisionar os barcos".

— Supervisionar os barcos? — protestou Hugo. — Alguém tem é que ficar de olho para não quebrarem mais nada aqui embaixo.

— Hugo — disse Jack com um sorriso largo e apavorante —, seu mau humor está assustando as crianças.

Hugo gesticulou para a sala em que estavam.

— Não tem criança nenhuma aqui.

— Não fomos todos crianças algum dia? — replicou Jack.

Entendido. Hugo foi para o terraço.

Mas, mesmo lá no alto, ele não conseguia ficar em paz. Seu bolso começou a vibrar. Mais uma ligação de outro número desconhecido, sem dúvida. Quem seria dessa vez? TMZ? O *New York Post*? *National Enquirer*? Só de raiva, ele atendeu a ligação.

— Alô?

— Hugo Reese? Aqui é Thomas Larrabee, do *Na Prateleira*.
— Nunca ouvi falar.
— Somos um blog literário renomado.
— O que é um blog? — perguntou Hugo, movido por puro ódio.
— É um, bom, é um...
— Deixa pra lá. O que você quer?
— A gente queria saber se você poderia responder a algumas perguntas...
— Tenho um limite de uma pergunta só.
— Ah, bom, certo — disse ele. Hugo ouviu páginas de caderno sendo viradas. — Como é o verdadeiro Jack Masterson?
— Boa pergunta — replicou Hugo.
— Obrigado.
— Se um dia eu conhecer o verdadeiro Jack Masterson, conto para você.

Hugo desligou. Como essas pessoas estavam conseguindo seu número de telefone?

Ali no terraço tinha sinal de celular suficiente para pesquisar *Na Prateleira* no Google. E óbvio que o tal blog literário renomado tinha um total de dezessete seguidores, a maioria provavelmente contas de robôs russos.

Mas não era uma má pergunta. *Como era o verdadeiro Jack Masterson?* Hugo adoraria saber.

De repente, no ano anterior, do nada, sem qualquer aviso e nenhuma explicação, Jack saiu da cama um dia e voltou a escrever. E então, mais uma vez sem explicação ou aviso algum, do nada e completamente de repente, decidiu fazer um concurso na própria casa na ilha?

O velho adorava rotina, adorava sua privacidade, adorava paz e silêncio. Pessoas sociáveis e comunicativas não moravam em ilhas particulares. Não, Jack era o oposto disso — era introvertido, na dele. Ainda assim, por uma semana inteira, a casa estaria infestada de estranhos. Por quê?

Quando Hugo tentou perguntar isso para ele, Jack disse apenas:
— Por que não?
Enlouquecedor. Absolutamente enlouquecedor. Mas Jack era bem assim — uma charada ambulante. Será que Hugo havia conhecido o verdadeiro Jack em algum momento? Talvez um dia. Muito tempo atrás.

Depois que Hugo venceu o concurso para ser o novo ilustrador da série, o próprio Jack Masterson ligou para ele e o convidou para passar alguns meses na Ilha Relógio, recebendo-o em um dos muitos quartos de hóspede ou até mesmo na casa de hóspedes, se o visitante assim preferisse. Aos vinte e um anos de idade, Hugo nunca nem tinha saído do Reino Unido, muito menos atravessado o oceano. Como poderia dizer não? Davey nunca o teria perdoado.

A primeira vez que ele voou de avião foi no trajeto de Heathrow, em Londres, para o JFK, em Nova York. Um Caddy preto o buscara no aeroporto e o levara à Lion House Books, em Manhattan, para conhecer a editora e a equipe de arte de Jack. Uma noite no Ritz — por conta de Jack — e, no dia seguinte, outro avião para o Jetport, de Portland. Mais uma viagem de carro. Depois uma balsa. E então lá estava ele, na doca da Ilha Relógio, um lugar que até uma semana antes ele teria jurado que só existia nas páginas dos livros que ele lia para o irmão toda noite.

Achava que seria recebido por um funcionário, talvez até um mordomo de libré, mas não. Não havia funcionário algum. Nenhuma comitiva. Apenas Jack Masterson em carne e osso esperando por ele completamente sozinho. Se tinha imaginado Jack como algum tipo de grã-fino babaca, ficou surpreso ao encontrar um cara de aparência normal com cerca de cinquenta anos, usando um cardigã azul-marinho e camisa azul de botão com manchas de tinta, como se tivesse lutado dez rounds contra uma caneta-tinteiro e perdido.

— É um prazer conhecer o homem em pessoa — disse-lhe Jack, agindo como se Hugo fosse o famoso, e não ele. — Bem-vindo à Relógio.

Hugo nem se lembrava do que tinha respondido. *Que lugar bonito?* Ou *Obrigado?* Um clássico *Tudo certo?*, que parecia confundir imensamente os estadunidenses por conta de seu sotaque. Talvez ele não tivesse dito nada, de tão impressionado que estava, exceto por um *Oi* mal-educado.

Depois disso, ele se lembrava que Jack tinha oferecido algo para ele comer, e que o próprio Hugo fora orgulhoso demais para admitir que estava faminto. Ele disse a Jack que era melhor começarem a trabalhar logo, se queriam quarenta capas novas em seis meses.

Que jovem idiota ele era, fingindo ser todo profissional. Enquanto isso, Jack o guiou pelo relógio que era a Ilha Relógio. A Praia às Cinco, e o Extremo Sul às Seis, um ótimo lugar para churrascos, segundo Jack. Hugo ficaria hospedado na Cabana de Hóspedes Paradisíaca às Sete, mas poderia trabalhar na casa principal se preferisse. Não faltavam cômodos vagos e bolo na cozinha.

Jack mostrou os morangos alpinos brancos que estava cultivando em sua estufa ("*Experimente um, Hugo. Têm gosto de abacaxi!*"), as piscinas naturais ("*Se vir uma estrela-do-mar, não a deixe ir embora. Tenho algumas perguntas que gostaria de fazer a ela.*"), o mirante de onde ele poderia ter uma visão de 360 graus da ilha ("*Pode dormir aqui fora, se gostar de contemplar as estrelas e não se importar com morcegos cagando na sua cara.*"). Não era para eles estarem trabalhando em um projeto enorme?

Por fim, o pobre e velho Jack desistiu de tentar fazer Hugo relaxar. Quando Jack perguntou se ele queria descansar um pouco antes de começar a trabalhar, Hugo fez que não.

— É melhor começar agora — dissera Hugo.

Catorze anos depois, ele queria voltar no tempo e botar um pouco de juízo na cabeça de sua versão mais jovem, dizer para ele parar de fingir que era um artista sério, com suas roupas pretas, e expressão sombria e atitude arrogante. Ele tinha levado alguns anos para entender: não existia isso de *artista sério*. Era um paradoxo, e Jack havia tentado ensinar isso a ele no dia em que se conheceram.

Durante o tour rápido pela casa de Jack, Hugo fingiu que não estava embasbacado por cada cômodo. As primeiras edições valiosíssimas na biblioteca. A mesa de jantar para doze pessoas. A cozinha do tamanho do apartamento da mãe dele. Os retratos de pessoas mortas de quem Jack nem era parente. Os esqueletos de morcego em caixas de vidro emolduradas. O painel secreto que dava em um corredor secreto que dava em uma saída secreta para o jardim nem tão secreto. E todos os relógios e ampulhetas e relógios solares. Até um pêndulo. A casa toda parecia uma casa de veraneio de um cientista vitoriano maluco. E Hugo adorou. Não que tenha dito isso para Jack.

— Bem-vindo a minha fábrica de escrita — disse Jack quando entraram no último cômodo.

Mais prateleiras. Uma escrivaninha do tamanho de um barco e, segundo Jack, feita a partir de um barco.

— Fábrica de escrita? — indagou Hugo.

— Willy Wonka tinha sua fábrica de chocolate, onde ele torturava e recompensava crianças. Eu tenho minha fábrica de escrita, onde torturo e recompenso crianças. Só que por escrito, lógico.

Ele apontou para uma coleção de máquinas de escrever: meia dúzia ou mais de máquinas de escrever manuais e elétricas. Uma Olivetti vermelha. Uma Smith Corona preta. Uma Royal azul-clara. Uma Olympia rosa-choque. Todas pareciam ser pelo menos uma ou duas décadas mais velhas do que Hugo.

— Máquinas de escrever? — perguntou Hugo, assim que Jack se sentou atrás da escrivaninha, uma máquina de escrever laranja à frente dele com "Hermes Rocket" gravado em metal no alto. — Um pouco obsoleto, né? Não usa computador?

— Silencioso demais — disse Jack. — Preciso de algo que faça barulho suficiente para encobrir o som dos gritos de socorro de meus personagens.

Hugo estava começando a pensar que Jack poderia ter um parafuso a menos.

— É mais divertido também — comentou Jack. — Até Thurl gosta de me ajudar a escrever. Venha aqui, Thurl.

Se Hugo tinha notado o corvo de estimação, ele havia pensado que era uma estátua ou algo assim e o ignorado. Naquele momento, porém, em que o pássaro voava de um poleiro perto da janela sul até a escrivaninha de Jack, perto da janela leste, não conseguiu ignorá-lo. Um corvo. Um corvo preto vivo, de verdade, com uma envergadura do tamanho da perna de Hugo.

— É um corvo — disse Hugo, apontando para a ave. — De onde ele veio?

— Do céu — respondeu Jack, acariciando as asas brilhantes de Thurl.

— Um bichão, hein?

O choque deve ter transparecido no rosto de Hugo.

— Ah, ele é apenas um bebê. Quer dizer, um bebezão. Vocês não têm corvos em Londres?

— Temos os corvos da Torre de Londres, mas não nos deixam levá-los para casa. Sempre quis — admitiu ele. — Mas não consegui pensar num jeito de esconder um corvo embaixo do casaco.

— Pode fazer carinho nele. Ele deixa.

Hugo tinha que fazer carinho no corvo, ao menos para contar a Davey que tinha feito isso.

Ele se aproximou devagar do pássaro, que parecia mais do que feliz em ficar pousado na máquina de escrever de Jack e bicar as teclas. Ele ergueu a cabeça quando Hugo se aproximou, os olhos cor de ébano cintilantes.

— Tudo bem, amigão? — disse Hugo enquanto fazia carinho devagar na cabeça lisa do pássaro uma, duas vezes. Depois disso, perdeu a coragem.

Aquele bico parecia sinistro. Assim que parou, no entanto, Hugo quis fazer aquilo de novo. Ele acariciou a asa de Thurl, e o corvo deixou, não pareceu se importar. Talvez o velho Jack fosse doido, mas tinha bom gosto para estranhos animais de estimação.

— Eu o encontrei semimorto na floresta depois de um vendaval. A mãe não estava por perto. Eu o criei, então agora ele é manso demais para voltar para a grande imensidão azul.

— Ele é maravilhoso — disse Hugo, criando coragem para fazer carinho de novo na cabeça lustrosa do pássaro.

— Que bom que gostou dele. Vocês podem ser amigos.

Hugo estava sorrindo, e Jack o havia flagrado. Ele não gostava que o flagrassem sorrindo. Artistas sérios não sorriam. Mantinham a cara fechada.

Ele enfiou a mão no bolso.

— Como vamos fazer isso? — perguntou Hugo, voltando a falar de trabalho.

— Você leu meus livros, certo? — indagou Jack, enquanto colocava uma folha nova de papel na máquina de escrever e começava a bater nas teclas.

— Sim. Para meu irmão, Davey — respondeu ele, levantando a voz por conta do som da máquina de escrever.

— E minha editora ou alguém da Lion House explicou o processo ontem?

— A chefia me falou o que fazer e como fazer.

O pessoal do departamento de arte da Lion House tinha lhe dado uma longa aula sobre o processo de criação de capas. Os livros da Ilha Relógio eram especiais, lhe disseram, porque as capas ainda eram pintadas, e não feitas no computador. Preferência de Jack (embora a maneira como disseram "preferência" tenha feito Hugo pensar que estava mais para "exigência"). As pinturas seriam expostas em eventos literários e visitas escolares, doadas a hospitais infantis e abrigos familiares. Na sequência, deram a ele uma lista de requisitos — meio, tinta, dimensões. Ele poderia ter desistido, só que também disseram quanto ele receberia por capa, o que o fez continuar sentado e prestar atenção. Era uma ninharia se comparado ao que Jack ganhava por livro, porém mais dinheiro do que ele ou a mãe tinham visto em toda a vida. Então, ali estava ele, no Maine, falando com um maluco que tinha um corvo como coautor.

— Pode começar, então. Pinte. Divirta-se.

— Vou precisar de um pouco mais de orientação do que "Divirta-se".

Jack continuou datilografando e, enquanto escrevia, recitou:

> *Somos de músicas os fazedores,*
> *E de sonhos os sonhadores,*
> *Vagando por quebra-mares abandonados,*
> *Sentados à beira de córregos desolados;*
> *Do mundo esquecidos e do mundo perdedores,*
> *Sobre os quais a lua pálida lança resplendores;*
> *Porém, para deixar o mundo movimentado,*
> *Parecemos ser sempre nós os chamados.*

Jack parou por tempo suficiente para dizer:

— Primeira estrofe. *Ode*, de Arthur O'Shaughnessy. Sempre cite suas fontes.

Então ele voltou a datilografar que nem um maníaco.

— Poesia não vai resolver meus problemas — replicou Hugo, quase gritando para se fazer ouvir por cima do bater das teclas.

Por fim, Jack tirou as mãos da máquina. O silêncio foi um alívio.

— Por que alguém teria problemas que a poesia não conseguiria resolver? — questionou Jack.

Aquele homem não entendia que Hugo estava sob pressão? A editora de Jack tinha dito que cada livro da Ilha Relógio vendia dez milhões de exemplares ou mais, e que havia quarenta até o momento. Dez milhões vezes quarenta era um cálculo que até um artista conseguia fazer de cabeça.

— Você é rico — disse Hugo. — Não vou dizer que deve se desculpar por isso — embora Hugo achasse que ele provavelmente devesse —, mas aquela bolsa ali — continuou ele, apontando para a mochila preta — é praticamente tudo que tenho neste mundo. Não posso perder essa oportunidade. Você deve ter mais a oferecer do que um "Divirta-se".

— Garoto, esta — disse Jack, apontando para a página em sua máquina de escrever — é minha arte. Aquela — ele apontou para uma pintura à têmpera da Ilha Relógio feita em papel, a qual Hugo tinha enviado ao concurso — é sua arte. Você não me diz como fazer minha arte. Eu não digo a você como fazer a sua.

— Jack?

— Pois não, Hugo?

— Me diga como fazer minha arte.

Jack se recostou em sua cadeira giratória verde industrial. As rodinhas antigas rangeram, fazendo Thurl voar de volta ao poleiro.

— Qual foi o melhor presente que você já ganhou? — perguntou Jack. — E não me diga algo que pensa que eu queira ouvir, como "o apoio de um professor" e que esse foi o melhor presente da sua vida. Estou falando de brinquedos. Bateria. Arco e flecha. Algum mimo do Papai Noel ou de uma tia solteirona com dinheiro e uma rixa com sua mãe.

— Um Batmóvel — respondeu Hugo. Ele quase corou ao admitir, mas tinha amado demais aquele brinquedo para negar. — Minha mãe de alguma forma conseguiu juntar dinheiro para me comprar um Batmóvel de controle remoto. Acho que era usado. Talvez minha mãe o tenha encontrado num bazar de caridade, mas ainda estava na caixa e funcionava perfeitamente.

— Você brincava com ele?

— Claro. Eu, hum... Nossa... — disse Hugo, rindo baixo com a lembrança. — Brinquei com ele até o motor queimar e as rodas caírem.

— Como você acha que sua mãe teria se sentido se você nunca o tivesse tirado da caixa? Só o deixado numa prateleira e o admirado de longe?

Hugo se lembrou de como a mãe dele ria até perder o fôlego enquanto o carrinho preto desviava da mesa, dava a volta pelo apartamento, contornava os tornozelos dela, até quando estavam tomando café da manhã. Ela fingia ficar brava, mas os olhos dela estavam sempre brilhando. Ele até a tinha ouvido se gabar para a vizinha, Carol, que Hugo não parava de brincar fazia semanas com um brinquedo que ela havia encontrado para ele.

— Isso teria partido o coração dela.

— É isso — disse Jack, como se aquilo provasse seu argumento. Que argumento?

— É isso o quê?

— Deus, ou seja lá quem estiver no comando deste planeta, ficou bêbado de serviço um dia e decidiu me dar o presente da escrita. A meu ver, tenho duas escolhas. Posso colocar esse presente numa prateleira alta para que ele não amasse e ninguém possa tirar sarro de mim por brincar com ele — disse Jack, sorrindo até as rugas nos cantos de seus olhos estarem profundas a ponto de conseguirem esconder segredos de estado. — Ou posso me divertir e brincar com o presente que ganhei até o motor queimar e as rodas caírem. Eu decidi brincar. Sugiro que faça o mesmo, rapaz. Vá pintar, desenhar, fazer uma colagem ou o que mais quiser. Volte quando tiver fumaça saindo da tela. E, pelo amor de Deus, divirta-se. Pode ser?

Jack fez um sinal com a mão, dispensando Hugo. E o que mais ele faria? Hugo saiu e se divertiu, ao menos para provar que Jack estava errado. Só que ele não provou. Três dias depois, havia pintado uma capa para *A máquina-fantasma*, o décimo primeiro livro da série da Ilha Relógio. Não havia nenhum pirata-coruja, mas havia uma lua crescente sorrindo, duas estrelas no lugar dos olhos, e um menino de cerca de dez anos subindo uma escada impossível, inspirada em Escher, rumo ao céu noturno, e, atrás dele, na escada, estava um fantasma cor de fumaça no formato do menino que ele seguia. Uma sombra na janela da casa da Ilha Relógio revelava a silhueta do Mentor, observando o menino e o fantasma disputarem corrida até a lua.

Era estranho e era bom, e Hugo se divertiu pintando.

Ele se lembrava de mostrar para Jack, sentindo-se tímido e apavorado e orgulhoso e idiota, tudo ao mesmo tempo. Como uma criança esperando um parabéns.

Jack contemplou e examinou a pintura, a olhou de perto, deu um passo para trás, voltou um passo para a frente e deixou um dedo pairando sobre a estranha escada pintada que levava a todos os lugares e lugar nenhum.

Então, murmurou baixo:

— "Ontem quando subia a escada, conheci um homem que lá não estava. Hoje, ele lá não permanecia. Que ele fosse embora, como eu queria..." — E acrescentou baixo: — Hughes Mearns.

Certo, certo. Sempre cite suas fontes.

Teria sido esse o momento em que Hugo viu o verdadeiro Jack Masterson? Quando testemunhou o sorriso desaparecer e o véu cair? Mas qual era o verdadeiro Jack? A lua que observava? O menino atormentado que corria na direção da luz?

Ou o Mentor solitário, preso atrás do vidro, sem conseguir intervir num mundo em que até as crianças eram atormentadas?

— Você gostou? — perguntou Hugo finalmente. Ele não conseguia esperar nem mais um segundo pela resposta de Jack.

— É perfeito — disse Jack, sem sorrir, mas conseguindo emanar uma espécie de alegria mais profunda. Ele deu uma leve cotovelada na costela de Hugo. — Um já foi. Só faltam trinta e nove.

Ao fim da segunda semana, Hugo havia aprendido a pintar com um corvo pousado em cima do cavalete. Ao fim do mês, havia terminado cinco capas, e eram melhores do que qualquer coisa que ele se achava capaz de fazer. E, quando chegou o Natal, Hugo tinha terminado o serviço e sido contratado para o quadragésimo primeiro livro da Ilha Relógio e todos os que viessem depois.

Na manhã de Natal, dois dias antes de Hugo viajar de volta para Londres, de volta para Davey, ele abriu uma caixa embrulhada onde encontrou um Batmóvel vintage de controle remoto em perfeitas condições. Hugo o deu para Davey, que brincou com ele até as rodas caírem.

Agora, ele via o último barco do dia se afastar da doca. Já devia ser seguro voltar lá para baixo. Mas antes, Hugo se virou, dando mais uma boa olhada na ilha. Difícil acreditar que partiria em breve, se mudaria, seguiria a vida, como deveria ter feito anos antes, quer quisesse quer não.

Quando o sol se pôs, Hugo desceu para a casa. Tudo estava mais ou menos preparado. Os primeiros participantes chegariam no dia seguinte. Hugo pretendia ficar até o fim do concurso para garantir que mais nada se quebrasse. Incluindo Jack.

Especialmente Jack.

CAPÍTULO OITO

TORÇA POR UM *milagre*.
    Foi o que a sra. Costa disse. Foi o que Theresa disse. Lucy não havia acreditado que isso daria em alguma coisa. Mas agora... talvez estivesse começando a acreditar.

Era segunda-feira. O dia em que Lucy viajaria para a Ilha Relógio.

Às quatro da manhã, ela acordou e se obrigou a comer um pouco de cereal. Depois de um banho, maquiagem, cabelo e de se vestir, conferiu as malas, certificando-se de que não tinha esquecido nada.

Depois da faculdade, ela havia jurado que nunca mais voltaria ao Maine, e tratou de começar a se esquecer da falta que sentia do gelado e bravio oceano Atlântico, dos ventos fortes, dos mergulhões e papagaios-do-mar, dos mirtilos e sanduíches de lagosta e daqueles bolinhos fofos e salgados incrivelmente deliciosos que a faziam se xingar por nunca ter aprendido a fazer. E ela fingia que não sentia falta de usar roupas de frio nove meses por ano. Mesmo quando era honesta consigo mesma sobre a saudade que sentia de casa, não se arrependia de ter ido para a Califórnia. Isso tinha salvado a vida dela — os longos dias ensolarados a haviam tirado das profundezas sombrias das quais ela temia nunca conseguir escapar. E conhecer Christopher tinha feito tudo valer a pena.

Graças a Deus ela não havia contado a Christopher que nunca seria mãe dele. Depois de dois anos economizando, juntando dinheiro e se sacrificando sem chegar a lugar nenhum, ela *finalmente* podia fazer isso acontecer. As regras do jogo diziam que ela poderia fazer qualquer coisa com o livro se o ganhasse, incluindo vendê-lo para qualquer editora. Esse era seu plano. Ganhá-lo. Lê-lo. Vendê-lo. Um novo livro da Ilha Relógio provavelmente valeria muito. No mínimo, ela teria dinheiro para um carro e um apartamento. Precisava vencer. Por Christopher. Por ela. Lucy nunca mais teria uma segunda chance como essa.

Ela ouviu um *bi-bi* na rua.

Hora de ir.

Ela se levantou, respirou fundo e pendurou a bolsa no ombro. Theresa a estava esperando do lado de fora. Tinha se oferecido para levá-la ao aeroporto, e Lucy riu quando saiu da casa e viu o velho Camry bege de Theresa decorado com um cartaz que dizia: ILHA RELÓGIO OU NADA!

— Você é doida — comentou Lucy quando Theresa pegou sua mala e a colocou no porta-malas. Ela precisou tirar algumas serpentinas azuis e douradas da frente para conseguir.

— Meus alunos quiseram fazer isso para você. Não me culpe — disse Theresa.

Lucy foi para o banco da frente.

— Conseguiu dormir um pouco? — perguntou Theresa, se afastando do meio-fio.

— Umas duas horas, talvez.

— Empolgação ou medo?

— Empolgação por mim. Medo por Christopher.

— Ele vai ficar bem — disse Theresa. — Vou ficar de olho nele. Ele vai sentir muito a sua falta, mas não está se aguentando de animação. Ele sabe que você vai ganhar o livro.

Lucy balançou a cabeça.

— Nem sei o que vamos fazer na ilha. Não me falaram nada sobre o jogo. Só sei que um carro vai me buscar no aeroporto de Portland e um barco vai me levar até a ilha. Disseram para fazer as malas para cinco dias, e só.

— Muito misterioso. Tem certeza de que não é nenhum lance de seita? — Theresa deu uma piscadinha para ela.

— Juro que não vou entrar em nenhuma seita nem cair em nenhum golpe.

— Vai ter tempo para ver amigos na cidade?

— Não muito. Acho que vou ficar na Ilha Relógio até acabar o jogo. Depois voltar direto para cá.

— Ótimo.

Lucy lançou um olhar para Theresa.

— Eu não iria ver o Sean de jeito nenhum. Nem pintado de ouro.

— Só confirmando. Sei que você deixou todas as suas coisas na casa dele quando se mudou. Se estivesse pensando que poderia valer a pena...

— Não vale, eu sei.

Lucy tinha considerado ligar para Sean mais de uma vez para pedir que ele lhe mandasse suas coisas. Seria bom ter os saltos da Jimmy Choo que ele tinha comprado. Lucy poderia tê-los vendido.

— Muito bem. Ninguém precisa tanto assim de dinheiro. E, se precisar, peça a Jack Masterson. Esse concurso maluco fez os livros dele voltarem à lista de mais vendidos. O que devia ser o plano, inclusive.

— Talvez — disse Lucy, embora o Jack Masterson que ela havia conhecido não parecesse nem um pouco interessado em dinheiro ou listas de mais vendidos. Se fosse, por que não tinha publicado nem um único livro nos últimos seis anos?

Lucy olhou ao redor. Já era para elas estarem na estrada para o aeroporto.

— Tem certeza de que esse é o caminho para o aeroporto?

— Uma paradinha rápida antes.

Elas tinham tempo, então Lucy não ficou preocupada. Olhou pela janela, tentando se acalmar. Foco no objetivo. Ela precisava se concentrar. Não seria fácil vencer. Três dias antes, tinha aparecido — por meio de uma entrevista on-line — no *Today Show*. Eles haviam falado com todos os competidores, pedindo que eles contassem como e por que tinham fugido para a ilha.

Andre Watkins contou que sofria bullying e racismo no internato onde estudava. Ele fugiu durante uma excursão da escola. Jack ligou para os pais de Andre, disse ele, e falou que não adiantava nada mandá-lo para uma escola chique se isso destruísse o amor dele pelo aprendizado. Ele voltou para sua cidade e passou a frequentar uma escola onde se sentia seguro, e Jack escreveu a carta de recomendação que ajudou Andre a entrar em Harvard. Agora ele era um advogado bem-sucedido.

Melanie Evans, a única outra mulher na competição, contou que tinha se mudado para uma cidade nova, escola nova, e não tinha nenhum amigo. Jack enviou exemplares de seus livros a todos os colegas de classe dela com um bilhete que dizia que eram presentes dele e de sua querida amiga Melanie. Ela se tornou a menina mais popular da escola depois disso e, agora, tinha sua própria livraria infantil.

O dr. Dustin Gardner revelou que estava com medo de sair do armário para os pais. Jack o havia encorajado a ser sincero com eles, mas prometeu que, se eles não o aceitassem, teriam que se ver com Jack em pessoa. Ter seu escritor preferido a seu lado tinha lhe dado a coragem para ser seu verdadeiro eu. E Jack estava certo. Os pais de Dustin haviam tido dificuldade de lidar com a questão no começo, mas depois de um tempo aceitaram e se tornaram os maiores apoiadores do filho. Quando os apresentadores do programa perguntaram o que ele faria se ganhasse o livro, ele disse que o venderia para quitar seus empréstimos estudantis. Depois perguntou se havia alguém interessado. Isso provocou uma gargalhada geral.

Quando chegou sua vez, Lucy camuflou um pouco a verdade. Disse que só queria ser a ajudante de Jack Masterson. Ele havia brincado em uma carta que precisava de uma, e ela pretendia se candidatar para a vaga. A parte sobre a negligência de seus pais e os problemas de saúde de sua irmã pareceram deprimentes demais para serem citados em um programa matinal.

— Você está muito quieta, meu bem. Está tudo certo? — perguntou Theresa, interrompendo seu devaneio.

— Sim, sim. Só nervosa. Obrigada, aliás.

Theresa fez que não era nada.

— É só uma carona para o aeroporto.

— Não, quer dizer, obrigada por me convencer a não contar aquilo para Christopher.

Theresa estendeu o braço e apertou a mão de Lucy.

— Você vai vencer e vai virar a mãe dele. Eu me recuso a acreditar que não.

— É muito mais provável que eu perca.

— Beleza, então roube alguns dos talheres de Masterson enquanto estiver por lá. Vamos vender no eBay quando você voltar. Esse é o plano B.

— Ótima ideia.

— Mas, falando sério, enquanto estiver no Maine — disse Theresa, apontando para Lucy —, quero que pense em um plano B de verdade, tá? Não ligo se for um outro emprego ou fazer sua irmã se sentir culpada a ponto de ela te dar um cheque, mas está na hora de fazer isso acontecer. Beleza? Por Christopher?

Um novo emprego significaria que ela não poderia dar aulas de reforço para Christopher depois da escola. E ela não conseguia nem mandar mensagem para a irmã sem sentir vontade de vomitar, muito menos pedir dinheiro para ela. Sem chance.

— Tá. Vou pensar em alguma coisa.

— Sei que vai.

Theresa estacionou na garagem de um pequeno bangalô com arbustos altos no jardim. Onde elas estavam?

A porta da frente da casa se abriu, e Christopher saiu correndo na direção do carro.

Lucy olhou para Theresa.

— Não precisa agradecer — disse ela.

Lucy saiu e o pegou num abraço, girando-o.

— Lucy, posso ir com você até o aeroporto. A sra. Bailey deixou. Posso até me atrasar para a escola!

— Que demais. Vamos! — exclamou ela, entrando no banco de trás com Christopher e confirmando que ele estava com o cinto afivelado corretamente enquanto Theresa saía da garagem. — Ótima surpresa — comentou, apertando o ombro de Theresa.

— Achei que você precisava de apoio moral.

— Eu sou seu apoio moral, Lucy — disse Christopher.

— Meu moral precisa de muito apoio.

Durante o caminho todo para o aeroporto, Christopher e Theresa falaram sobre todos os livros favoritos dele da Ilha Relógio: *A máquina-fantasma*, *Crânios e Craniomancia* e, especialmente, *O segredo da Ilha Relógio*.

— Por que esse é tão bom? — perguntou Theresa.

— Porque é nesse que o Mentor adota uma menina que foi para a ilha. Ela pode morar lá com ele para sempre.

Christopher olhou timidamente para Lucy.

Foi Lucy quem apresentou os livros da Ilha Relógio para Christopher. Quando a assistente social o buscou no hospital depois que seus pais foram declarados mortos, ela perguntou para ele se havia algum adulto com quem ele gostaria de ficar, considerando que eles não conseguiram localizar nenhum parente.

Ele respondeu:

— A srta. Lucy.

Foi assim que, por uma semana, Lucy pôde ser a mãe de Christopher. Era verão quando ela recebeu a ligação, durante um turno da noite no bar em que trabalhava durante as férias da escola. Um colega deu carona para ela até a delegacia e depois os levou até a casa de Lucy. Christopher, ainda em choque, não disse nada no carro.

O gerente do bar foi generoso e deu folga remunerada para Lucy, que então passaria vinte e quatro horas por dia com aquele garotinho assustado e traumatizado. Ela havia colocado um saco de dormir no chão ao lado de sua cama e dado para ele todos os cobertores extras que conseguiu pegar emprestados dos colegas que moravam com ela, que, pela primeira vez na vida, fizeram silêncio na casa. Desesperada para fazer Christopher falar, ela tirou uma caixa de baixo da cama. Sua mudança para a Califórnia tinha sido de avião. Lucy tinha apenas duas malas com ela. Uma cheia de roupas. Outra cheia de livros. Os livros da Ilha Relógio foram os únicos escolhidos. Lucy disse a Christopher para escolher um livro, e ela o leria para ele. Ele escolheu *O parque de diversões do luar*, o trigésimo oitavo livro da Ilha Relógio. Por quê? Provavelmente porque a capa chamou a atenção dele: a roda-gigante flutuante, a montanha-russa alada e o garotinho vestido de apresentador de circo. Também era uma das capas favoritas dela. Ela colocou Christopher na cama com ela, e ele pousou a cabeça no braço de Lucy, enquanto ela lia página após página em voz alta, esperando que ele dissesse alguma coisa. Quando chegaram à metade, era hora de dormir, mas ele pediu a ela que lesse mais um capítulo — as primeiras palavras que o pequeno falava desde que Lucy o havia levado para casa. E foi nesse momento que ela soube que faria qualquer coisa por ele, qualquer coisa para fazê-lo feliz, para mantê-lo seguro, para dar a ele uma vida cheia de amor.

No dia em que a assistente social apareceu para levá-lo a seu primeiro lar temporário, Christopher não quis soltá-la. Ele se agarrou ao pescoço dela e chorou de soluçar. Naquele dia, Lucy prometeu que o pegaria de volta algum dia. Assim que ela conseguisse, os dois seriam uma família.

Ao estacionarem na área de embarque do aeroporto, ela queria colocá-lo em sua bagagem de mão e levá-lo com ela.

Theresa saiu do carro e tirou a mala de Lucy do porta-malas.

— Comprei uma coisa para você — disse Lucy a Christopher.

— O quê?

Ela tirou a sacola da Tartaruga Roxa da bagagem de mão e a deu para ele. Christopher abriu o embrulho com os olhos arregalados e encontrou não um, não dois, mas três tubarões.

— Ah, que legal! — Ele olhou admirado para os tubarões. — Posso ficar com todos?

— Todinhos. Qual é seu favorito?

— Este aqui — respondeu ele, aninhando o tubarão-martelo como outras crianças fariam com um gatinho.

— Sorria!

Lucy tirou uma foto dele segurando o tubarão como se o animal estivesse voando. Depois, Christopher lançou os braços ao redor do pescoço dela e apertou com firmeza. Ela retribuiu o abraço com a mesma força. Ele cheirava a xampu de bebê Chega de Lágrimas, o cheiro favorito de Lucy em todo o mundo.

— Preciso ir — sussurrou ela.

Christopher se afastou e abriu um sorriso corajoso.

— Boa sorte.

— Vou precisar — disse ela, segurando o rosto dele entre as mãos e olhando em seus olhos. — Assim que eu puder, vou mandar mensagem para a sra. Bailey e pedir que ela repasse tudo para você. Pode ser?

— Pode — concordou ele. Em seguida, disse baixo: — Vou tentar atender se você me ligar.

— Vai? Não precisa fazer isso. Posso mandar mensagem. E definitivamente vou trazer o autógrafo do sr. Masterson para você.

— E o livro?

Foi a vez de Lucy abrir um sorriso corajoso.

— Sabe, pode ser que eu não ganhe. Quatro pessoas estão competindo.

— Eu desejei que você ganhasse.

— Então vai dar certo.

Ela deu um último abraço nele, disse que o amava e, como se tirasse um Band-Aid depressa, saiu do carro, abraçou Theresa e pegou sua mala.

— Acabe com eles — disse Theresa. — Não deixe que ninguém intimide você. Você é auxiliar de turma de jardim de infância. Se você dá conta disso, consegue dar conta de *qualquer coisa*.

Lucy mandou um último beijo para Christopher. Ele acenou da janela até o carro sumir de vista.

Ela respirou fundo e entrou no aeroporto. Fazia anos que não viajava de avião. Fazia anos que não viajava, *ponto*. Ela estava *mesmo* voltando para a Ilha Relógio. Ainda não conseguia acreditar direito.

Quando Lucy passou pela segurança e chegou ao portão, já estava quase na hora do embarque. Ela andou de um lado para outro, nervosa, tentando se livrar da agitação antes de embarcar no avião e passar seis horas seguidas sentada. Demorou para sentir o celular vibrando no bolso de trás da calça jeans. Parou e então começou de novo. Ela o tirou e viu que a ligação era do Maine, um número desconhecido.

Na semana anterior, ela havia atendido todas as ligações de números desconhecidos, pois poderiam ser de alguém da equipe de Jack Masterson.

— Lucy Hart falando — atendeu ela, tentando fazer uma voz adulta, independente e profissional.

Houve uma breve pausa antes de a pessoa do outro lado da linha falar.

— Oi, Gansa.

Lucy conhecia aquela voz. Conhecia e odiava aquela voz. Seu sangue gelou.

— Sean? O quê... Por que você está me ligando?

— Ouvi um boato de que você ficaria alguns dias em Portland. Parabéns, inclusive. Pelo tal do concurso, digo. Do que se trata?

Ela respirou fundo.

— Você pode jogar no Google — replicou.

Seu ex-namorado era a última pessoa do planeta com quem queria falar naquele momento. Na verdade, não. Era a penúltima pessoa do mundo com quem queria falar. A irmã dela, Angie, era a primeira.

— Por que não me conta? Parece divertido.

Num passado muito distante, ela costumava pensar que esse homem roubaria a lua por ela. Agora, sabia que ele roubaria a lua só porque queria que ela visse como ele ficava bonito sob o luar.

— Estou prestes a embarcar. O que você quer, Sean? Falando sério.

— Poxa, Gansa. Não faz isso. Sei que as coisas terminaram mal entre nós. Em parte por culpa minha, mas somos dois adultos. Vamos agir como tal e deixar isso pra trás.

Em parte por culpa dele? *Em parte?*

Não adiantava nada ficar com raiva dele. Raiva era uma forma de atenção, e Sean se alimentava de atenção como plantas sob a luz do sol.

— O que posso fazer por você, Sean? — perguntou ela, o mais calmamente possível, embora ficasse olhando o tempo todo para a agente do portão, torcendo para começarem o embarque logo.

— Vamos tomar um café quando você estiver na cidade.

— Não posso. Vou passar o tempo todo na ilha.

— Ilha. Legal. Está jogando com os grandes — disse ele, e ela imaginou um sorriso presunçoso na cara dele. — Bom para você.

Lucy não respondeu nada. Sabia que era melhor se poupar.

— Então, bom, parabéns de novo. Sei que você amava aqueles livrinhos do Relógio. Eu nunca entendi, mas nunca fui muito de ler ficção infantil, nem quando era criança. Simplista demais, sabe?

— Eu sou simplista — disse Lucy.

— Não. Eu não teria me apaixonado por você se fosse. Você é muito mais inteligente e interessante do que imagina.

Ela não confiava nos elogios dele. Ao elogiá-la, estava *se* elogiando, porque isso significava que ele tinha bom gosto.

— Mas e os tantos "Pare de ser tão burra, Lucy"?

— Ei. Como eu disse, nós dois nos comportamos mal. Eu admito. Você consegue admitir?

A agente do portão pegou o microfone e anunciou o início do embarque. Lucy seria capaz de dar um beijo naquela mulher.

— Tenho que ir. Vou embarcar agora. Primeira classe — anunciou ela, sem conseguir se conter. — Tchau, Sean.

— Não desligue — interveio ele. Ele não estava implorando. Era uma ordem. — Tenho o direito de saber o que aconteceu com a criança.

Ela respirou fundo, fechou os olhos. Não choraria antes de embarcar no avião. Continuaria calma.

— Você tem razão. Você merece saber — disse ela. — Mas porque esperar até agora para ligar? Você nunca nem mandou mensagem. Nem uma única vez. Em três anos.

Sean era capaz de sentir vergonha? Provavelmente não, mas pelo menos ela finalmente havia feito uma pergunta para a qual ele não tinha uma resposta ardilosa. Ela sabia por que ele estava ligando para ela agora. O concurso estava em todos os jornais. Sean tinha ouvido o nome dela e lembrado que ela existia. Melhor ainda: Lucy estava tendo seus quinze minutos de fama. Por que não ligar e tirar um pouco de proveito dessa fama? Por que não ligar e fazer com que a grande aventura dela tivesse a ver com ele? Afinal, tudo no mundo girava em torno dele.

— Estou perguntando agora, Lucy.

— Não houve criança — respondeu ela. — Parabéns. Você não é pai. Feliz? Pode admitir.

A risada fria dele fez os pelos dos braços dela se arrepiarem.

— Eu deveria ter imaginado que você estava mentindo. Pena que seu joguinho não funcionou comigo.

— É lógico que você pensaria que sou uma pessoa tão horrível quanto você.

— Não acho que eu...

— Não ligo para o que você acha. Tchau, Sean. Nunca mais me ligue.

— Como qui...

Lucy encerrou a chamada. Ela se levantou e pegou suas coisas. Foi um alívio subir logo no avião, sentar-se numa grande poltrona macia, virar o rosto para a janela e esconder os olhos. Ela respirou lentamente algumas vezes para acalmar o coração acelerado. Torceu para que quem quer que se sentasse a seu lado pensasse que ela estava tremendo porque tinha medo de avião, e não porque o ex-namorado ainda tinha o poder de abalá-la daquela forma. Lucy odiava que ele fosse capaz de estragar o dia dela com uma simples ligação. Não, ela não permitiria mais que ele fizesse isso. Ela não era mais uma menina. Não era mais a bonequinha dele. Não estava mais sob o poder dele. Não daria a ele esse prazer.

Não, ela decidiu naquele momento que venceria aquele concurso. Ganharia aquele livro. Ela o leria para Christopher para comemorar e, no dia seguinte, venderia o livro para uma editora pela maior quantidade de dinheiro possível.

Depois, ela entraria na Tartaruga Roxa com Christopher a seu lado e, quando a vendedora perguntasse se poderia ajudar, Lucy diria: "Sim. Vamos levar tudo. E embrulhe para presente, por favor."

CAPÍTULO NOVE

Lucy chegou ao aeroporto de Portland pouco depois das seis da tarde. Ela estava cansada, esgotada, precisando de comida de verdade, e fora de si de tanta empolgação. Depois do voo de um lado a outro do país, ela teve capacidade mental suficiente para enviar uma mensagem rápida a Theresa dizendo que tinha chegado em segurança à primeira parada. Não tinha certeza se havia sinal de celular na Ilha Relógio. Nos últimos tempos, Jack Masterson era conhecido por ser reservado e recluso, mas, enfim, a maioria das pessoas do Maine era assim. Além disso, Lucy tinha receio de que a equipe de Jack confiscasse o celular dos participantes. Como tinha sinal de celular até o momento, também enviou uma mensagem à sra. Bailey, pedindo para dizer a Christopher que o amava e que tinha chegado bem, nessa ordem.

Haviam lhe dito que um motorista a encontraria na área de retirada de bagagem e que ela deveria procurar um homem segurando uma placa com o seu nome. O avião havia pousado um pouco mais cedo, então ela não ficou surpresa quando não viu o motorista na área de desembarque. Lucy encontrou um lugar tranquilo de onde poderia ficar de olho nas portas. Parte dela tinha alimentado a esperança de que talvez erguesse os olhos e encontrasse os pais ou a irmã ali na saída. Uma esperança idiota e vã. Sua família nunca havia se esforçado por ela em toda a sua vida. Seus avós a amavam profundamente, mas nunca haviam entendido de verdade o impacto que o descaso familiar teve sobre Lucy. Para eles, fazia sentido que a criança doente recebesse a maior parte da atenção. Lucy tinha sorte, diziam-lhe várias e várias vezes. Ela preferia receber atenção ou ter saúde?, perguntavam eles. Se isso lhe garantisse o amor e o cuidado dos pais, ela teria cortado o próprio braço para ter cinco minutos do tempo deles.

Eles não a estavam esperando, obviamente. Mesmo se soubessem seu horário de chegada, não apareceriam. Isso tudo era só um sonho antigo de Lucy que se recusava a morrer.

Será que um dia ela deixaria de esperar que a família aparecesse e a levasse para casa?

À sua volta, ela observava famílias se encontrando. Pais abraçavam filhos universitários que não queriam ser abraçados — ou que ao menos fingiam não querer. Maridos beijavam esposas. Netos cercavam avós. Uma menininha de uns cinco anos correu para cumprimentar a mãe, que descia a escada rolante. Ao chegar embaixo, a mulher ergueu a menina em seus braços, a abraçou e acariciou suas costas. Lucy sorriu, e, quando as duas passaram por ela, ouviu a mulher falar baixinho, a cara enfiada no cabelo da filha:

— Mamãe te ama. Mamãe sentiu muita saudade.

Viu, mãe, pensou Lucy. *Era só isso que você precisava fazer. Tudo que eu queria era que você aparecesse na escola, me deixasse correr para os seus braços, me pegasse no colo e me carregasse e dissesse: "Mamãe te ama. Mamãe sentiu muita saudade."*

— Lucy?

Ela se virou. Um homem incrivelmente alto, de ombros largos e uniforme preto de chofer segurava um quadro branco que dizia: LUCY HART.

Ela pegou as malas.

— Sou eu.

— É um prazer conhecer você, Lucy. — Ele pegou a mala dela. — O carro está por aqui.

O homem estava na casa dos cinquenta, tinha um sotaque do Bronx e um sorriso largo. Ele a guiou até o meio-fio e lhe pediu para esperar por ele. Cinco minutos depois, voltou no maior carro que ela já tinha visto na vida.

— Eita — disse Lucy quando ele saiu do carro para abrir a porta para ela. — Que carrão.

— Stretch Caddy Escalade. O sr. Jack quer o melhor para seus convidados. Diz que deve isso a vocês porque vocês tiveram que pegar carona de barco na última vez.

Ele abriu a porta para ela, e Lucy deu uma espiada dentro. O banco de trás era cavernoso. Ela já havia estado em carros como aquele antes, com Sean. Eles sempre a deixavam enjoada. Ou será que era pela companhia?

— Posso sentar na frente com você? — perguntou ela.

O motorista ergueu as sobrancelhas e disse:

— Fique à vontade.

Ele fechou a porta de trás e abriu a da frente. Lucy entrou, e ele deu a volta até o lado do motorista.

Depois que o homem se sentou, Lucy disse:

— Como você se chama? Esqueci de perguntar.

Ele lançou um olhar para ela de quem estava tentando não sorrir.

— Mike. Ou Mikey, se preferey — disse ele com uma piscadinha. Claramente uma piada que ele fazia mil vezes por dia.

— Obrigada pela carona, Mikey.

Ela apertou o suéter com firmeza ao redor do corpo e olhou pela janela para os postes que passavam. Algumas coisas pareciam familiares, mas a maioria apenas passava em borrões. Ela inspirou, trêmula. Estava de volta. Jurou que nunca voltaria para sua cidade natal, mas ali estava ela.

— Você está bem, moça? Não precisa ter medo. Jack é um cara legal.

Lucy não queria despejar em seu pobre motorista a relação de amor e ódio que tinha com seu estado. Ela amava o Maine, mas poderia viver a eternidade sem todo o resto — seus pais, sua irmã, seu ex-namorado.

— Só nervosa com o jogo — disse ela.
— Relaxe. Deixei os assentos aquecidos ligados. E não se preocupe. Andei avaliando seus concorrentes. Você vai se dar bem.

O trajeto do aeroporto ao terminal de balsas levava vinte minutos, e lá haveria um barco esperando para levá-la à Ilha Relógio. Nervosa, Lucy encheu Mikey de perguntas o caminho todo. Ela descobriu que seria a última a chegar e que era a única pessoa da Costa Oeste a participar do jogo.

— Não sou muito boa com jogos — admitiu Lucy.
— Não acho que Jack vá fazer vocês jogarem futebol americano nem nada assim. Vai ser divertido. Não entre em pânico.
— Tarde demais. Já estou em pânico.

Mikey riu baixo, depois balançou a mão.

— Não precisa entrar em pânico, moça. Vai dar tudo certo. Os outros competidores são legais. Jack é legal. Hugo também até que é legal se você ignorar, sabe, a personalidade dele.
— Espere, você está falando de Hugo Reese? O ilustrador?

Hugo Reese não era apenas o ilustrador dos livros da Ilha Relógio; ele era o artista vivo favorito de Lucy. E ela já o tinha conhecido. Ele estava na casa quando ela fugiu para lá.

— Ele também mora na ilha — disse Mikey. — Alguém tem que ficar de olho em Jack. Ele é um cara legal. Um resmungão, mas não acredite na fachada.
— Ah, eu lembro dele. Mas eu acreditei na fachada.

Ela riu.

— Você conheceu nosso Hugo? — perguntou Mikey
— Se o conheci? Não. Mas ele, hum... soube me distrair enquanto o sr. Masterson chamava a polícia.

Ela não tinha contado essa parte a Christopher, mas, claro, foi isso que havia acontecido. Não se pode aparecer à porta de um escritor mundialmente famoso sem que chamem a polícia. Sim, Jack Masterson lhe deu chá e biscoitos e a deixou acariciar seu corvo de estimação, mas ela não podia ficar lá. Alguns desejos se realizavam, outros não, e *Quero morar numa ilha mágica com meu escritor favorito e ser sua ajudante* foi um dos desejos que nunca se realizou.

Depois de lhe mostrar a escrivaninha voadora, Jack havia pedido licença, prometendo uma boa surpresa para ela. Ele voltou com um rapaz.

Lucy ainda se lembrava da aparência dele. Impossível esquecer aqueles olhos azuis elétricos na cara fechada, o cabelo bagunçado de astro do rock e, lógico, as tatuagens.

Seus dois braços eram fechados por tatuagens. Espirais coloridas em tons de vermelho, preto, verde, dourado e azul. Não um arco-íris. Não listras. Apenas cores. Como se seu corpo fosse uma paleta. Ele era mais tinta do que homem.

— Lucy Hart, esse é Hugo Reese — dissera Jack. — Hugo Reese, essa é Lucy Hart. Hugo é um pintor. Ele é o novo ilustrador de meus livros. E Lucy vai ser minha nova ajudante. Você poderia mostrar para ela como desenhar a casa do Mentor? Ela vai precisar saber disso.

Ela acreditou naquilo? Caiu nessa? Acreditou de verdade que Jack Masterson deixaria que ela ficasse em sua casa? Ser sua ajudante? Sua filha? Sua amiga? Ela queria acreditar, então estendera a mão trêmula para Hugo Reese.

Hugo havia apenas olhado para a mão dela, depois para Jack Masterson.

— Você está com um parafuso a menos, velhote?

O sotaque dele era britânico. Não britânico chique, como o de um príncipe, mais como um britânico punk rock.

Jack Masterson dera uma cutucada no topo da cabeça.

— Todos no lugar.

Hugo revirara os olhos com um ar tão dramático que Lucy imaginou que ele devia ter conseguido ver dentro do próprio crânio.

— Fiquem à vontade — dissera Jack. — Eu já volto.

Então eles ficaram sozinhos, ela e Hugo Reese. Ele a deixara incrivelmente nervosa, e não porque estava com a cara fechada nem porque era o novo ilustrador dos livros da Ilha Relógio, mas porque era o moço mais lindo que ela já tinha conhecido na vida. Normalmente, ela não prestava muita atenção em meninos, mas não conseguia tirar os olhos dele.

— Lucy Hart, hein? — indagara ele.

Ela ficara subitamente muito, muito, *muito* nervosa. Havia meninos bonitinhos na escola dela. Mas Hugo não era um menino. Era um homem. Um homem muito, muito, *muito* lindo.

— Você fugiu de casa? Para cá? Você tem noção de como isso é incrivelmente idiota? Você poderia ter morrido. Seus pais deixaram você bater a cabeça quando era bebê?

Lucy ficara surpresa com a raiva dele. Tinha achado que ele seria bonzinho como Jack.

— Talvez — dissera ela, à beira de lágrimas. — Eles não ligam para mim, então não seria uma surpresa.

Hugo desviara os olhos.

— Desculpa. Meu irmão tem mais ou menos sua idade. Eu teria um fricote se ele fugisse de casa.

Fricote? Ela gostou dessa expressão.

— Mas Jack disse...

— Eu não ligo para o que Jack diz. Ele quase teve um ataque do coração quando você apareceu.

Lucy riu baixo. Hugo olhou feio para ela.

— Desculpa, desculpa. É só que... meu sobrenome é Hart. Escrito parecido com "coração" em inglês, sabe? Pensei que você estivesse fazendo uma referência. Hart. Ataque do coração — explicara Lucy, baixando os olhos, depois olhando para ele de novo. — Desculpa.

O olhar dele se suavizara. A tempestade de fúria havia passado. Ela não estava acostumada a ser repreendida, muito menos por artistas punks bonitos. Era até meio legal que ele parecesse se importar tanto com a segurança dela.

— Tá, tá — dissera ele. — E preste atenção. Desenhar é uma habilidade, como dirigir ou andar de patins. Você não nasce sabendo como fazer. Tem que aprender e, se quiser aprender, você pode. Mas, se não quiser, não me faça perder meu tempo.

Ninguém nunca tinha falado isso para ela antes, que dava para aprender coisas como arte. Ela achava que não sabia desenhar porque não tinha habilidade, e agora estava diante de um artista de verdade dizendo que ela poderia aprender? Que doideira. Lucy se sentou, prestou atenção e fez tudo que Hugo Reese disse para ela fazer. Ela errou. Começou de novo. Tentou e tentou de novo. E, trinta minutos depois, tinha um desenho passável de uma casa mal-assombrada coberta por trepadeiras e com janelas estranhas, feito olhos vigilantes.

Não apenas qualquer casa... a casa da Ilha Relógio.

Quando ela havia terminado o desenho, Hugo Reese dera uma longa olhada nele e dito:

— Nada mau, Hart Attack. Continue assim.

Lucy não tinha continuado, mas nunca se esqueceu daquela aula de desenho nem de como gostou de ser chamada de Hart Attack daquele jeito engraçado pelo moço mais bonito que já tinha visto na vida.

Era inegável que, ao fim da aula, ela estava um pouco apaixonada por ele. E acabou rápido demais. Cerca de trinta minutos depois, a porta do escritório se abriu de novo. Ela ergueu os olhos, sorrindo, pensando que veria Jack Masterson. Em vez disso, era um policial de uniforme seguido por uma mulher que disse ser assistente social. Eles estavam ali para levá-la para casa.

— Vamos lá, querida. O barco está esperando.

A voz de Mikey a trouxe de volta para o presente.

Ele carregou as malas dela até o barco, onde o capitão as pegou e ajudou Lucy a embarcar. Ele a acomodou numa cadeira com uma xícara de café quente. Ela era a única passageira da pequena balsa azul e branca.

Embora ainda tivesse alguns minutos, ela olhou o celular. Theresa tinha respondido à mensagem dela com muito amor, abraços e desejos de boa sorte. A sra. Bailey respondeu dizendo que Christopher ficou feliz que ela havia chegado bem. Só isso.

Ela guardou o celular antes que fizesse alguma coisa inútil, como tentar ligar para Christopher e contar a novidade sobre Hugo Reese. Todas aquelas pinturas malucas, estranhas e hipnotizantes dos animais fictícios que habitavam a Ilha Relógio ou os fantasmas que a assombravam ou o trem que passava por ela — embora o Mentor nunca tivesse explicado direito como um trem poderia chegar a uma ilha — eram feitas por Hugo. Christopher amava as ilustrações quase tanto quanto as histórias.

Lucy sabia que deveria ficar dentro da cabine com seu café quente. Mas não conseguia ficar parada. Com cuidado para não perder o equilíbrio, ela se levantou, foi até a porta, a abriu e se encaminhou para a amurada, segurando-se a ela com firmeza enquanto a balsa balançava e jogava e agitava a água em seu trajeto rumo à ilha.

Ela respirou fundo a brisa do mar. Não conseguia acreditar na saudade que sentia das noites frias de primavera e do delicioso ar salgado do oceano Atlântico. Se fosse um perfume, ela compraria um frasco e o usaria todos os dias. Seria tão bom se Christopher estivesse com ela... Ele sonhava em viver perto do mar e nadar com tubarões, e eles estavam ali na água, logo embaixo do nariz dela. Tubarões-mangonas. Tubarões-azuis. Nenhum tubarão-martelo, infelizmente, mas havia tubarões-brancos, que certamente o impressionariam. Ok, ela teria que avisar para ele não alimentar as gaivotas e nunca fazer carinho nas focas, mas ele adoraria aquele lugar. Seria o paraíso para ele.

Ela sentia como se tivesse treze anos de novo — estava morrendo de medo, mas seu nível de animação era indescritível. Ela estava ansiosa para ver Jack Masterson de novo? Claro. Ele era um de seus ídolos. Talvez o único ídolo que ainda não a havia desapontado. Mais do que isso, porém, essa era sua chance, sua única chance de fazer as coisas darem certo para ela e Christopher. Se ela vencesse.

Essa era a questão. *Se.*

O céu escuro clareou. O barulho do motor mudou. O barco ficou mais lento.

À frente, não muito longe, havia uma casa — uma enorme casa vitoriana, linda, coberta de trepadeiras e com torres estranhas com vista para a praia, a doca e a água.

O coração dela batia forte como um tambor.

Lá estava. A Ilha Relógio.

Em sua cabeça, ela ouviu uma voz mecânica falando.

Tique-taque-tógio. Bem-vindos à Relógio.

Ela estava de volta.

PARTE TRÊS

*Charadas e jogos
e outras
coisas estranhas*

Ele estava lá, mas Astrid não conseguia vê-lo. Tudo que ela via era o contorno de um rosto nas sombras perto do fogo. O Mentor.

— Senhor? Moço, hum — começou Astrid, e Max tossiu. — Quer dizer, Mestre Mentor. Eu e meu irmão queríamos saber se o senhor poderia nos conceder um desejo.

— Um desejo? — disse a voz das sombras. — Eu lá pareço um gênio para você?

— Talvez? — respondeu Astrid. — Não sei como é um gênio, então talvez um gênio se pareça com o senhor.

Ele não respondeu nada, mas ela viu a sombra que era seu rosto quase sorrir.

— Mestre Mentor? — disse Max. Sua voz estava trêmula. — Nosso pai teve que se mudar para muito, muito longe, por causa de um trabalho. Sentimos muita falta dele. Se ele conseguisse arranjar um emprego na cidade, ele poderia voltar. Queríamos pedir...

— Digam-me o que voa mas não tem asas — interrompeu o homem nas sombras. — E vocês terão sua resposta.

Max ergueu os olhos para Astrid, mas ela não sabia a resposta. Ela deu uma olhada no ambiente de forma frenética, tentando fazer seu cérebro funcionar, para ver se a solução estava escondida em algum lugar. O cômodo estava tão silencioso que ela conseguia ouvir o batimento de seu coração. Como o tique-taque de um relógio.

O tique-taque de um relógio?

— O tempo — disse ela. — O tempo voa e não tem asas.

— Com o tempo, se vocês forem pacientes, seu pai vai voltar para casa.

Max puxou a manga de Astrid.

— Vem. Eu sabia que isso não ia dar certo. Vamos para casa.

Ele se virou para sair, mas Astrid continuou parada onde estava.

— Não quero esperar. Sentimos falta do papai agora. O senhor nunca sentiu falta de ninguém? Quando a pessoa está longe, um dia parece um milhão de anos.

Mais uma vez, o Mentor ficou em silêncio por um longo, longo tempo. Inclusive, ficou em silêncio por tanto tempo que poderia ter criado asas e aprendido a voar enquanto ela esperava que ele voltasse a dizer alguma coisa.

— Vocês vão ser valentes? — perguntou ele. — Só crianças valentes têm seus desejos concedidos.

Astrid estava assustada, apavorada até. Mas ergueu o queixo e falou:

— Sim. Vou ser valente.

Max pegou sua mão e disse:

— Eu também. Se precisar.

O mentor gargalhou uma gargalhada mais assustadora do que qualquer grito.

— Ah, você vai precisar.

— *A casa da Ilha Relógio, Ilha Relógio Vol. 1,*
 de Jack Masterson, 1990

CAPÍTULO DEZ

O BARCO DIMINUIU a velocidade ao se aproximar da longa doca de madeira. Os faróis da balsa iluminaram o píer. Um homem esperava na ponta. Lucy não conseguia ver o rosto dele, mas não era Jack Masterson. Aquele homem era jovem e alto demais. Ele estava com as mãos no bolso de um casaco escuro, de frente para o vento da noite, como se o frio não conseguisse tocá-lo. E quando o capitão da balsa jogou a corda para ele, o homem logo a pegou e amarrou o barco à doca, parecendo saber bem o que estava fazendo.

Ela se dirigiu à frente da balsa, se abraçando para se proteger do ar frio da noite. O homem na doca ofereceu a mão para ajudá-la a sair do barco. Ela se concentrou em não cair enquanto dava o grande passo para fora.

— Malas? — indagou o homem na doca.

O capitão as entregou e desejou um boa-noite rápido a Lucy. O homem da doca a olhou de cima a baixo.

— Típica californiana. Não trouxe casaco?

Sotaque inglês. Soava familiar. Será que era ele? Mas onde estava o cabelo de astro do rock?

— Não — disse ela, sentindo-se envergonhada. Tinha desistido de comprar um casaco de inverno, dizendo a si mesma que provavelmente não precisaria para uma viagem tão curta. Como veio a descobrir, ela precisaria, sim. — Estou bem. Tenho um suéter na bolsa.

— Tome. Coloque isto aqui.

Ele entregou a ela uma jaqueta de inverno forrada de flanela que tinha trazido consigo, como se já imaginasse que ela seria idiota e não levaria uma. Lucy obedeceu, grata pelo calor enquanto se envolvia na jaqueta grande. Ela notou que cheirava a mar.

— Obrigada. Não tenho muitas roupas de inverno hoje em dia.

— É claro que não. Tenho certeza de que não está acostumada a estar em lugares que não estejam pegando fogo.

— Que ofensivo — retrucou ela, irônica. — Nenhuma mentira, mas ofensivo mesmo assim.

Ele quase sorriu. Talvez. Mas não sorriu de fato.

— Por aqui — indicou o homem e começou a andar pelo píer em direção à casa, as rodinhas da mala dela fazendo barulho. Ela quase tinha que correr para acompanhar as passadas longas dele.

— Você é Hugo Reese, certo?

Ele parou abruptamente e olhou para ela com uma irritação mal escondida.

— Infelizmente. Vamos. Jack está esperando.

O mesmo Hugo de que ela se lembrava, embora não tão punk quanto antes. Cerca de trinta e cinco anos, maxilar definido, olhos azuis espertos e intensos, óculos de armação preta. Ele usava um casacão azul-marinho, a gola aberta exibindo o pescoço bonito. Aos treze anos, ela o havia achado maravilhoso. Agora, diria que ele era bonito, muito bonito, apesar da cara tão fechada. Quase elegante. Mais para professor universitário do que para astro do rock. Lucy concluiu que gostou da atualização.

Ela o seguiu, se perguntando se ele se lembrava da última visita dela ali. Provavelmente não. Ele era jovem na época, mas definitivamente um adulto, enquanto Lucy tinha treze anos, a mais impressionável das idades. Ela se lembrava de cada palavra que ele tinha lhe dito.

Ela estava na entrada da casa quando se despediu do sr. Masterson, com a mão da assistente social em seu ombro. Jack Masterson lhe disse gentilmente que ela teria que voltar para casa, que odiava fazê-la ir, mas que ele não podia ficar com as crianças que apareciam à sua porta. Ele gostaria de poder, de verdade, com todo o coração. Ela poderia ser a mordoma de Thurl Ravenscroft. Talvez quando ficasse mais velha, disse ele.

Hugo estava sentado na escada atrás dele. Enquanto a assistente social a guiava para fora da casa, ela o ouviu dizer a Jack:

— Pare de fazer promessas que não pode cumprir. Vai acabar fazendo alguém morrer qualquer dia desses, velhote.

Isso a deixou furiosa na época. Agora que tinha vinte e seis anos, Lucy tinha que admitir que Hugo estava certo. Nessa empreitada de fugir de casa, ela poderia ter morrido, e tudo porque um escritor mundialmente famoso fez uma piada impensada sobre precisar de uma ajudante.

Mas ela nunca se esqueceu da resposta de Jack Masterson:

— Hugo, sempre fique em silêncio quando um coração estiver se partindo.

Hugo tinha rido.

— O seu ou o dela? — perguntara ele.

Essa havia sido a última vez que Lucy tinha visto Hugo Reese.

— Algum problema? — perguntou Hugo, no presente.

Ela o estava encarando? Opa. Lucy ficou grata pelo ar frio já ter deixado seu rosto vermelho.

— Nós nos conhecemos antes — disse ela. — Só estava me perguntando se você se lembrava.

— Eu me lembro.

Ele não parecia feliz com isso. Certo, uma lembrança não tão boa, mas ainda era melhor do que ser esquecida.

— Você está diferente.

— O nome disso é envelhecer. Obrigado por me lembrar — replicou ele, antes de dar as costas para ela e acrescentar: — Vamos. Está todo mundo esperando.

Eles chegaram à trilha de paralelepípedos e a seguiram até a porta da frente, a mesma trilha de paralelepípedos que Lucy havia percorrido anos antes.

Ela parou de repente e ergueu os olhos para a casa. Todas as luzes em todas as janelas estavam acesas como se fosse Natal. Havia um relógio de metal pendurado sobre as grandes portas duplas arqueadas, exatamente como ela se lembrava. Lucy se sentiu logo bem-vinda, acolhida, como se aquele fosse seu lugar, embora ela soubesse que não era.

— Você vem? — questionou Hugo.
— Sim, desculpa.
Eles seguiram em frente.
— Eu sinto muito *mesmo*, sabe?
As sobrancelhas dele se franziram naquela cara fechada de que ela se lembrava tão bem.
— Pelo quê?
— Não sei se você se lembra, mas você gritou comigo por me colocar em perigo ao fugir. Na época, nunca tinha passado pela minha cabeça que eu poderia ter arranjado problemas para Jack Masterson por aparecer à porta dele. Foi idiota e perigoso, e poderia ter prejudicado a carreira dele se tivesse se espalhado que ele estava, sei lá, *chamando* meninas para a casa dele.
— É ele quem deveria pedir desculpa para você — disse Hugo, olhando feio para a casa, como se seu pior inimigo morasse lá dentro. — Idiota ridículo, pensando que poderia brincar de Deus com uma criança problemática e sair impune.
— Eu não era tão problemática assim — comentou ela, tentando fazê-lo sorrir. Não funcionou.
— Eu não estava falando de você. Vamos.
Sem falar mais nada, Lucy seguiu Hugo até a casa da Ilha Relógio.

CAPÍTULO ONZE

Finalmente, a última participante havia chegado. Agora o maldito jogo poderia começar. Hugo já estava contando os minutos para que acabasse e a casa voltasse a ficar em silêncio. Aí ele poderia se sentar com Jack e avisar que estava na hora de seguir a própria vida. Como todos haviam chegado bem, ele relaxou um pouco. Os quatro não eram os invasores desagradáveis que ele tinha temido. Andre era educado e curioso. Melanie, a canadense, era de uma gentileza sem fim. Dustin, o médico, parecia um fio desencapado, de tanta energia nervosa. E Lucy Hart? Como ela era jovem e franzina, ele poderia tê-la desconsiderado da competição de imediato, mas ela foi a única que teve a decência de pedir desculpa por colocar toda a carreira de Jack em perigo ao fugir para a casa dele. Ele não sabia que as pessoas ainda pediam desculpas. Deus sabia o quanto o próprio Hugo evitava sempre que possível.

— Por aqui — disse ele, carregando a mala de Lucy até as portas duplas. Ele as abriu e segurou para que ela entrasse.

Ela tirou a jaqueta que ele tinha lhe dado e a estendeu para ele.

— É sua?

— Pode ficar. Tenho muitos casacos. A menos que você tenha um sobretudo na mala, você pode acabar precisando de um. É só me devolver depois.

Ela segurou a jaqueta junto ao peito.

— Obrigada de novo.

Ela ergueu os olhos, depois olhou ao redor, deu uma volta sob o velho candelabro de vitral na entrada e sorriu. Ele olhou para ela, tentando ver a menina magricela de treze anos de que se recordava vagamente. O que ele mais se lembrava daquela tarde bizarra era sua absoluta fúria contra Jack por ser idiota a ponto de levar uma menina problemática a crer que tinha uma conexão real com ele só porque lia os livros do velho. Ele não sabia que todas as crianças do planeta se sentiam especiais? Que achavam que seriam príncipes, rainhas ou feiticeiros se o universo não as tivesse traído e as deixado na família errada, na casa errada, na cidade errada, no mundo errado? A última coisa de que essas crianças precisavam era acreditar que um escritor rico e famoso seria capaz de mudar suas vidas se elas desejassem com força suficiente, e que ele faria isso por elas. A pobre Lucy Hart tinha acreditado nesse sonho. Ele torcia para que ela tivesse despertado.

Hugo queria ser artista desde criança. Costumava desenhar e pintar dez horas por dia, todo dia, a vida toda, e só depois de muito tempo é que por fim conseguiu fazer uma pintura quase decente. Desejar que seu sonho se concretizasse não foi o que o tornou realidade — ele teve que trabalhar para que o sonho se realizasse.

— Os outros estão na biblioteca — informou ele a Lucy. — Vamos começar logo mais.

Ela fez menção de pegar a mala, mas ele ergueu a mão.

— Eu levo lá para cima. Por aqui.

Lucy o seguiu até a sala de estar. Nossa, ela realmente havia crescido desde que ele a tinha visto tantos anos antes. Era bonita, ele admitiu para si mesmo, relutante. Cabelo castanho caindo sobre os ombros em ondas suaves, ligeiramente úmido por conta do ar do oceano. Olhos castanhos brilhantes. Sorrisão, lábios cor-de-rosa delicados e bochechas rosadas pelo frio da noite. Jack disse que ela era professora de jardim de infância ou coisa assim. Ele chegou a ter professoras tão jovens e bonitas quando era criança? Improvável. Ele se lembraria.

As portas de carvalho da biblioteca estavam fechadas. Quando chegaram perto delas, Lucy hesitou.

— O que foi? — perguntou Hugo.

Ela sorriu.

— Estou na Ilha Relógio de novo. Que doideira.

— Digo isso todo dia de manhã. Mas não sorrio quando digo.

Ele estava brincando, mas ela não riu. Não parecia estar prestando atenção nele. Lucy Hart estava em transe. Ou, melhor, praticamente hipnotizada. Sua bolsa — uma ecobag com as palavras ESCOLA REDWOOD e uma sequoia na frente — escorregou do ombro dela e caiu com um baque delicado aos pés de Lucy enquanto ela se virava e olhava ao redor.

— Temos tempo. Pode dar uma olhada se quiser.

— Eu quero.

A casa de Jack era capaz de deixar qualquer um deslumbrado. O próprio Hugo havia ficado assim, muitos anos antes. A sala — o lugar todo, na verdade — parecia ter saído de um febril sonho vitoriano. Papel de parede roxo-escuro com estampa de correntes e crânios, teto pintado de um azul-celeste claríssimo, uma janela saliente que dava para o oceano (não que eles conseguissem ver naquele instante, no escuro)... Lucy parou diante da lareira de mármore gigantesca, o fogo baixo murmurando lá dentro, e pegou do console da lareira um pedaço comprido de metal enferrujado.

— O que é isso? — perguntou Lucy. — Prego de trilho?

— De caixão — disse Hugo.

Ela o encarou, os olhos arregalados.

— De um caixão de verdade?

— Cem anos atrás, esta ilha pertencia à família de um industrialista rico que enterrava seus mortos no próprio cemitério particular. Os caixões de pinheiro apodrecem, mas os pregos não. Às vezes, eles sobem à superfície.

— E vão parar na cornija da lareira?

Hugo tirou o casaco e o jogou sobre o encosto do sofá.

— Jack é excêntrico, caso ainda não tenha percebido.

— "Jack é excêntrico", disse o artista que literalmente se pintou?

O tom dela foi irônico. Ela olhou incisivamente para os antebraços dele.

Ele arregaçou as mangas até os cotovelos. Os dois braços, do punho ao ombro, eram cobertos de tatuagens, espirais abstratas de cores, fazendo com que eles parecessem mais uma paleta de tinta do que partes de um ser humano.

— Ele é excêntrico e eu sou hipócrita — admitiu Hugo, bem contente por ela ter notado as tatuagens. Ele olhou para os dois antebraços, vendo as tatuagens de novo pelos olhos dela. — Você acha um exagero? Culpo a juventude e o licor de sambuca.

— Não, eu gosto delas — respondeu ela. — Faz você parecer feito de tinta. Tinta e dor.

— Sou feito de decisões ruins — disse ele, embora tivesse ficado impressionado por ela ter intuído o sentido de sua tatuagem. Afinal, o que era a vida de um artista além de tinta e dor?

Com cuidado, Lucy tocou a cavidade ocular da caveira de ciclope pendurada na parede perto da lareira, um adereço da adaptação cinematográfica que o Disney Channel fez de *Crânios e Craniomancia*.

— Essa casa é incrível — comentou ela. — Eu estava tão nervosa na primeira vez que não me lembro muito de nada.

Lucy observou o relógio de parede que servia também de mapa da Ilha Relógio, o dedo pairando sobre os horários e os desenhinhos de poços de desejos e piscinas naturais...

Farol do Meio-Dia e da Meia-Noite
Área para Piquenique à Uma
Piscina Natural às Duas
Rocha Papagaio-do-Mar às Três
Enseada das Boas-Vindas às Quatro
Praia às Cinco
Extremo Sul às Seis
Cabana de Hóspedes Paradisíaca às Sete

Poço dos Desejos às Oito
Doca às Nove
Floresta e Pântano às Dez e às Onze

— Como este lugar é real? — indagou Lucy.
Hugo deu de ombros.
— Às vezes também me pergunto.
Ela ergueu os olhos, observando o lustre com curiosidade.
— Galhadas?
— Muitos cervos na ilha. Até alguns malhados.
— Cervos malhados?
— Sim, brancos com manchinhas. São raros em meio selvagem, mas temos vários na ilha. Pool genético pequeno. Um artista amigo meu de Nova York usa as galhadas para fazer lustres e cadeiras *extremamente* desconfortáveis.

Ela parou de novo diante de um quadro pendurado acima do sofá de veludo verde.

— Também não me lembro desse.

À primeira vista, parecia uma pintura comum da casa em que eles estavam — a famosa casa da Ilha Relógio —, mas, à segunda vista, daria para ver que as janelas eram pintadas como olhos, e as grandes portas duplas lembravam uma estranha boca dando risada.

— Não se lembra porque eu ainda não tinha pintado.
— Você tentou me ensinar a desenhar a casa.
— Tentei?
— Não devia ser como você pretendia passar a tarde, ensinando uma fugitiva ranhenta a desenhar enquanto esperava a polícia levá-la embora.
— Eu gosto de ensinar crianças a desenhar, na verdade.
— Sério?

Ela ergueu as sobrancelhas. Ele achava o ceticismo dela compreensível. Quando tinha começado a trabalhar com Jack nos livros, ele era arrastado país afora em visitas escolares. Ninguém ficou mais surpreso do que o próprio Hugo quando ele percebeu que gostava dessa parte do trabalho.

— Sério.

— Você também mora na ilha? — perguntou ela.

— Por enquanto — disse ele.

— Nunca tive tanta inveja de alguém na vida. Jack realmente deveria ter me deixado virar a ajudante dele.

— Não é tão bom como dizem. Você sabe como é difícil conseguir uma boa comida chinesa numa ilha particular?

— Justo, mas acho que posso trocar delivery por cervos malhados em meu quintal, corvos de estimação e escrivaninhas voadoras. — Ela ergueu a mão na direção dele. — Sem falar que este lugar tem o próprio artista mundialmente famoso.

— Só sou famoso entre crianças com menos de doze anos.

Não era verdade, mas soava bem.

Lucy olhou para a janela saliente escura, embora não houvesse nada para ver além das luzes na doca.

— O que vai acontecer? — perguntou ela.

— Sinceramente, não sei — disse Hugo. — Ele não me consultou.

Algo no tom dele acabou revelando alguma coisa que ele não queria revelar.

— Você está preocupado com ele.

— Ele está ficando mais velho, mais lento — argumentou Hugo. — Lógico que estou preocupado.

Quando falava com as crianças — e as ex-crianças — que leram seus livros, a regra número um de Jack era: *Não quebre o feitiço*. Lucy estava sob o feitiço de Jack Masterson e da Ilha Relógio. Hugo não contaria para ela que as coisas não eram tão maravilhosas quanto pareciam, que o Mentor misterioso, místico e mágico das histórias, que conseguia resolver os problemas de todo mundo e conceder os desejos de todas as crianças, tinha passado os últimos seis anos enchendo a cara.

Ela olhou para a biblioteca. Murmúrios vinham de trás das portas fechadas.

— Pode entrar tranquila. É apenas um jogo — disse Hugo com delicadeza.

Ela balançou a cabeça.

— Não para mim.

Hugo hesitou antes de falar de novo.

— Eu ganhei um dos concursos dele, sabe. É possível, até para um idiota como eu.

— Você ganhou? Como?

Ela se sentou na beirada do sofá. Hugo cruzou os braços e se recostou na estante à frente dela. Uma estante repleta de primeiras edições raras de livros infantis lendários, totalmente fora de ordem: *Alice no País das Maravilhas, O vento nos salgueiros, O hobbit, Peter Pan nos Jardins de Kensington...* Livros que valiam alguns milhões de dólares, expostos de maneira tão casual quanto revistas na sala de espera de um médico.

— Jack nunca gostou do antigo ilustrador. Quem o contratou foi a editora, não Jack. Quando a editora decidiu relançar os livros com capas novas, Jack fez um concurso de *fan art*. Davey, meu irmão mais novo, amava os livros de Jack mais do que tudo. Eu vivia fazendo desenhos das histórias... o Mercado de Tempestades, o Hotel do Chapéu Preto e Branco, tudo isso. Davey viu uma matéria sobre o concurso e falou para eu mandar meus desenhos. Só mandei para agradar Davey. Eis que...

— Você venceu.

Ele ergueu as mãos como quem diz: parece que sim.

— Venci. O prêmio teoricamente eram quinhentos dólares. Mas esse não era o prêmio de verdade. Acabei virando o novo ilustrador.

Lucy sorriu.

— Aposto que Davey comenta todo dia que você deve isso a ele.

— Comentava, sim — disse Hugo. — Ele morreu alguns anos atrás.

Ela lançou um olhar sensível e compassivo para ele.

— Sr. Reese, meus pê...

— Pode me chamar de Hugo.

— Hugo — disse ela. — Pode me chamar de Lucy. Ou Hart Attack, talvez. Foi como você me chamou na época.

— É a minha cara. Eu era um babaca naquela época.

— Só naquela época? — perguntou ela com um sorriso.

— Que ofensivo — replicou ele. — Mas nenhuma mentira.

— Ei, essa fala é minha.

Hugo queria dizer mais alguma coisa, continuar flertando com ela, mas o tempo deles estava acabando. Todos os relógios da sala de estar e da biblioteca começaram a soar a hora.

— É melhor a gente entrar — anunciou ele quando os relógios pararam de tocar. — Jack vai dar as caras em breve, espero.

— E lá vamos nós de novo.

Ela levou a mão à maçaneta.

Antes que conseguisse se conter, Hugo levou a mão à porta, impedindo-a de abrir.

— Você se lembra do nome do motorista que trouxe você aqui? — perguntou ele, e se arrependeu imediatamente.

— Mike. Mikey, se prefirey. Por quê?

— Nada. Pode ir.

Ela fez cara de durona e abriu a porta.

— Lucy — disse ele, e ela o encarou. — Boa sorte.

CAPÍTULO DOZE

A MÃO DE LUCY TREMIA de nervosismo ao abrir a porta da biblioteca. Assim que ela entrou no cômodo, três pares de olhos se voltaram para ela, examinando-a, avaliando-a. Seus concorrentes.

Ela abriu um sorriso tímido ao adentrar o cômodo.

— Boa noite, fujões — disse, dando um aceno de leve. — Sou a Lucy.

— Oi, Lucy. Sou a Melanie. É bom não ser a única garota aqui.

Uma mulher de descendência asiática que parecia ter trinta e tantos anos com um sotaque canadense se aproximou dela e lhe estendeu a mão. Ela era alta e magra, com o cabelo escuro comprido preso em um daqueles rabos de cavalo perfeitos que Lucy nunca tinha conseguido dominar muito bem. Usava um suéter creme — de caxemira, pelo visto —, calça jeans escura colada e botas de couro marrom.

Lucy apertou a mão dela.

— É um prazer conhecer você.

Melanie indicou um homem negro bonito de terno azul-escuro perto do aparador.

— Esse é Andre Watkins. Advogado de Atlanta.

— Tudo bem, Lucy? — cumprimentou Andre, dando um passo à frente e apertando a mão dela vigorosamente, como se fosse um político. — Você foi ótima na TV. Uma verdadeira profissional.

— Você também — comentou Lucy.

— Obrigado — disse Andre. Lucy conseguia imaginá-lo concorrendo a governador da Geórgia dali a alguns anos.
— Dustin — apresentou-se o outro homem no recinto. — Bem-vinda à festa.

Lucy o cumprimentou. Pelo que ela se lembrava, Dustin trabalhava na emergência de um hospital. Ele parecia não ver a luz do dia fazia muito tempo. Estava usando calça jeans, uma camisa de botão branca impecável e um blazer. Todos estavam mais bem-vestidos do que ela. Também eram mais velhos, e pareciam muito mais à vontade. Ela sentiu como se tivesse chegado um dia atrasada ao acampamento de verão e todos já tivessem feito amigos. A grandiosidade e a imponência da biblioteca também não ajudavam — móveis de madeira escura e uma lareira imensa, papel de parede verde-escuro e uma daquelas escadas de biblioteca de rodinhas.

— Desculpa se atrasei as coisas. Voo demorado da Califórnia — disse Lucy, servindo para si uma xícara do café que encontrou no aparador.

Seu estômago roncou. Ela não comia comida de verdade desde o café da manhã.

— Pensei que você fosse daqui da região — comentou Dustin, a cabeça inclinada para o lado, como se a estivesse avaliando em sua mente.

Ela não imaginava que aquelas pessoas soubessem sua história de vida, mas, se a viam como uma concorrente, imaginou que isso faria sentido. Lucy tinha assistido a cada um na TV e pesquisado a história de vida *deles*. E eles tinham feito o mesmo com ela.

— Eu era, sim — admitiu ela. — Depois me mudei para a Califórnia. Fiquei cansada de passar frio o tempo inteiro.

Essa era sua resposta padrão, e normalmente evitava outras perguntas.

Dustin ia dizer mais alguma coisa quando a porta se abriu de novo. Jack?

Mas não, era Hugo. Ele entrou na biblioteca e parou na frente da lareira.

— Contra minha vontade e meu bom senso... olá — disse Hugo.

Ele parecia ao mesmo tempo triste e lindo. Lucy riu para ele de trás da xícara de café.

Ele poderia ter mudado em relação a anos antes, mas Hugo Reese estava exatamente como ela se lembrava: ranzinza como um velho gritando para as crianças saírem de seu quintal. Eles eram as crianças, e a Ilha Relógio era o quintal.

Todos os competidores responderam com um "olá" desconfiado.

— Tenho uma mensagem de Jack. Peço desculpas de antemão. A mensagem é: "O jogo vai começar às seis."

— Espere, às seis? — disse Melanie. — Já são quase oito. Seis da manhã, então?

Hugo suspirou como se estivesse sentindo uma dor física.

— Nome? Hugo Thomas Reese. Profissão? Artista subempregado. Número de série... Não sei o que isso quer dizer. E a mensagem de Jack é: "O jogo vai começar às seis." Foi isso que ele disse, e isso é tudo que posso dizer.

Andre estalou os dedos tão alto que Melanie levou um susto.

— O jogo começa às seis? — perguntou Andre a Hugo. — É essa a mensagem?

— É essa a mensagem.

Andre deu um soco no ar, depois apontou para Hugo.

— Entendi. Vamos. Vamos logo — disse ele, fazendo sinal para todos se levantarem.

— Espere. O que está acontecendo? — indagou Melanie ao pegar sua bolsa.

— Estamos na Ilha Relógio — disse Andre. — Não é seis horas, o horário. É Seis Horas, o lugar. Certo? Estou certo, certo?

Hugo bateu palma de forma sarcástica.

— Sabia. Eu me lembro de meu pai me ensinando a dirigir, dizendo: "Mãos às dez e às duas, sempre às dez e às duas."

Lucy ficou irritada consigo mesma por não adivinhar essa imediatamente. Ela tinha visto o relógio na sala de estar com os próprios olhos, mas não conseguia se lembrar do que era às seis. Hora de parar de agir como fã e se concentrar.

— Sigam o cheiro de fumaça — disse Hugo. — E não tropecem nem quebrem as pernas no escuro.

Andre, nitidamente extasiado por sua primeira vitória, fez sinal para todos saírem da biblioteca com a eficiência ligeira de um diretor de escola. Ele os guiou para fora da casa, até a porta da frente.

— Preciso me localizar — disse, olhando ao redor.

Lucy sentiu o cheiro da fumaça. Um cheiro delicioso. De fogueira.

— Por aqui — indicou ela, e começou a seguir uma trilha.

Seu estômago roncou, e ela se pegou torcendo para que houvesse salsichas e marshmallows esperando por eles. Os quatro não conversaram muito enquanto seguiam com cuidado sobre as tábuas de madeira desgastada em direção ao cheiro de fumaça. Pequenas lâmpadas solares iluminavam o caminho, mas ainda assim era inquietante caminhar sob o brilho tão forte das estrelas. Fazia muito tempo que Lucy não morava em um lugar sem poluição luminosa. Ali na Ilha Relógio, as estrelas pareciam tão próximas que ela conseguia se imaginar levantando os braços e passando a ponta dos dedos nelas, como faria em um rio lento.

A trilha levava até um trecho de areia da praia. Ali, havia uma fogueira cercada por bancos feitos de tronco de árvore. Uma mulher de avental branco os guiou na direção de uma mesa de piquenique cheia de comes e bebes. Havia, sim, marshmallows. Marshmallows à beça. E cachorros-quentes e batatas fritas. E água mineral e Gatorade. Nenhum vinho ou cerveja, notou Lucy, como se todos ainda fossem crianças na cabeça de Jack.

A noite estava fria, mas o vento tinha diminuído finalmente, e o fogo deixava o círculo de bancos aquecido. Dez minutos se passaram. Quinze. Uma conversa confortável se desenrolava. Melanie estava contando a Lucy sobre sua livraria infantil em Nova Brunswick. Dustin parecia estar tentando chocar Andre com histórias de terror da emergência do hospital.

A mulher de avental saiu discretamente pela trilha como se fosse atender a um chamado secreto. Ficaram apenas os quatro. Os quatro e uma sombra. A sombra de um homem logo atrás do círculo de bancos, onde a luz do fogo não conseguia alcançar.

Lucy levou um susto e cobriu a boca com as mãos.
— Lucy? — disse Melanie. — O que foi?
Lucy apontou para o vulto na escuridão.
— Ele chegou — sussurrou ela.
Os quatro ficaram em silêncio, se viraram e esperaram...
Da escuridão, surgiu uma voz solene mas animada, séria mas lúdica, velha mas jovem.
— O que dá muitas voltas sem nunca sair do lugar? — perguntou.
E Lucy respondeu:
— Um relógio!
Das sombras, saiu Jack Masterson.

PARA LUCY, JACK MASTERSON parecia exatamente igual a como ela se lembrava — ele sorria com benevolência, como um rei bondoso. Um rei velho e cortês de suéter marrom de tricô e calça de veludo. Lucy o tinha visto pessoalmente pela última vez treze anos antes, quando o cabelo dele ainda era quase todo castanho. Agora, estava todo branco, assim como a barba.

— Tique-taque-tógio — disse ele. — Bem-vindos à Relógio. Ou devo dizer: bem-vindos *de volta* à Relógio?

Todos eles ficaram em silêncio, sem exceção, enquanto o homem que havia mudado suas vidas falava.

— Não sou o Mentor, apenas o criador dele — começou Jack Masterson —, mas compartilho um dos poderes do personagem: sei ler mentes. Sei que cada um de vocês está se fazendo a mesma pergunta: por que eu os trouxe aqui? — Ele fez uma pausa antes de continuar: — Vou dizer por que estão aqui. Num passado muito distante, escrevi um livro chamado *A casa da Ilha Relógio*. E, num passado muito distante, vocês leram um livro chamado *A casa da Ilha Relógio*. Escrever aquele livro mudou minha vida. Ler aquele livro mudou a de vocês. E todos vocês, creio eu, estão torcendo para que um de meus livros mude a vida de vocês de novo. As histórias nos escrevem, sabem? Lemos algo que nos move, nos emociona, fala conosco, e isso... muda a gente.

Ele gesticulou para cada um dos visitantes.

— Vocês são a prova disso. Quatro crianças vieram aqui porque leram um livro que as inspirou a ser valentes o bastante para pedir ajuda. Não há nada mais valente do que uma criança que pede ajuda. E esse tipo de valentia merece ser recompensada.

Ele olhou nos olhos de cada um.

Então, apontou para Andre.

— Eu me lembro de Andre, que queria ser como meu personagem Daniel, que veio à Ilha Relógio para provar que os valentões de sua escola estavam errados. De Melanie — disse ele, apontando para a sorridente Melanie —, que adorava Rowan, a menina que veio à Ilha Relógio com a esperança de impedir o divórcio dos pais. E Dustin, meu querido, queria ser como o jovem Will, que fugiu de um pai cruel e foi para a Ilha Relógio. E Lucy... — continuou ele, sorrindo para a jovem. — Ela queria ser minha Astrid, minha heroína original. Queria tanto que se fantasiou dela no Halloween. Sabia que Astrid mora aqui, Lucy? Assim como Rowan? E Will? E Daniel? Todos estão aqui, se olharem com atenção. Eu estou olhando. Consigo vê-los agora.

Com a mão no coração e um tom sincero de doçura, Jack completou:

— É bom ter minhas crianças de volta.

— Caramba, Jack — disse Andre, verdadeiramente emocionado. — É bom estar de volta.

Melanie foi a primeira a ir até ele, quase correndo. Ele deu um abraço rápido mas carinhoso nela e um tapinha em suas costas, como um pai ao mesmo tempo constrangido e orgulhoso. Andre foi em seguida. Jack sorriu para ele, disse que estava orgulhoso do trabalho *pro bono* que ele fazia pelas crianças de Atlanta. Dustin foi logo depois, e abraçou Jack como se estivesse se reencontrando com um avô perdido havia muito tempo. Lucy se lembrou de Dustin dizendo que os livros da Ilha Relógio ajudaram a salvar sua vida, dando a ele uma fuga durante uma infância cheia de segredos e medo.

Então chegou a vez de Lucy.

— Aqui está minha última ajudante — disse ele ao pegar a mão dela com delicadeza.

Ele realmente parecia mais velho, cansado, exaurido. Quando ela era criança, tinha sonhado em ter Jack Masterson como pai. Agora, ele parecia poder ser seu avô.

— Lucy, Lucy. — Ele balançou a cabeça como se não pudesse acreditar que ela havia crescido tanto. Depois, sorriu e pareceu querer dizer algo, mas não se permitiu. Em vez disso, perguntou:
— Como foi o voo?

— Pousou, então não posso reclamar.

Ela estava mais do que nervosa. O autor de livros infantis vivo mais famoso de todos estava segurando sua mão.

— E a viagem de carro? Quem trouxe você?

— Mikey. Uma cara legal. Me contou algumas fofocas boas.

— Sim, um bom sujeito, nosso Mikey, mesmo sendo incapaz de calar a boca — disse ele, e abriu um sorriso, vasculhando o rosto dela atentamente. — E como você está, Lucy Hart?

Ele tinha um jeito de olhar para ela — como se a visse como ninguém mais via. Ou talvez fosse coisa da imaginação dela, porque o personagem do Mentor nos livros dele fazia esse tipo de coisa. Ele conseguia olhar nos olhos das pessoas e ver o que o coração delas mais desejava.

— Melhor — respondeu Lucy. — Muito melhor do que na última vez que nos vimos.

— Eu sabia que você ficaria bem — disse ele, apertando as mãos dela e soltando. Ele se virou para olhar para todos. — Eu sabia que todos vocês ficariam bem. E vejo que ficaram. Minhas crianças valentes. Agora adultos valentes. Ah, queria que tivéssemos tempo de sobra, mas, puxa vida... — Lucy parou para refletir que Jack Masterson era o único homem que conseguiria usar normalmente a expressão *puxa vida* em uma conversa. — ... o relógio, como sempre, está correndo.

Lucy voltou ao banco e apertou a jaqueta dela — quer dizer, de Hugo — com firmeza em volta do corpo. A noite estava ficando mais fria, mas Jack parecia nem ter notado.

— Vocês podem pensar que sabem por que estão aqui: para ganhar meu livro novo. Mas é mais do que isso, óbvio. Na primeira vez que vieram, vocês traziam um desejo no coração. O desejo de ser como as crianças de meus livros. Bom, agora vão realizá-lo. Enquanto estiverem aqui nesta semana, vocês serão como personagens dos meus livros, como desejaram antes. Infelizmente, não sou nem de perto tão impressionante ou misterioso quanto o Mentor, mas ele me autorizou a falar em seu nome. E ele tem uma mensagem para todos vocês, mas não preciso dizer qual é. Se leram meus livros, vocês já sabem o que ele quer dizer. Alguém?

Andre franziu a testa. Dustin ficou olhando sem entender. Melanie deu de ombros.

Mas Lucy se lembrou. Até Christopher poderia ter dito a eles.

— Hum... então, se o Mentor vai nos dizer o que ele diz às crianças nos livros — disse Lucy —, a mensagem dele vai ser: "Boa sorte. Vocês vão precisar."

CAPÍTULO TREZE

DEPOIS QUE TERMINARAM de comer e bater papo, Jack os levou de volta à casa. Hugo tinha ficado na biblioteca com seu caderno de desenho, trabalhando em algo. Talvez a capa do livro novo? Lucy queria espiar, mas Jack pediu que todos se sentassem, e ela se acomodou numa poltrona grande com estampa de livros. Era um alívio estar de volta ao conforto quentinho da casa. Mas esse alívio durou pouco.

— Agora — disse Jack com um suspiro pesado —, infelizmente, por mais que eu preferisse manter esse jogo apenas entre nós... o pessoal lá de cima tinha outros planos. Hugo?

— Vou buscar a chefia — comunicou o ilustrador.

Ele fechou o caderno de desenho, se levantou e saiu da sala.

— O que é a chefia? — perguntou Andre.

Lucy se levantou da cadeira para pegar uma xícara de chá.

— Eu sou — disse uma mulher à porta da biblioteca, usando um terninho que parecia caro.

Jack começou a cantarolar a música-tema de *Tubarão*. Lucy entendeu a piada. Ela era um tubarão: uma advogada.

— Meu nome é Susan Hyde, advogada da Lion House Books, editora dos livros da Ilha Relógio. Vocês todos vão jogar pela única cópia vigente...

— Vigente — repetiu Jack, concordando com a cabeça. — Ótima palavra.

— Todas as disputas e charadas e todos os jogos nos foram enviados previamente e aprovados por nós para garantir que fossem

justos — continuou a sra. Hyde, sem ver graça na interrupção de Jack. — Em caso de roubo de qualquer forma ou espécie, incluindo mas não se limitando ao uso de linhas fixas, celulares, computadores ou qualquer outro aparelho interconectado, vocês serão imediatamente desqualificados. Conluios com outros concorrentes e/ou qualquer tentativa de suborno...
— São sempre bem-vindos — interveio Jack. — Aceito notas de dez, de vinte e trufas de chocolate.
Todos riram. Todos menos a advogada.
— Antes de tudo — retomou a sra. Hyde —, temos aqui alguns contratos. Contratos fundamentais, que deveriam ter sido assinados no minuto que vocês entraram na casa.
Jack ergueu os olhos para o teto e disse:
— Que Deus nos salve dos advogados.
— Ei — protestou Andre, brincando apenas em parte.
— Sim, perdão, meu filho — disse Jack. — Vocês se importariam em assinar uma folha de papel satânica que diz que não vão me processar nem processar meu agente ou minha editora se não vencerem o jogo?
— Também é uma isenção — continuou a sra. Hyde. — Vocês não vão poder prestar queixa se, por exemplo, forem nadar e se afogarem.
— Prometo que, se eu me afogar — disse Melanie, se levantando para pegar chá —, não vou prestar queixa contra ninguém.
— Não é uma piada — replicou Hugo, à porta. — A água aqui pode matar em questão de segundos.
— Está tudo bem, Hugo — garantiu Jack. — Nenhum deles vai se machucar. Certo?
Todos concordaram que se comportariam.
A advogada disse apenas:
— Ótimo.
Ela pegou quatro pranchetas e as distribuiu.

— Não assinem ainda, nenhum de vocês — disse Andre, erguendo a mão. — Quero dar uma lida primeiro.

A biblioteca ficou em silêncio conforme Andre andava de um lado para outro, lendo o contrato. Hugo atiçou o fogo na lareira. A perna de Dustin balançava tanto que fazia o chão tremer. Melanie tomou golinhos de seu chá. Enquanto isso, Jack assobiava alegremente a música-tema de *Jeopardy!*.

Duas vezes.

— Parece bom — aprovou Andre. — Nada absurdo.

Ele foi o primeiro a assinar. Lucy pegou a prancheta e assinou seu nome na linha. Se não parecia real antes, agora com certeza parecia.

Lucy devolveu a prancheta.

— Além disso — continuou a sra. Hyde —, na eventualidade de nenhum de vocês ganhar o livro, os direitos de publicação vão automaticamente para a Lion House Books.

— Em outras palavras — disse Jack —, eles ameaçaram me processar se eu não deixasse que comandassem o espetáculo. Não se preocupem. Acho que pelo menos dois ou três de vocês têm uma chance real de vencer.

Os quatro fujões se entreolharam.

Lucy ficou estranhamente encantada pelo comentário enigmático. Era algo que o Mentor diria. Ele era sempre justo, o que não queria dizer que fosse sempre bonzinho.

— Quais dois ou três? — Andre foi valente o bastante para perguntar.

— Apenas Lucy e Melanie se deram ao trabalho de perguntar o nome do motorista que as buscou no aeroporto. Muito bem, meninas. Se isso fosse parte da competição, cada uma de vocês já teria um ponto.

— Espere, como assim? — replicou Dustin. — Você só vai nos testar aleatoriamente sem nos dizer o que faz parte do concurso?

Jack abriu um sorriso diabólico e disse:

— Muito provavelmente.

Era para ser uma piada, talvez, mas a atmosfera alegre e amistosa se desfez. A tensão no ambiente ficou densa como névoa.

A chefia, sra. Hyde, passou outra folha de papel com as regras para eles.

Haveria jogos todos os dias, leu Lucy. Para ganhar o livro, um competidor deveria marcar dez pontos. Quase todos os jogos valiam dois pontos para quem vencesse e um para o segundo lugar. Exceto o último — que valia cinco pontos.

— Cinco pontos pelo último jogo? — perguntou Andre.

Jack sorriu.

— Sempre aposto no azarão.

— E se ninguém marcar os dez pontos requisitados, o livro vai, imediatamente, para a Lion House — reforçou a sra. Hyde.

— Requisitados — repetiu Jack, assentindo. — Outra ótima palavra.

— Se um de vocês ganhar o livro — continuou a advogada, ainda ignorando Jack —, a Lion House me autorizou a comprar o manuscrito de vocês por uma soma muito generosa de seis dígitos.

Seis dígitos. A respiração de Lucy se acelerou. Cem mil dólares... ou talvez mais? Com essa quantia, Lucy poderia facilmente bancar um apartamento e um carro e cuidar de Christopher. Não duraria muito na Califórnia, mas seria um bom começo.

Jack fez um gesto de desdém.

— Levem a leilão — sugeriu.

— E se duas pessoas marcarem dez pontos? — perguntou Dustin.

— Não vai acontecer — afirmou Jack. — Vai ser muito impressionante se mesmo um de vocês marcar.

Naquele momento, Jack não parecia velho — não quando sustentou o olhar de Lucy sem sorrir. Ela não sentia mais que estava na presença de Jack Masterson, adorado autor de livros infantis. Aquele era o Mentor, o rei da Ilha Relógio, o feiticeiro dos enigmas, o detentor de segredos que se envolvia nas sombras e concedia às crianças seus desejos — mas apenas se fizessem por merecer.

Um silêncio se abateu sobre o ambiente, somo se segredos estivessem prestes a ser revelados. O único som vinha da brisa do oceano que soprava pela casa e do crepitar ocasional do fogo.

— Ah, vou logo avisando, também teremos alguns — começou Jack antes de pausar, como se estivesse procurando a palavra certa — *desafios*. Eles não vão valer nenhum ponto, mas, se vocês se recusarem a encarar o desafio, vão ser desclassificados e enviados para casa. Todos entenderam?

Andre balançou a cabeça.

— Não muito bem, Jack.

— Eu entendo — disse Jack, ainda incorporando o enigmático Mentor. — Mas vamos começar, que tal?

Lá fora, o vento soprou com mais intensidade. Lucy respirou fundo.

Que comecem os jogos.

O VENTO GANHOU FORÇA, chacoalhando as persianas e fazendo o fogo na lareira bruxulear.

Jack esperou. O vento diminuiu, como se educadamente atendesse ao pedido de Jack.

Ele começou a falar:

> *Na Terra tem um carro de ferro*
> *Cor de pêssego amassado.*
> *Eu não consigo entrar.*
> *Você não consegue entrar.*
> *Para que ele serve?*
> *Pássaros entram.*
> *Cachorros também.*
> *Mas aves e cães, não.*

Um serrote, mas não um pote.
Uma torre, mas não um bispo.
Um osso, mas não um pescoço.
Nem de perto consegue.
Dentro dele pode correr, mas não andar
E um relógio não vai encontrar
No carro da Terra
De ferro pêssego amassado.
Jill consegue entrar
Jack, não.
Para que serve, então?

CAPÍTULO CATORZE

A CHARADA FOI SEGUIDA por um longo silêncio.
— Dois pontos para o primeiro que adivinhar o segredo — lembrou Jack. — Um para o segundo. Não revele o segredo se e quando finalmente acertar. Apenas joguem...
— Então... tá — disse Dustin, rindo de nervoso. — Tem uma pista?
— Claro — respondeu Jack. — Tenho muitas, muitas pistas.
Lucy respirou fundo.
Jack se virou e pegou um livro na estante.
— Uma história ficcional consegue entrar no carro — disse ele. Jack abriu um livro e ergueu uma página. — Mas página nenhuma consegue passar.
— Quê? — soltou Andre.
Ele olhou ao redor freneticamente, como se buscasse pistas.
Jack colocou o livro de volta na estante e começou a dar uma volta lenta pela biblioteca.
— Um cafeeiro consegue entrar no carro de ferro pêssego — disse ele enquanto servia o café numa xícara e a erguia como se fizesse um brinde. — Mas não o café. A caneca não consegue, o chá também não.
— Certo, mais alguém está confuso? — perguntou Melanie.
Jack se aproximou, colocou a mão no ombro de Hugo.
— Hugo não consegue entrar no carro, mas o sr. Reese, sim.
— Ai, Senhor — resmungou Hugo, tão alto que fez Lucy rir baixo.

Jack apontou para ela.

— Você pode sorrir dentro do carro, mas rir, não.

— Ok, do que é que você está falando? — questionou Andre.

— Não faço ideia do que ele está dizendo. Alguém faz?

— Vocês têm que descobrir sozinhos — replicou Hugo. — Bem-vindos a meu mundo.

Jack deu uma risadinha baixa bastante perversa. Lucy percebeu que ele estava se divertindo. Que bom que pelo menos Jack achava aquilo tudo divertido, porque ninguém mais parecia achar.

Ele voltou à lareira e apontou para o quadro sobre ela.

— Um Picasso — disse Jack. — Consegue entrar no carro de ferro pêssego. Mas não um quadro antigo.

— Não é um Picasso — retrucou Hugo, com um olhar fulminante. — Eu pintei esse.

— É muito bonito — comentou Lucy.

A pintura era chamativa, brilhante com cores malucas, árvores e areia e uma casa feita de quadrados e triângulos.

— Quem se afeiçoar ao carro não consegue entrar — acrescentou Jack. — Mas quem já se afeiçoou, sim.

— Não faço ideia — disse Dustin, voltando a se jogar no sofá.

Melanie afundou o rosto nas mãos.

— Do que você está falando? — Quando ela ergueu a cabeça, não parecia mais tão serena quanto antes.

— Devo dar mais uma pista? — perguntou Jack.

Todos disseram:

— Sim!

Com o dedo erguido, Jack perpassou a biblioteca. Por fim, apontou para Andre.

— Andre... qual foi o último filme que você viu?

— Ah... — começou ele, antes de pensar por um segundo. — Provavelmente *Star Wars*, com meu filho.

— Excelente — disse Jack, esfregando as mãos. — Já ouvi falar desse filme, pelo menos. Vejamos... — continuou, antes de estalar os dedos. — Vamos lá. Você pode deixar Harrison Ford entrar no carro. E também Mark Hamill. Pode deixar entrar Carrie Fisher, descanse em paz. Mas não a princesa Leia. Han Solo também não pode, nem Luke Skywalker. Billy Dee Williams pode entrar no carro de ferro pêssego três vezes. Mas Darth Vader definitivamente não. Ele nunca pode entrar.

— Heróis podem entrar? Assassinos não?

— Picasso não era um herói — replicou Hugo. — Pergunte para qualquer uma das amantes dele.

— Verdade — admitiu Jack. — Mas as amantes dele não podem entrar no carro. E assassinos sim.

Melanie massageou as têmporas com a ponta dos dedos, como se uma dor de cabeça fortíssima estivesse se formando.

— Eu vou gritar — murmurou ela.

— Deve ser alguma coisa — disse Dustin, erguendo os olhos para Jack. — Alguma coisa que todos eles tenham em comum, certo?

— Sim — respondeu Jack. — É algo que todos têm em comum.

Jack não disse nada, como se estivesse esperando que eles absorvessem essa dica.

Lucy respirou fundo. Certo, certo... alguma coisa que todos têm em comum. Alguma coisa que todos esses objetos e pessoas e conceitos têm em comum... Carrie Fisher. Um livro ficcional. Quem se afeiçoou? Do que é que ele estava falando, caramba?

Ela fechou os olhos, pensou longa e intensamente. Jack escrevia livros infantis. Devia ser uma charada que uma criança conseguiria resolver.

Uma luzinha se acendeu... uma luzinha minúscula quando Jack disse Carrie Fisher. Ela se lembrou. Tinha ensinado Christopher a escrever *Carrie*. Ele tinha uma colega chamada Kari em sua turma, e ficou surpreso ao descobrir que algumas palavras podiam ter exatamente o mesmo som mas grafias diferentes. *Kari. Carrie.*

Palavras. Algumas palavras eram escritas de uma forma...

Lucy sentiu uma pequena faísca crescer em seu cérebro.

O que todos tinham em comum era que eram todos palavras. Lógico que *chá*, *quadro*, *página* e *Hugo* também eram palavras. Então não podia ser isso. Mesmo assim, algo nas palavras em si, não no sentido...
Sr. Reese.
Picasso.
Livro ficcional.
Harrison Ford.
Carrie Fisher.
Billy Dee Williams. Três vezes.
Três nomes. Três vezes. Três nomes. Três palavras.
Pêssego.
Ferro.
Carro.
Amassado.
Ela imaginou Christopher escrevendo minuciosamente o nome *Carrie* em sua carta de agradecimento. Ela conseguia ver a língua dele para fora, e a testa franzida em uma concentração fofa enquanto ele escrevia os dois *R*s no papel.
C-A-R-R-I-E.
Carrie Fisher.
Harrison Ford.
Picasso.
Ficcional.
Pêssego.
Ferro.
Carro.
Amassado. Harrison. Carrie. Billy Dee.
Carrie escrito no cabeçalho da empresa deles. *Carrie*, não *Kari*. *Carrie*, não *Kari*. *Carrie*... *Carrie* com dois *R*s.
O coração de Lucy deu um salto. Seus olhos se arregalaram. Ela ergueu a cabeça.
— Um dinossauro consegue entrar no carro — disse Lucy. — Mas não um filhote. E uma vassoura consegue entrar, mas não seu cabo.

Jack abriu os braços devagar, um sorriso estampado no rosto. Então ele apontou para ela.

— Ela acertou.

ELA ACERTOU. Eram as melhores palavras que Lucy tinha ouvido em toda sua vida.

Ela sorriu com aquela vitória. Jack aplaudiu, mas só ele.

— Como assim? — questionou Andre, levantando-se como se não conseguisse mais ficar sentado. — Mas que... Mas o que é que Picasso e dinossauros têm a ver com *Star Wars*?

— O que é, Lucy? — perguntou Dustin. — Isso está me matando.

— Não, não, não — disse Jack, balançando o dedo. Dustin olhou para ele como se estivesse prestes a arrancar aquele dedo com os dentes. — Lucy, pode sair. E não dê nenhuma pista. Os outros podem disputar um ponto pelo segundo lugar. Hugo, pode levar Lucy para o quarto dela, e servir o jantar para a moça, caso ela queira algo mais substancial do que um marshmallow.

— Pode deixar que saio daqui com todo o prazer — respondeu Hugo, se levantando.

— O prazer não consegue entrar no carro cor de pêssego — comentou Jack. — Mas o enjoo, sim.

Enquanto saía da biblioteca atrás de Hugo, Lucy ouviu alguém resmungar de raiva e frustração.

— Vamos — disse Hugo quando estavam quase fora do cômodo. — Antes que partam para a violência.

E ele não parecia estar brincando.

Lucy o seguiu rapidamente até a entrada, depois Hugo a guiou escada acima. Quando chegaram ao patamar, ele olhou para ela por sobre o ombro.

— Como você descobriu? — perguntou ele.

Lucy foi pega de surpresa.

— Queria poder dizer que foi genialidade, mas há pouco tempo ensinei um menino de sete anos a escrever o nome *Carrie*. Ele achava que tinha um *R*, mas tem dois. Dois *R*s em *Carrie*. Dois *R*s em *Harrison*. Dois *S*s em Picasso. Dois *E*s em Reese.

— Dois *C*s em *ficcional*, dois *E*s em *cafeeiro* — disse Hugo. — Parabéns.

— Não foi tão difícil.

Alguém, que pela voz parecia ser Dustin, gritou um certo palavrão que jamais apareceria nos livros de Jack. Ela riu.

— Eu avisei — comentou Hugo. — E a maioria das pessoas não descobre. Ficam furiosas, depois desistem e exigem saber a resposta. Jack escreve para crianças. As charadas dele costumam ser nesse nível. As crianças descobrem mais rápido do que os adultos porque as crianças são mais literais.

— Acho que sou uma criança grande, então.

Ela se lembrava de ter passado por aquele corredor em sua primeira visita. Virando à esquerda, eles chegariam ao escritório de Jack, com seu corvo de estimação. Em vez disso, eles viraram à direita. Hugo abriu um par de portas de carvalho.

— Por aqui — indicou ele, tirando um chaveiro do bolso e destrancando a porta. — Jack separou o Quarto Oceano para você.

Ele abriu a porta e acendeu a luz. Lucy arregalou os olhos de choque e encanto. Ela pensou que talvez o Quarto Oceano tivesse apenas uma vista para o mar, mas era muito mais do que isso. O quarto era pintado de um azul prateado claríssimo, como o oceano numa manhã de inverno. A lareira de tijolos tinha uma cornija branca, em cima da qual havia um barco dentro de uma garrafa. A cama era enorme, de dossel, tão grande que caberiam três pessoas.

Hugo mostrou o banheiro para ela, o closet — em que lanternas e suprimentos de emergência estavam armazenados — e o cronograma da semana, na cornija. Ela ignorou o cronograma: o quadro pendurado sobre a lareira tinha chamado sua atenção.

Um tubarão nadando não no oceano, mas no céu, caçando uma revoada de pássaros.

— Que legal. É um dos seus? — perguntou Lucy.

— Sim, um dos meus — respondeu Hugo. — Se chama *Pesca voadora*.

— É maravilhoso. Conheço um garotinho que adoraria.

— Seu filho?

Ela hesitou, querendo dizer sim. *Sim, meu filho. Meu filho, Christopher. Christopher, meu filho...* Mas ela fez que não.

— Um menino para quem dou aula. Christopher. Ele ama tubarões.

Lucy pegou o celular e, antes que se desse conta, estava mostrando a Hugo a foto de Christopher segurando o tubarão-martelo de brinquedo que ela tinha dado para ele.

— Fofo. Cabelo de cientista maluco.

— Nem me fale — comentou Lucy. — E meias que desaparecem magicamente. Seria esquisito comprar ligas para segurar as meias de um menino de sete anos? Elas vivem se enfiando dentro do sapato.

— Sabe o que resolveria isso?

— Super Bonder?

— Sandálias — respondeu ele. — Pelo visto, ele está passando pela fase de obsessão por tubarões. A próxima são dinossauros.

— Os dinossauros foram no ano passado — disse ela. — Eu chutaria que depois vem espaço sideral ou Egito antigo.

— Ou o *Titanic* — sugeriu Hugo. — Meu irmão, Davey, era obcecado pelo *Titanic*.

Ele pegou o próprio celular e mostrou a ela uma foto do irmão na frente de um pôster de uma exposição sobre o *Titanic*.

— Esse é o Davey? — perguntou ela, sorrindo para a foto de um menino de cerca de dez anos, com um sorriso imenso. Ele tinha os olhos ligeiramente inclinados e o nariz delicado de uma criança com síndrome de Down.

— Sim, quando ele tinha uns nove ou dez anos, eu o levei a uma exposição sobre o *Titanic* em Londres. Era isso ou mostrar o filme para ele, e eu nunca deixaria que ele visse aquele filme antes dos trinta.

— Sinto muito que ele...

— Pois é, eu também — interrompeu Hugo, voltando a guardar o celular no bolso e retomar o ar profissional. — Enfim. Está com fome?

— Um pouco.

— Vou pedir para mandarem um jantar para você.

— Obrigada — disse ela. Ele foi se dirigindo para a porta. — Ei, Hugo? Posso tirar uma foto desse quadro para o Christopher?

Ele lhe lançou um olhar ligeiramente confuso, mas fez que sim.

— À vontade.

Depois que ele saiu, Lucy ficou andando pelo quarto. Não conseguia acreditar que passaria a semana toda ali. Um edredom fofo e confortável cobria a cama. Os lençóis eram de tema náutico, com listras brancas e azuis. E, quando foi até a janela, ela conseguiu ver o contorno escuro do oceano subindo pela praia antes de voltar a descer calmamente, para então voltar a subir, chegando mais e mais perto.

Ela poderia contemplar aquela vista a noite toda, mas sabia que precisava desfazer as malas e se instalar de fato. Colocou a mala no suporte de bagagem e começou a tirar as coisas. Pegou uma fotografia que Theresa havia tirado dela e de Christopher no playground e mandado emoldurar. Lucy a colocou sobre a cornija da lareira.

Agora, sim, ela se sentia em casa.

— O jantar está servido.

Hugo apareceu à porta com uma bandeja coberta.

— Você sabe que é um artista bem famoso, né? — perguntou Lucy.

— O mais famoso dos artistas ainda é menos famoso do que o menos famoso dos astros de reality shows. Onde quer que deixe?

— Hum... — Ela olhou ao redor e viu uma pequena penteadeira com uma cadeira. — Ali?

Ele deixou a bandeja em cima da mesa. Lucy estava faminta, então foi direto e abriu a tampa.

— Ah... é bisque de lagosta?

— Falaram que você era do Maine.

— Ayuh — disse ela.

— É, realmente é uma garota do Maine, Deus me livre.

Lucy se sentou e começou a tomar seu bisque de lagosta. Ou ela havia passado tempo demais longe do Maine, ou aquele era o melhor bisque de lagosta que já tinha comido na vida. Ela deixou escapar um gemido de puro prazer, tão alto que até corou.

— Desculpa — disse ela. — Foi um pouco pornográfico.

— Que bom que gostou.

Dava para ver que ele queria rir dela.

Lucy conseguiu comer a colherada seguinte sem gemer. Por algum motivo, Hugo ainda estava parado em seu batente.

Outro clamor veio do andar de baixo, mais uma série impressionante de palavrões.

Hugo olhou na direção do som.

— Alguém está estressado — disse ele. — Acho que é melhor eu descer e garantir que ninguém ataque Jack com o atiçador.

— Boa sorte.

Ele respirou fundo com um ar melodramático e começou a se virar.

— Hugo?

Ele se voltou para ela.

— Por que você me deu uma dica?

Ele franziu a testa.

— Não dei — respondeu ele.

— Você perguntou se eu me lembrava do nome do homem que me trouxe de carro.

— Perguntei. Não dei a resposta — disse ele, dando de ombros.
— Só estava curioso para saber se você tinha chance ou não. Pelo visto, tem.
Alguém de repente gritou "Merda!" no andar de baixo. Hugo olhou para trás de novo.
— Ok. Essa é minha deixa para salvar a vida de Jack. Boa noite, Lucy.
— Ei, só um segundo.
Ela se levantou e abriu a bolsa. De lá, tirou um cachecol vermelho-escarlate que havia terminado de tricotar no avião.
— Aqui — disse ela, oferecendo-o para ele.
Hugo pegou e olhou para o cachecol.
— Bonito. Mas...
— Eu faço cachecóis e vendo on-line. Você me emprestou sua jaqueta. Pode ficar com o cachecol como caução até eu ir embora.
— Obrigado.
Ele o enrolou em volta do pescoço e de repente ficou muito sexy usando algo que ela havia feito. Lucy sentiu que estava começando a corar, então voltou a se sentar para comer antes que ele notasse.
— Enfim, boa sorte lá embaixo — disse ela. — Por favor, não deixe ninguém matar Jack.
— Não posso prometer nada — replicou ele, parando no batente. — Durma com a porta trancada. Até agora, você está na liderança. Não deixe que coloquem cimento em seus sapatos.
— Vou dormir com o arpão, por segurança.
Havia um arpão antigo de verdade, ainda que pequeno, pendurado na parede.
— Bem pensado.
Com isso, Hugo saiu. Lucy se levantou e trancou a porta, como sugerido.
Ela terminou seu bisque de lagosta, tomou um banho demorado no banheiro da suíte, vestiu seu pijama e se deitou, contente. Os lençóis eram luxuosos, macios e cheiravam a lavanda.

Eram dez da noite no Maine, o que significava que em Redwood eram sete. Ela não sabia se a sra. Bailey passaria o recado, mas não conseguiu se conter: mandou uma mensagem.

Pode passar esse recado pro Christopher, por favor? Estou ganhando até agora.

Lucy esperou. Tinha quase desistido quando o celular vibrou em sua mão.

Ele está gritando.

Lucy também, por dentro. *Quando a gente tem que gritar, tem que gritar*, respondeu.

Ela não recebeu mais mensagens depois disso. Agora seriam sete e meia. Christopher devia estar tomando banho e se deitaria em breve. Mas tudo bem. Lucy precisava dormir mesmo. E dormiria bem. Não apenas havia ganhado o primeiro jogo, como ganhado facilmente. Os outros ainda estavam lá embaixo, quebrando a cabeça.

Um advogado.

Um médico.

Uma empresária de sucesso.

E Lucy Hart, uma auxiliar de turma de jardim de infância, com dez mil em dívidas de cartão de crédito, sem carro e que dividia casa com três pessoas... havia acabado com eles.

E se ela realmente conseguisse? Se não estragasse tudo, não cometesse erros bestas, não deixasse que nada a distraísse ou a tirasse dos trilhos, talvez, quem sabe, pudesse ganhar o concurso. E poderia fazer tudo sozinha. Não precisaria de um plano B, não precisaria abrir mão das duas horas preciosas que passava todo dia com Christopher, não precisaria pedir ajuda ou dinheiro para os pais ou a irmã. A sra. Costa disse que para cuidar de uma criança era necessária uma rede de apoio. Para algumas pessoas, quem sabe, mas talvez Lucy não precisasse. Talvez ela pudesse fazer isso sozinha.

Lucy decidiu tentar experimentar o sucesso. Imaginou o momento em que ligaria e contaria a notícia para Christopher. Ele tinha medo de falar pelo telefone agora, ok, mas aquilo era um sonho, então por que não sonhar alto?

Ela se imaginou ligando para ele, o som do telefone tocando, e ouvindo o "Alô" hesitante dele do outro lado da linha.

Ela não responderia com "Oi". Não perguntaria: "Como você está?" Lucy já sabia o que diria para ele.

— Christopher... eu ganhei.

CAPÍTULO QUINZE

Hugo estava na sala, esperando o jogo acabar. Enquanto esboçava ideias para a capa do livro novo, ficou escutando. Ele conseguia ouvir tudo pelas portas fechadas da biblioteca — os palpites aleatórios, os resmungos de frustração, as inúmeras súplicas por mais e mais pistas.

Era quase uma da madrugada quando Jack perguntou a Andre, Melanie e Dustin se eles estavam dispostos a desistir. Se todos concordassem em abdicar do ponto pelo segundo lugar, Jack lhes diria a resposta.

Eles aceitaram em um segundo. Quando Jack contou o segredo do carro de ferro pêssego, os berros ecoaram pela casa. Hugo riu baixo. Ah, ele odiava charadas quando era a vítima, mas não via mal nenhum quando Jack as impunha a hóspedes indesejados.

Os três competidores saíram da biblioteca arrastando os pés, com um olhar esgotado, todos em silêncio exceto por Melanie, que murmurou consigo mesma:

— Billy Dee Williams? Como não peguei essa?

— Também não peguei — comentou Hugo. — Espero que ajude.

— Não, não ajuda — disse ela. — Nadinha. Nem um pouco.

Hugo desejou boa-noite a todos com um alegre:

— Boa sorte amanhã.

Como Jack não saiu da biblioteca logo depois, Hugo fechou o caderno de desenho e entrou no cômodo. Encontrou Jack com um relógio de mesa antigo em mãos, girando-o com uma chavinha.

— Tarde para você ainda estar acordado — comentou Jack ao virar o relógio para si, conferindo a hora no relógio de pulso.

— É? Não vi a hora.

— Neste cômodo, isso é um ato de agressão — disse Jack, apontando com o ar sábio para a parede de relógios, quase cinquenta ao todo. — Veio me dar bronca de novo?

Hugo se recostou na lareira. O fogo tinha se apagado, mas o calor ambiente ainda emanava das brasas.

— Não vou dar bronca. Só estou curioso para saber se você está gostando de ter companhia.

Jack fez que sim, parecendo contente.

— Está sendo melhor do que eu imaginava. São crianças maravilhosas.

— São pessoas tristes de meia-idade como o resto de nós.

— Eu não diria que Lucy Hart é de meia-idade — replicou Jack, pegando um segundo relógio, um despertador antigo, e dando corda nele. — Fiquei contente que ela tenha ganhado o primeiro jogo. Ela parecia um pouco deslocada entre os mais velhos.

— É um jogo insuportável de tão besta.

— É só um joguinho inocente que a gente jogava no acampamento de verão — disse Jack.

— Seu orientador de acampamento se chamava Lúcifer, por algum acaso? — perguntou Hugo, sentando-se na cornija, com o caderno de desenho no colo.

— Não me lembro do nome dele, mas ele tinha um nariz de fazer inveja num macaco-narigudo. Quando ele inspirava, a gente tinha que se segurar em uma árvore resistente para não ser sugado pelas narinas do sujeito. — Jack deu uma olhada no caderno de desenho de Hugo. — Sempre invejei pessoas que sabem desenhar. Preciso de cinquenta palavras e dez metáforas para dizer que um personagem tem um narigão gigantesco. Você só precisa de um traço de seu lápis.

— Sempre invejei escritores que vendem seiscentos milhões de livros.

— Ah, *touché* — disse Jack, rindo baixo.

Às vezes, Jack estava no clima de conversar à noite. Às vezes, Hugo podia fazer mil perguntas e receber nenhuma resposta. Como seria naquele dia? Hugo decidiu testar.

— Estou tentando pensar numa capa para esse seu livro, mas não estou tendo muito sucesso, já que não faço ideia do que se trata — comentou Hugo, girando o lápis entre os dedos, depois o apontou para Jack. — Por que não?

Jack fez que era bobagem, ignorando a preocupação de Hugo.

— Você não seria o primeiro capista a criar uma capa sem ler o livro.

— Verdade, mas posso ter uma pista, pelo menos?

— Faça alguma coisa como, ah... *O guardião da Ilha Relógio*. Sempre foi minha capa favorita sua — respondeu Jack, dando-lhe uma piscadinha aparentemente sem motivo, embora com certeza houvesse um.

— Esse livro novo existe, certo? Não é que nem meu concurso de *fan art*, pelo qual eu ganharia quinhentos dólares, né? Estou esperando aquele cheque até hoje!

Jack estava ajustando a hora em um relógio de *Alice no País das Maravilhas* que andava para trás.

— Você preferia ter ganhado os quinhentos dólares ou o trabalho de ilustrar meus livros?

— Por que não ambos?

Jack riu baixo.

— O livro existe. E só tem uma cópia no mundo todo. Eu o datilografei e o escondi.

— Você vai seriamente confiar o livro a um estranho?

— Não, mas vou excentricamente confiar o livro a um estranho.

— Os tubarões já estão rondando. Colecionadores de livros raros, bilionários, influencers... — argumentou ele, fingindo um calafrio dramático de horror ao falar a palavra *influencer*.

Mas era verdade. Alguns colecionadores haviam ligado até para o próprio Hugo e dito que pagariam qualquer valor se ele conseguisse pôr as mãos no livro novo de Jack.

— Que seja — disse Jack. — Confio que as crianças vão fazer a escolha certa.

— Não sei os outros, mas Lucy Hart parece uma pessoa decente — comentou Hugo. — Ela foi a única que pediu desculpa por colocar sua carreira em risco quando fugiu para cá.

— Esse cachecol é novo? — questionou Jack. — Lucy não tricota cachecóis como esse? Você sempre usa cachecóis dentro de casa ou esse é seu novo estilo?

Hugo olhou feio para ele.

— Você está tentando mudar de assunto descaradamente.

— Qual é o assunto?

— O livro. O livro milagroso que surgiu do nada. Você não está morrendo, está? — perguntou Hugo. — Só me diga que não está morrendo.

— Humm... *O livro do nada* pode ser um bom título.

— Jack.

Sorrindo, Jack tirou um relógio de cuco da parede e espanou a face com a manga de sua roupa.

— Não estou morrendo — disse Jack. — Só cheguei à conclusão de que, por mais areia que haja na parte de cima de minha ampulheta, é muito menos do que a areia na parte de baixo. Quero cumprir minhas promessas antes que a areia termine de vez. Especialmente a promessa que fiz para você.

Jack olhou para ele de esguelha, depois voltou a seus relógios.

— Que promessa?

— A promessa que fiz quando disse que eu ficaria bem se e quando você finalmente fosse embora da ilha e seguisse com sua vida.

Hugo ficou tenso.

— Você sabe?

— Sei. Sei que faz anos que você está com um pezinho na porta. E sei também — disse ele enquanto colocava o relógio de volta no prego — qual é o único motivo para você ter ficado.

— Gostaria de me explicar?

— Porque sou como um pai para você. Sabe como eu sei disso? — disse ele, endireitando o relógio.

— Porque eu falei isso?

— Porque você guarda rancor de mim. Como um filho guardaria.

Hugo sentiu seu coração esvaziar como um balão estourado.

— Eu não...

O pardal americano começou a cantar.

— Essa é nossa deixa — disse Jack. — É melhor você dormir, rapaz. Vejo você ao raiar do pássaro azul oriental para tomar café. Ao da graúna-de-asa-vermelha no mais tardar.

Jack se dirigiu à porta da biblioteca. Então, parou e se virou.

— Não precisa se preocupar comigo. Sei exatamente o que estou fazendo e por que estou fazendo.

Hugo queria acreditar nisso. Como um relógio com engrenagens invisíveis, Hugo conseguia ver o movimento dos ponteiros de Jack, mas nunca entendia bem o que fazia o velho tiquetaquear.

— Que bom que pelo menos um de nós sabe — murmurou Hugo enquanto Jack se virava para ir. — Jack?

Ele voltou a encarar Hugo, que se levantou para olhar nos olhos dele.

— Não guardo rancor de você. É do maldito mundo que guardo rancor. Olhe só você. Você cria histórias que as crianças amam, e doa montantes de dinheiro para hospitais e instituições de caridade infantis e não comete nenhum crime além do crime de se importar demais às vezes, se esforçar demais... e, quando eu for embora, você vai ficar sozinho numa casa vazia, e suas únicas companhias vão ser uma garrafa de vinho e um corvo velho.

Jack olhou feio para ele.

— Vamos torcer para que Thurl não tenha ouvido você o chamar de velho. — Então seu rosto se suavizou. — Também não quero ver você sozinho. E gostei mesmo do cachecol novo — completou, rindo baixo consigo mesmo ao sair andando.

LUCY ACORDOU COM um sobressalto. Com o coração acelerado, ela prestou atenção para ver se ouvia alguma coisa, qualquer coisa que explicasse por que ela tinha despertado de um sono tão profundo. Ela olhou a hora no celular — quase uma da madrugada.

— Oi?

Alguém bateu de leve na porta.

— Quem é? — disse Lucy, com a voz trêmula. Por que estariam batendo na porta dela a essa hora?

Ninguém respondeu. Ela acendeu o abajur de cabeceira e saiu da cama para atender a porta. Havia um envelope branco no tapete. Alguém o havia passado por baixo da porta?

Lucy o pegou, depois destrancou a porta.

O corredor estava vazio e escuro.

Ela fechou a porta, trancou-a de novo e se sentou na cama. De dentro do envelope, tirou um cartão onde se lia:

Encontre-me na Cidade do Ponteiro de Segundos se quiser ganhar um prêmio.

O que era aquilo? Ela conhecia a Cidade do Ponteiro de Segundos dos livros, uma cidadezinha que parecia desaparecer e reaparecer ao bel-prazer do Mentor. Quem quer que tivesse deixado o envelope havia desenhado um mapa para ela. Aparentemente, a Cidade do Ponteiro de Segundos ficava bem no meio da ilha.

Era um jogo? Um dos desafios misteriosos de Jack sobre os quais ele havia avisado? Ela não conseguia pensar no que mais poderia ser, embora parecesse estranho estar jogando no meio da noite. Será que eles achavam que ela ainda estaria acordada? Uma da madrugada no Maine era apenas dez da noite na Califórnia.

Lucy achou melhor ir, por via das dúvidas. Ela não deixaria que um pouco de covardia e jet lag a impedisse de ganhar.

Lucy vestiu suas roupas — calça jeans, uma camisa de manga comprida, meias, sapatos e, por fim, a jaqueta que Hugo tinha emprestado para ela. Ao vesti-la, sentiu o cheiro de sal do oceano, de sal de suor e um aroma mais sutil, como pinheiro ou cedro, como uma floresta perene. Devia ser do sabonete ou do creme de barbear dele.

Ela pegou a lanterna do guarda-roupa. Na ponta dos pés, saiu do quarto e desceu a escada. Sorriu para as pinturas antigas de molduras douradas. Ela se lembrava delas da última vez. Uma plaquinha numa pintura dizia: NÃO FAÇO IDEIA DE QUEM É ESSE HOMEM.

Bom saber que Jack Masterson era tão estranho e extravagante quanto seu alter ego fictício, o Mestre Mentor.

O último degrau rangeu alto. Lucy congelou e esperou, mas ninguém apareceu para mandá-la de volta para a cama. Ela foi até a porta, abriu-a com cuidado e saiu noite adentro, como aquela criança valente e rebelde que tinha fugido de casa para buscar a sorte ali na Ilha Relógio. Agora estava fazendo isso de novo. Talvez dessa vez a encontrasse.

Ao apertar o botão, sua lanterna se acendeu, lançando um círculo feérico de luz amarela quente ao redor de seus pés. Ela seguiu a trilha de paralelepípedos que rodeava a casa e passou pelo portão do jardim.

Quando morou com Sean, Lucy passou um tempinho entre os ricos e famosos. Visitou um bom número de casas de campo e mansões e viu os jardins excessivamente bem-cuidados, com suas piscinas infinitas, estátuas romanas falsas e fontes enormes. Não havia nada parecido ali na ilha. Nenhuma piscina infinita. Nenhuma fonte romana. Nenhum arbusto estranho aparado de tal forma que nem parecia mais com qualquer árvore existente.

Não havia nada além de uma floresta, uma floresta de verdade, densa e sombria.

Lucy estava tremendo, mas seguiu a trilha em meio às árvores em direção ao centro da ilha. Ela se sentia como Astrid com sua lanterna, esgueirando-se pela Ilha Relógio. Aos treze anos, teria feito de tudo para estar ali. Queria poder voltar no tempo e falar para a pequena Lucy que era só esperar, que um dia ela teria sua chance.

À esquerda, um movimento súbito: um pequeno grupo de cervos passou correndo pela mata. Sob a luz da lanterna, ela notou que alguns tinham manchas brancas por todo o corpo. Os cervos malhados que Hugo mencionara. Era como ver uma fada na floresta.

Ela deu um passo para trás para dar espaço para eles correrem e quase tropeçou quando seus pés tocaram algo duro. Lucy baixou a lanterna para ver em que havia trombado, provavelmente uma pedra ou um galho de árvore.

Mas era ferro. Uma barra de ferro retangular. Com uma viga de madeira fixada nela. Um dormente.

Trilhos de trem? Havia um trem na Ilha Relógio? Ela achava que era apenas nos livros. Quem instalava um trem numa ilha de trinta e seis hectares? Os trilhos eram estreitos, porém, não eram do sistema ferroviário comum, isso era evidente. Lucy seguiu os trilhos por uns cem metros ou mais até se deparar com uma placa de madeira plantada no chão. Pintadas nela estavam as palavras BEM-VINDO À CIDADE DO PONTEIRO DE SEGUNDOS. POPULAÇÃO: VOCÊ.

Lucy sorriu. Tinha encontrado. Ela passou pela placa e seguiu por uma via de pedras. Havia poucas árvores, então as estrelas e as luas iluminavam a cidade enquanto ela avançava, esperando que alguém saísse e lhe lançasse uma charada ou desse um desafio para completar. Mas ela parecia ser a única na cidadezinha.

À esquerda, encontrou o pequeno correio vermelho em que dava para enviar cartas para qualquer lugar do mundo. Todos os selos eram relógios. Um dos livros até vinha com uma página de selos de relógio. Mas a janela estava escura e a porta vermelha, trancada. À direita, havia um edifício estreito de três andares, que tombava um pouco para a esquerda. HOTEL DO CHAPÉU PRETO E BRANCO, dizia o letreiro no toldo. Ah, sim, ela se lembrava daquele lugar. Às vezes, as crianças nas histórias tinham que ir lá encontrar alguém que poderia ajudá-las em sua missão. A única regra do Hotel do Chapéu Preto e Branco era que a pessoa tinha que usar um chapéu preto e branco o tempo todo lá dentro. De acordo com os livros, eles serviam fofocas deliciosas e um sorvete misto de chocolate e baunilha ainda melhor.

Mas ele também estava às escuras e fechado. Assim como a Loja de Artigos de Caça ao Tesouro de Redd Rover (na compra de um balde, a pá era grátis) e a unidade da Ilha Relógio da Biblioteca de Quase Tudo. As crianças entravam na biblioteca e consultavam qualquer coisa de que pudessem precisar para sua aventura, incluindo a própria sra. História, a bibliotecária aparentemente imortal da Ilha Relógio. Ela sempre tinha o maior prazer em ajudar se não estivesse ocupada alimentando Darles Chickens, o galo da biblioteca.

Lucy espreitou as janelas da biblioteca. Viu livros se reduzindo a pó nas prateleiras, mas, infelizmente, nenhuma sra. História atrás do balcão. Nenhum galo empoleirado sobre uma pilha de livros atrasados.

O lugar todo era uma cidade-fantasma. Dava para ser uma cidade-fantasma se ninguém nunca tinha vivido ali? A tinta estava descascando. As janelas estavam sujas. Por que Jack havia abandonado aquele lugar?

Ao se embrenhar ainda mais na cidade-fantasma, Lucy finalmente viu a estação de trem. O prédio parecia com o desenho na capa do livro, um retângulo verde-claro com TERMINAL DO PONTEIRO DE SEGUNDOS pintado na lateral em letras garrafais. O trem estava parado na estação — uma miniatura preta e amarela com alguns vagões de passageiro conectados à locomotiva. Lembrava aqueles trens em parques infantis, em que cabiam apenas umas dez crianças e os pais. O coitado do trem estava coberto de cocô de passarinho. A placa de itinerário apontava para a frente dos trilhos: ESTAÇÃO SAMHAIN. Nas histórias, uma criança poderia embarcar no Expresso da Ilha Relógio para a estação Samhain, onde o Senhor e a Senhora de Outubro reinavam e era Halloween todo dia.

Mas o trem não parecia que iria a lugar nenhum tão cedo. Inclusive, parecia que o trilho nunca havia sido completado. O lugar todo tinha um ar de caso perdido.

Aquilo a lembrou da noite em que seus avós a levaram para morar com eles. Fazia horas que ela estava no hospital quando eles finalmente chegaram. Como Lucy não tinha levado nenhuma muda de roupa, tiveram que voltar correndo para a casa dela e fazer suas malas. Em seu quarto no sótão, havia um quebra-cabeça inacabado no chão — dois gatinhos de gravata-borboleta. Um dos brinquedos rejeitados de Angie. Lucy poderia ter colocado as peças na caixa e a levado consigo, mas não fez isso. Sua irmã ficaria no hospital por um longo tempo, e Lucy teria que viver com os avós. Gatinhos de gravata-borboleta pareceram muito idiotas e infantis de repente.

Era a isso que aquele lugar remetia, àquele quebra-cabeça abandonado, nunca terminado. Lucy sabia que algo ruim havia acontecido ali. Jack Masterson não havia se aposentado porque estava tão rico que nunca mais precisaria trabalhar. Não, não. Por algum motivo, ele havia perdido o ânimo.

Ela queria ir embora, voltar para a casa. Mas quem havia deixado aquele bilhete? Lucy estava prestes a desistir quando avistou luzes numa cabana de aparência curiosa, pintada de branco e cinza com uma porta redonda, feito a casa de um hobbit. A placa pintada ao lado da porta dizia: MERCADO DE TEMPESTADES.

Embora ela soubesse que estaria trancada como as outras construções, ela virou a maçaneta mesmo assim. Surpreendentemente, a porta se abriu. Dez mil luzinhas pisca-piscas iluminavam a loja como dez mil estrelas cintilantes.

Entrar no Mercado de Tempestades era como entrar no templo de seus sonhos de infância. Lucy sempre quis ir àquela lojinha estranha em que um homenzinho peculiar vendia tempestades dentro de potes, garrafas e caixas. Assim como nos livros, havia ali um triângulo de cristal num frasco de vidro que alegava ser A Ponta do Iceberg. Um jarro de cerâmica branco na prateleira ao lado continha Uma Chuva Para Esconder Suas Lágrimas.

Alguém tinha se dado ao trabalho de reproduzir perfeitamente o Mercado de Tempestades. Parecia um boticário medieval. Havia potes, garrafas e caixas de madeira espalhados aqui e acolá em prateleiras e mesas e suportes. Rótulos de papel escritos à mão revelavam o que havia dentro. Lucy pegou um pote e leu: *Mercado de Tempestades da Ilha Relógio: Pote de Dia de Neve.*

O pote de vidro azul era estranhamente turvo, como se houvesse uma nevasca de verdade presa lá dentro que, se ela abrisse a tampa, cobriria a ilha e faria com que todos tivessem que faltar à escola no dia seguinte. Ela olhou para os outros potes nas prateleiras, recriados das histórias com tanto esmero.

Vento em popa.

Brilho (de sol) roubado.

Uma fita cinza cintilante numa caixa de vidro dizia ser *Um raio de esperança.*

Ares em que jogar tudo.

Uma escultura de vidro translúcido de uma cabeça humana guardava um *Toró de ideias.*

Ela ficou tentada a roubar a *Tempestade num copo d'água,* considerando que vinha de fato num copo d'água azul-claro. Ela o segurou por um longo tempo antes de colocá-lo de volta na prateleira.

— Leve, garota. Ninguém vai sentir falta.

Lucy se virou. Havia um homem de sobretudo cinza no fundo da loja. Ele tinha cerca de cinquenta anos, com o cabelo todo grisalho, quase cor de aço, e olhos ferrenhos.

— Quem está ganhando? — perguntou o sujeito.

— Eu. Dois pontos. Quem é você? — perguntou Lucy.

— Meu cartão — disse ele com um sorriso bajulador. O homem saiu das sombras e entregou um cartão de visitas para ela. *Richard Markham, advogado.*

— Você é advogado?
— Tenho um cliente que está muito interessado em comprar o livro novo de Jack Masterson.
— Ele quer publicar?
— Ele é um colecionador de livros raros. Não dá para ser mais raro do que a única cópia do que deve ser o último livro da série de livros infantis mais vendida da história, Lucy. Ele está disposto a pagar até oito dígitos. Oito dígitos. Não apenas seis, que é o que você ganharia da Lion House. Muquiranas. Seis dígitos não duram nem seis meses na Califórnia.
— Ele quer o manuscrito original? Quer dizer, dá para fazer uma cópia...
— Nada de cópia. Você sai desta ilha de fantasia com o livro, entrega o livro para mim, dou o cheque para você. Fim.
Isso significaria que nem Christopher poderia lê-lo.
— Não posso fazer isso. Crianças de todo o mundo querem ler esse livro.
Lucy tentou devolver o cartão para ele. O homem ergueu a mão e chegou bem perto, tão perto que ela deu um passo para trás, trombando nas prateleiras. Os frascos de vidro chacoalharam.
— Posso fazer uma pergunta pessoal? — disse Markham. Sem esperar pela resposta, ele perguntou: — Por que uma menina doce como você namoraria um babaca como Sean Parrish?
— O que tem Sean?
Ele deu de ombros.
— Sean Parrish. Um grande escritor. Não tão grande quanto Jack Masterson, mas quem é, né? Você o conheceu num curso de escrita que fez na faculdade. Seis meses depois, começou a dormir com o cara. Foi pelo dinheiro, certo? Deus sabe que não foi por amor. Mas eu? Eu não julgo. Adoro interesseiras. Me casei com uma.
Ele riu como se tivesse feito a piada mais engraçada do mundo.
— Como o senhor sabe de tudo isso?

— Sei de muitas coisas. Sobre você, sobre Andre Watkins, Melanie Evans... Sei que seus pais mandaram você morar com seus avós. Sei que você não tem mais uma relação com sua família.

Ele fez um joinha.

— Gosto disso em você, Lucy. Sou um grande defensor de minimizar as perdas. Só que aqui está você agora, do alto de seus vinte e seis anos de idade. Os jovens com quem você estudou estão se casando e tendo filhos. Enquanto isso, você é tão pobre que nem um mico consegue pagar.

— Você acha que, porque não tenho dinheiro, vou vender o livro para um colecionador que vai escondê-lo para sempre?

— Por que não, docinho? Eu venderia. Não seria divertido se sua irmã aparecesse a sua porta qualquer dia desses pedindo uma segunda chance só porque você é tão rica quanto Deus? Sucesso é a melhor vingança, Lucy. E oito dígitos conseguem comprar muitas vinganças.

— Não quero vingança — replicou ela.

— É *claro* que não. Mas alguma coisa você quer. Todos nós queremos alguma coisa, não? — disse ele, levando a mão ao bolso do peito do casaco. Ela pensou que ele tiraria um lenço ou outro cartão de visita. Em vez disso, mostrou para ela uma foto de Christopher, antes de guardá-la de volta no bolso do casaco. — Todo mundo quer alguma coisa.

— É melhor você ir. Agora.

— Certo, mas, hum, fique com isso. — Ele dobrou a mão dela com delicadeza sobre o cartão, depois disse baixo: — *Carpe per diem*, Lucy. Aproveite o dinheiro.

Com essas palavras, ele a deixou lá em meio às tempestades.

CAPÍTULO DEZESSEIS

H UGO SAIU DA CASA de Jack pela porta dos fundos, que o levava através do jardim e por uma trilha até sua cabana. Ele estava morto de cansaço quando avistou Lucy andando sozinha em direção ao parque abandonado da Ilha Relógio.

Não era uma boa ideia fazer isso no meio da noite. Havia trilhos ferroviários em que tropeçar, e os prédios bestas do parque provavelmente estavam prestes a implodir. Ele disse a si mesmo que ela podia andar pela ilha se quisesse, e que Lucy tinha uma lanterna. A meio caminho de sua cabana, no entanto, ele deu meia-volta e se dirigiu à mata para encontrá-la e confirmar se ela estava bem.

Ele passou correndo pela biblioteca, pelo correio e pelo hotel, até ver que as luzes estavam acesas no Mercado de Tempestades. Quando ele chegou perto, a porta se abriu e Lucy saiu da loja. Ela vasculhou a escuridão ao redor com a luz da lanterna, os olhos frenéticos.

— Lucy?

— Hugo — disse ela, esbaforida —, você o viu?

— Quem?

Ela girou em um círculo, correu alguns passos na direção da floresta.

— O que houve? — questionou Hugo.

— Tinha um homem aqui. Agora ele sumiu. Ele estava aqui agorinha.

— Que homem, Lucy?

Ele segurou o braço dela com delicadeza.

Ela expirou. No ar frio da noite, parecia que ela estava respirando nuvens. Lucy deu um cartão de visita para ele, depois contou uma história maluca de alguém batendo na porta dela, um cartão a convidando ao parque, um homem que dizia ser advogado mas falava como um mafioso.

— Pensei que fosse parte do jogo — comentou ela. — Um desafio ou coisa assim.

Hugo leu o cartão de visita à luz da lanterna de Lucy.

— Conheço esse nome — disse Hugo. — Ofereceu uma fortuna pelo livro de Jack, certo?

— Sim, ofereceu. Oito dígitos.

— Filho da puta. Ele só me ofereceu sete.

Hugo estava brincando, tentando fazê-la se sentir melhor. Deve ter sido apavorante para ela, ser tirada da cama no meio da noite, sem saber por quê.

— Vou ter que contar para Jack, ver se aumentamos a segurança na ilha, talvez. Aposto que tinha um barco esperando por ele na Nove.

— Nove? Espere. A Doca às Nove?

Ele fez que sim, impressionado com a memória dela. Não era de admirar que ela estivesse ganhando. Era inteligente, além de bonita.

— Ele é advogado de verdade? — perguntou Lucy. Ela ficava virando a cabeça de um lado para outro como se tivesse medo de que ele voltasse. — Ele era assustador.

— Advogado de verdade. Trabalha para aquele bilionário do Vale do Silício que quer programar inteligência artificial para escrever romances. Ele deveria ser açoitado e obrigado a fazer um mestrado de três anos.

— Cruel — disse Lucy com uma risadinha. Ela respirou fundo de novo, soltou mais uma nuvem. — Ok. Nota mental: não confiar em qualquer papel que passarem por baixo da minha porta.

— Bom plano. Venha. Vamos levar você de volta para a casa.

Eles encontraram a trilha e a seguiram. Lucy se envolveu melhor na jaqueta que ele tinha emprestado para ela. Hugo se perguntou se ficaria com o cheiro dela quando Lucy o devolvesse. Espere, por que ele estava se perguntando como era o cheiro da pele dela?

— Eu tinha planejado explorar a ilha — comentou ela — mas não às duas da madrugada. Que lugar é esse, afinal?

— Era para ser um parque para os pacientes do hospital infantil de Portland. Jack queria que as famílias visitassem, para fazer as crianças esquecerem por um ou dois dias que estavam doentes.

— Ah, conheço *bem* o hospital infantil — disse ela, em tom de desânimo.

— Você tinha alguma coisa quando era criança?

Lucy balançou a cabeça.

— Minha irmã, na verdade. Tinha imunodeficiência congênita. É um termo genérico para crianças com o sistema imunológico comprometido. Ela vivia doente. Eu não podia nem... Não podia nem morar na mesma casa que ela.

Ele ficou com o coração apertado. Davey também nunca tinha sido muito saudável, mas Hugo não conseguia imaginar como seria se o separassem dele. Teria sido uma tortura.

— Que horrível. Para você e para ela.

Lucy deu de ombros como se não fosse nada de mais, mas seu olhar entregava a dor.

— Minha irmã deve ter sido o principal motivo da minha fuga. Ela deixava bem claro que gostava de não me ter por perto. Acho que pensei que, se eu conseguisse chegar aqui e morar com Jack... — explicou ela, antes de hesitar, dando um suspiro. — Não sei o que eu tinha na cabeça. Basicamente queria atenção, acho.

— Você queria ir para casa — disse Hugo.

Lucy olhou para ele como se Hugo tivesse enfiado o dedo na ferida. Mas depois sorriu.

— É exatamente isso. E, na minha cabeça, minha casa de verdade era aqui. Coisa de criança. Todos achamos que somos muito diferentes e não conseguimos acreditar que nossos pais são nossos pais de verdade. Tenho certeza de que sou uma dentre um milhão de crianças que queriam que Jack fosse seu pai de verdade.

— Um bilhão — corrigiu Hugo.

Ela sorriu de novo.

— Bom, não deu certo, mas, se eu tivesse que fazer tudo de novo, eu faria. Ainda mais porque estou aqui agora.

Ele apontou para os trilhos à frente. Lucy passou agilmente por sobre eles, e os dois continuaram pela trilha.

— O que aconteceu com o projeto? — perguntou ela. — Por que não foi terminado?

— Pelo mesmo motivo por que Jack parou de escrever.

— Por que Jack parou de escrever?

Hugo demorou para responder. Ele se lembrou da regra número um de Jack: *Não quebre o feitiço*.

— Digamos só que ele passou por uma fase difícil — respondeu por fim. — Uma fase difícil que já dura — ele olhou o relógio — seis anos e meio.

Lucy o encarou, a sobrancelha arqueada.

— Isso é mais do que uma fase. É tempo pra caramba — disse ela. Hugo não teve como discordar. — Ele conseguiu superar essa fase difícil?

— Não faço ideia — admitiu ele. — Espero que sim. Não sei se ele superou ou se só está fingindo.

— Ele parecia feliz hoje.

— Feliz? Jack já esqueceu o que significa ser *feliz* — disse Hugo, colocando as mãos nos bolsos e chutando uma pedra da trilha para a floresta. — Linda ilha particular, vista de trezentos e sessenta graus do oceano, uma casa em que qualquer pessoa mataria para morar... e há anos ele é o homem mais infeliz na face da Terra. Jack é a prova viva de que dinheiro não traz felicidade.

— Talvez não para ele, mas traria para muita gente — disse Lucy, seu tom ligeiramente repressivo.

Ele não acreditava naquilo. Balançou a cabeça.

— Conheci algumas pessoas supostamente felizes com dinheiro. Elas são tristes, como todo mundo. Falo por experiência própria, já que tenho tanto dinheiro quanto tristeza.

— Dinheiro traria minha felicidade.

Ele revirou os olhos. Não conseguiu evitar. Ela estava vivendo num mundo de fantasia.

— Você já está gastando o dinheiro que vai ganhar quando vender o livro de Jack para Markham ou algum outro oportunista?

Ela olhou feio para ele.

— Que foi, vai me dizer que você nunca imaginou o que faria se ganhasse na loteria?

— A loteria não é a única cópia existente de um livro infantil. E, sim, já imaginei, mas, ao contrário de você, já fui convidado para muitos castelos por aí. Têm muitas correntes de ar para o meu gosto, mas continue sonhando e desejando, se quiser. Talvez algum dia você consiga um.

Ela deu uma risadinha fria e rancorosa, surpreendentemente amargurada.

— Já visitei alguns castelos e não tenho nenhum interesse em comprar um para mim. Tudo o que eu quero é uma casa e um carro para mim e Christopher.

Ela parou embaixo de um poste e se virou para ele. A luz quente iluminou as bochechas dela, coradas de rosa pelo frio. Ele se pegou olhando fixamente para os lábios dela. Lábios rosa-claros, delicados, feitos para sorrir, embora ela não estivesse sorrindo naquele momento.

— Christopher?

— O menino para quem dou aula de reforço.

— Você vai comprar uma casa para ele? Acho que isso vai um pouco além das atribuições do seu cargo — disse ele.

— Ele não é só meu aluno, tá? Ele estava na minha turma dois anos atrás. Um ótimo garotinho. Mas deu para ver logo de cara que ele estava com problemas em casa. O pai costumava ser operário, mas teve um acidente de trabalho e ficou viciado em analgésicos. A mãe também. Acontece muito. Os pais dele o amavam, mas dava para ver que a situação em casa não estava fácil. Alguns dias, ele ficava retraído, em outros, carente, passava metade do tempo chorando para ir para casa, na outra metade nem queria ir... mas era inteligente. Nossa, *muito* inteligente. Seu forte era leitura, então, sempre que ele estava tendo um dia ruim, eu formava um grupinho, e a gente só lia. Mas não dá para fazer muita coisa por uma criança da turma quando se têm outras vinte para ensinar. Chegou o verão, e as aulas terminaram. Um dia, recebi uma ligação de uma assistente social. Ela me contou que os pais de Christopher Lamb tinham morrido de overdose. Foi um lote estragado de alguma coisa. Dezesseis pessoas na cidade sofreram overdose naquele dia, e onze morreram.

— Caramba — disse Hugo.

Ela não olhou para ele, apenas continuou falando.

— Christopher ficou comigo por uma semana até encontrarem um lar temporário para ele. Eu teria vendido um rim para ficar com ele, mas não tenho dinheiro suficiente nem para ser lar temporário dele, muito menos para adotar o Christopher de verdade. Divido a casa com três pessoas, não tenho carro, estou cheia de dívidas de cartão de crédito e meu emprego paga um salário-mínimo. Ah, e meus sapatos favoritos estão com um buraco.

Ela ergueu um dos pés, exibindo um buraquinho onde o tecido do tênis tinha descolado da sola de borracha.

— Então talvez eu venda, *sim*, o livro para quem pagar mais — continuou ela, em um tom cortante. Hugo sentiu o golpe. — Você mora numa ilha particular. É fácil falar que dinheiro não traz felicidade quando você tem dinheiro. Para mim e Christopher, traria muita felicidade. E não só felicidade — disse ela, balançando a mão como se estivesse apagando Hugo e todas as idiotices que ele tinha acabado de dizer. — Pela primeira vez na vida, eu adoraria gastar quinze dólares num brinquedo para Christopher sem passar mal. Sinto muito que você desaprove que eu fique fantasiando um pouco sobre o dinheiro, mas isso é tudo o que eu e Christopher temos agora, desejos e sonhos. Mas é melhor do que nada.

— Lucy, des...

— Sabe como chamamos as crianças quando estamos fofocando na sala dos professores? — perguntou ela, batendo a mão no peito dele. — Moleques mimados.

Ele olhou para ela, tensionando o maxilar.

— Isso é injusto.

— Me acorde quando o mundo for justo. Boa noite, Hugo. Consigo encontrar o caminho de volta sozinha.

Ela saiu andando. E Hugo ficou ali parado. O que ele poderia fazer além de observá-la ir?

Ele notou algo branco caindo — um papel — e pegou-o do chão. Lucy não tinha batido a mão no peito dele por raiva. Tinha dado para ele o cartão de visita de Markham.

CAPÍTULO DEZESSETE

Na manhã seguinte, às nove, Lucy entrou se arrastando na sala de jantar e encontrou os outros jogadores. Todos ergueram os olhos quando ela passou pelas portas duplas.

— Desculpa — disse ela — Jet lag.

— Sem problemas — respondeu Andre. — Pode se servir.

Ela pegou café com leite e encheu o prato. Eles não conversaram muito. Todos pareciam tão exaustos quanto ela. Lucy teve dificuldade para voltar a dormir depois de seu encontro com Markham e sua briga com Hugo. Por sorte, o café tinha esfriado o suficiente para ela conseguir virar tudo de uma vez.

— É café, Lucy — comentou Dustin. — Não cerveja. Não é para virar desse jeito.

— Tive uma noite longa — replicou ela, com a caneca em mãos.

— Teve? — perguntou Melanie. — Você saiu cedo. Nós ficamos acordados até depois da meia-noite.

— Quem ficou em segundo? — indagou ela.

Houve um silêncio constrangedor. Andre pigarreou.

— A gente acabou desistindo no fim.

— Ah — disse Lucy, porque não sabia o que dizer que não os fizesse querer atirar facas de manteiga nela.

Dustin se levantou para pegar mais café no aparador.

— Mais alguém viu uns sujeitos estranhos na ilha? Engravatados?

— Talvez — disse Andre. — E você?

Melanie revirou uma linguiça pela metade no prato.
— Talvez.
— Markham — respondeu Lucy. — Também o encontrei. Tentou me fazer uma oferta irrecusável.
— Idem — afirmou Andre, concordando. — O que você fez?
— Recusei — disse ela. — Afinal, o livro tem que ser publicado, certo?
— Com certeza — declarou Melanie.
Andre concordou. Dustin apenas deu de ombros.
As portas se abriram de novo de repente, e Jack entrou com um sorrisão no rosto.
— Bom dia, crianças.
Eles cumprimentaram Jack com todo o entusiasmo que conseguiram demonstrar, o que não foi muito.
— Eu sei, eu sei. Noites difíceis para todos nós. Lucy, pode ficar tranquila que as docas estão protegidas. Chega de ataques de tubarão no meio da noite.
— Ataques de tubarão? — perguntou Melanie.
— O advogado foi até meu quarto no meio da noite — explicou Lucy. — Obrigada, Jack.
— Foi um prazer. Os únicos tubarões de que eu gosto são os do oceano. É por isso que costumo jogar meus advogados do píer. Enfim, vamos conversar sobre nosso próximo jogo.
Todos se empertigaram um pouco, os olhos atentos e prontos.
— Procurem o rei da Ilha Relógio. Sob a coroa dele, vocês vão encontrar as instruções para nosso próximo jogo.
— Pode repetir, por favor? — pediu Andre.
Ele estava com um caderno e um lápis e anotou cada palavra que Jack disse.
Procurem o rei da Ilha Relógio. Sob a coroa dele, vocês vão encontrar as instruções para nosso próximo jogo.
— Esse desafio não vale nenhum ponto — disse Jack —, então fiquem à vontade para trabalhar juntos ou separados. Mas, até

encontrarem as instruções, o próximo jogo não vai poder começar. Boa sorte.

Jack sorriu com benevolência para todos eles, depois saiu da sala de jantar.

Andre soltou um forte suspiro.

— Talvez minha mãe estivesse certa. Talvez fugir para a Ilha Relógio tenha sido a coisa mais idiota que já fiz na vida.

Os quatro decidiram trabalhar juntos, já que não havia pontos em jogo. Saíram da casa para explorar a ilha, em busca desse rei misterioso.

Eles começaram na placa da Enseada das Boas-Vindas às Quatro e seguiram em sentido anti-horário passando pela Rocha Papagaio-do-Mar às Três, pela Área para Piquenique à Uma...

Foram criando teorias e fazendo especulações, uma atrás da outra.

O rei da Ilha Relógio?

Seria Jack o rei da Ilha Relógio? Ele não usava coroa. Então o que eles fariam? Cortariam a coroa da cabeça dele?

— Eu posso fazer isso — disse Dustin, sorrindo. — Não seria minha primeira vez.

— Talvez seja melhor não cortar a cabeça de Jack por enquanto — replicou Andre. — Fiquem de olho em estátuas ou esculturas ou coisa assim.

De repente, Melanie parou no centro da trilha e estalou os dedos.

— *O rei da Ilha Relógio?* É o título de um dos livros.

— Não — disse Lucy. — O título completo é *O rei perdido da Ilha Relógio.* Mas...

Ela se lembrava de ter lido aquele livro para Christopher na última noite em que ele ficou com ela. Ele o havia escolhido porque tinha gostado da capa: nela, um garoto rei montado em um cavalo preto andava por uma floresta assombrada, de árvores com sorrisos maléficos. Ele usava uma coroa dourada e tinha cabelo preto —

exatamente como o de Christopher, o que devia ser o motivo pelo qual ele havia escolhido aquele livro específico.

— Os quadros de Hugo estão por toda a casa — disse Lucy.

— Talvez uma das pinturas de capa? Alguém se lembra de ver a pintura de um menino em um cavalo numa floresta?

Andre estalou os dedos.

— Fim do corredor, perto do meu quarto. Vamos.

Eles voltaram para a casa, andando mais rápido do que quando tinham saído. A manhã estava esquentando. Lucy ficou grata — havia se sentido culpada depois de chamar Hugo de "moleque mimado" na noite anterior, tão culpada que não tinha conseguido vestir a jaqueta que ele havia emprestado para ela.

Mas parecia que Lucy não teria como escapar dele. De volta à casa, os quatro subiram a escada, seguiram por um corredor, depois por outro lance curto de escada. Eles chegaram ao quadro pendurado sobre uma mesinha com bandeja antiga, em cima da qual encontrava-se uma velha máquina de escrever Royal preta. Havia um papel no rolo da máquina — com a palavra *Achou!* datilografada no topo.

Melanie retirou cuidadosamente o papel da máquina.

No verso, dizia: *O próximo jogo vai começar à uma às duas.*

Andre balançou a cabeça e ergueu os olhos para o teto.

— Que saudade do mundo real.

— À Uma é a área para piquenique — disse Lucy. — Acho que é para chegar lá às duas da tarde, será?

A cabeça de Jack surgiu de uma porta na ponta oposta do corredor.

— Siiimmmmm — sussurrou ele com uma voz arrepiante antes de voltar a desaparecer.

Bom, eles tinham suas instruções. Melanie, Andre e Dustin saíram dali e voltaram a descer.

— Quando eu era pequena — disse Melanie enquanto se afastava —, não entendia por que Dorothy queria sair de Oz e voltar para o Kansas. Agora entendo.

Todos riram. Todos menos Lucy. Ela ficou para trás, examinando o quadro, o menino no cavalo fugindo da floresta escura. Uma pintura linda, uma das melhores de Hugo.

Não, ela teria ficado em Oz para sempre. E na Ilha Relógio também. Quem dera.

Na Ilha Relógio, uma menina de cabelo castanho sedoso e com uma colher de pau comprida levava estrelas recém-colhidas para a boca do Rosto na Lua.

Eram essas coisas que faziam Hugo se levantar da cama de manhã. Ele gostava do rumo que essa pintura estava tomando — a estranheza dela, a melancolia. Seria essa a capa do livro novo de Jack? Não dava para saber, mas Hugo estava gostando de ver a imagem em sua mente ganhar vida na tela. Tinha um quê de Remedios Varo. Na opinião de Hugo, nunca era cedo demais para as crianças aprenderem o abecedário e conhecerem as obras das mulheres surrealistas hispano-mexicanas.

Fazia horas que Hugo estava acordado e pintando. Durante a noite, ele havia tido mil sonhos com Davey, todos exigindo que Hugo os pintasse, e acordou às cinco da madrugada.

Num sonho, eles eram crianças de novo. Hugo estava sentado numa cadeira ao lado da cama de Davey, lendo histórias para ele enquanto tubarões nadavam pela janela e pássaros pousavam ao pé da cama. Em certo ponto do sonho, Lucy Hart entrou no quarto, sorriu e disse que era a vez dela de ler para o irmão dele. E o livro que ela leu para Davey tinha esta imagem na capa — o Rosto na Lua, a colher, as estrelas e a menina que lembrava um pouco uma jovem Lucy Hart.

Hugo nunca tentou analisar as estranhas imagens que seu cérebro mostrava para ele. Ele deixava a simbologia e as teorias para os críticos de arte. Ele sonhava. Imaginava. Pintava. Mas nem adiantava perguntar o que nada daquilo significava. Não era da conta dele.

Tudo o que importava era que tinha sido um sonho bom, no qual ele queria ficar depois de acordar. Davey estava vivo de novo por uma noite, e o livro que Lucy leu para seu irmão era um livro que Hugo queria ter nas mãos.

Davey... Nossa, que saudade ele sentia daquele menino. Mesmo naquele instante, tantos anos depois, Hugo se flagrou sussurrando no silêncio:

— Onde você está, Davey? Aonde você foi?

Quando Davey ainda estava vivo, Hugo morria de tédio lendo aqueles malditos livros infantis para o irmão mais novo. Agora, ele faria de tudo para ler mais uma história para ele. Por um longo tempo, *Os pinguins do sr. Popper* foi o favorito de Davey, e Hugo tinha que ler um capítulo toda noite por semanas e semanas, e, quando o livro acabava, ele tinha que relê-lo.

Desesperado para encontrar um livro novo de que seu irmão pudesse gostar, Hugo tinha ido ao bazar de uma igreja da cidade para tentar achar qualquer livro infantil barato. Numa mesa, havia uma pilha de livros da Ilha Relógio. Hugo nunca tinha ouvido falar neles, mas considerando que eram quatro exemplares por apenas uma libra, por que não tentar?

Sua vida começou naquele dia, pela bagatela de uma libra.

Hugo colocou um monte de tinta cor de luar em seu pincel. Fazia muito, muito tempo que ele não sonhava com Davey. Por que naquela noite? Por causa de Lucy, pensou ele, porque ele mencionou Davey para ela. Lucy nem tinha perguntado. Hugo simplesmente havia contado. E então, que nem um idiota, ele a havia seguido até a Cidade do Ponteiro de Segundos, dizendo a si mesmo que estava preocupado que ela pudesse se machucar. Em vez disso, ele a havia machucado.

Hugo limpou o pincel de novo, com mais força do que o necessário. Ele precisava de café e um bom soco na cara. Piper já havia falado para Hugo mais de uma vez que ele deveria se limitar a falar sobre arte e deixar as conversas importantes para os adultos. Ele deveria ter escutado. Ao sair do ateliê, Hugo espiou pela janela. Lucy Hart estava andando pelas pedras na praia perto da casa de hóspedes enquanto gaivotas desciam e subiam sobre a água.

Hugo queria ir até lá e pedir desculpa por ter tirado sarro dos planos dela na noite anterior, mas não confiava nas próprias motivações. Ele queria o perdão dela? Queria compensá-la? Ou simplesmente se sentia atraído por ela e, pela primeira vez em anos, realmente se importava que alguém gostasse dele como pessoa? Ah, inferno.

Não. Ele a deixaria em paz. Ponto-final.

Ele começou a se afastar, deixar para lá, tomar seu café e se comportar, mas parou ao ver um dos outros competidores, aquele médico de Boston... Dustin? Isso, ele mesmo. Ele se aproximou de Lucy e a segurou pelo braço.

Hugo foi até a janela e a entreabriu. Disse a si mesmo que não estava bisbilhotando, só queria deixar a brisa entrar.

— Você está falando sério? — questionou Dustin. O tom dele era duro, intimidador. — Você é doida?

Ele levou os dedos às têmporas e ergueu as mãos como se tivesse acabado de explodir a própria mente.

— Você escutou os advogados. Se trapacearmos, vamos ser desclassificados. Não quero trapacear e não quero ser desclassificada. Você quer? — respondeu Lucy, como uma professora falando com uma criança que não está entendendo direito.

— Não estou falando sobre trapacear. Estou falando sobre trabalho em equipe. Como acabamos de fazer. Só isso.

— Aquilo não foi um jogo de verdade, foi só um dos desafios de Jack.

Dustin revirou os olhos.

— Jesus, você quer o dinheiro ou não?

— Quero ganhar o livro, mas estou dizendo para você que não vou vendê-lo para um colecionador que nunca vai publicá-lo. As crianças estão esperando isso há...

— Quem se importa? Aquele advogado falou oito dígitos. São pelo menos dez milhões de dólares divididos entre nós dois.

— Eu me importo — replicou Lucy. Hugo queria aplaudir a firmeza de caráter dela.

— Essa pose de anjinha não me convence, Lucy. Markham me disse que você estava dura. Bom, eu também estou.

— Não.

— Então você é tão burra quanto parece.

Isso foi demais para Hugo. Ele saiu do ateliê e seguiu direto para a praia.

— Lucy! — chamou Hugo. Lucy abriu a boca. Dustin se virou e o fulminou com os olhos. — Você está bem?

— Ela está, só estamos conversando — disse Dustin. — É uma conversa particular.

— Não, Lucy estava conversando — retrucou Hugo. — Você estava sendo um escroto.

Dustin bufou.

— Temos permissão de conversar entre nós.

— Você não estava conversando. Você estava tentando intimidar a única pessoa nesse jogo que tem chance de ganhar. Não me entenda mal. Markham também me ligou. Oferta tentadora.

— Viu? — disse Dustin para Lucy. — Ele tem um cérebro.

— Tenho, sim. E Lucy também tem um. Melhor do que o seu, senão você não estaria tentando intimidá-la para convencê-la a trabalhar com você.

— Sou médico. Fui o melhor da minha turma. Não tenho que escutar isso — disse Dustin. Ele ergueu as mãos e saiu andando.

— Tchau. Vou cair fora.

Quando ele se foi, Hugo se virou para Lucy.

— Que príncipe.

Ela parecia um pouco zonza.

— Ele parecia simpático ontem, hoje de manhã. Uau.

— Alguns meninos não sabem perder. Como vocês os chamam

na sala dos professores? Maus perdedores? Dizem que não têm espírito esportivo?

— Lucy soltou um resmungo e se virou para ele.

— Vim para procurar você — disse ela. — Queria pedir desculpa por todo o negócio de, sabe...

— Chamar de "moleque mimado" um homem que cresceu com uma mãe solo numa moradia popular bolorenta?

— Pois é, isso — respondeu ela, envergonhada. — Exatamente isso. Eu me exaltei um pouco ontem à noite.

— Eu mereci.

— Não, não mereceu. Eu só... Esse jogo é minha única chance de alcançar meus sonhos.

— Eu entendi. Completamente. Não precisa dizer mais nada.

— Obrigada — disse Lucy, depois olhou ao redor. Ela parecia querer dizer mais alguma coisa, mas mudou de ideia. Ele teria sido capaz de pagar oito dígitos para saber o que Lucy estava prestes a dizer. — Bom, é melhor eu voltar para a casa.

— Vou com você. Você precisa de um guarda-costas, caso alguém tente forçar você a entrar numa conspiração multimilionária.

— Não é tão divertido quanto parece nos filmes. Decepcionante.

Ele a guiou pela costa na direção da casa. A luz do sol atravessava as nuvens e dançava pela água. A brisa do mar era quente e suave. Hugo sentiu algo estranho. Felicidade? Não. Esperança? Não exatamente, mas algo parecido.

— Devo dizer que estou impressionado que você tenha recusado uma chance de ganhar pelo menos dez milhões de dólares — comentou ele.

Lucy balançou a cabeça.

— Se ele não fosse um cuzão, eu até poderia ter ficado tentada.

— Auxiliares de turma de jardim de infância podem falar "cuzão"?

— Estou de folga. Se eu estivesse trabalhando, seria bobão.

— E zé de quinca?

— Zé de quinca?
— Alguns lugares usam como sinônimo de ânus — explicou ele.
— Vou me lembrar dessa. As crianças vão amar.
— Só não me pergunte o que é cona. — Ele deu uma piscadinha para ela.
— Agora você vai ter que me dizer.
— Vou desenhar para você.
— Por favor. Depois vendo seu desenho por milhões e compro sapatos novos.
— Você está superestimando muito minha popularidade no mercado.
— Vou vender por centenas e comprar sapatos novos?
— Agora está chegando mais perto — disse ele, e sorriu para ela.

Sorrindo? Ele? Ai, Deus, ele estava flertando.

Droga. Lá se ia sua promessa de ficar longe de Lucy Hart.

ANOS ANTES, UM DOS LIVROS da Ilha Relógio tinha vindo com um pôster dobrado atrás. Lucy o havia arrancado do exemplar cuidadosamente, o desdobrado e o colado na parede em que sua cama ficava encostada. Ela passava horas olhando para aquele pôster, de uma menina sentada na janela de uma torre de pedra estranha com vista para a Ilha Relógio, um corvo voando na direção dela com um bilhete nas garras. *A princesa da Ilha Relógio*, trigésimo livro, design e ilustrações de capa por Hugo Reese.

Lucy amava aquele livro, amava aquele pôster — queria ser aquela menina, a princesa da Ilha Relógio. Ela não contou para Hugo que, dos catorze aos dezesseis anos, havia dormido sob o pôster criado por ele. Agora lá estava ela, andando com ele na praia da Ilha Relógio como se fossem velhos amigos. Ela gostava da ideia de ser amiga de Hugo Reese. Se as coisas fossem diferentes, muito diferentes... mas não eram. Christopher precisava dela. Isso era tudo que importava.

— Obrigada de novo por me resgatar — disse ela, tentando quebrar o silêncio constrangedor.

— Vocês estavam discutindo na frente do meu ateliê, e eu estava tentando pintar. Minhas motivações foram totalmente egoístas.

— Você mora na cabana ou ela é só seu ateliê?

— Moro lá. Trabalho lá. Me escondo do trabalho lá. Por quê?

— Acho que imaginei que você morava na casa com...

— Não, não, não, não, não — disse ele, erguendo a mão. — Já ouvi todos os boatos, ouvi todas as piadas idiotas. Sim, Jack é gay. Não, eu não sou. Mesmo se fosse, o cara é como um pai para mim, nada além disso.

Ela riu.

— Não foi isso que eu quis dizer. Não foi nada disso, na verdade. É só que, sabe, é uma casa muito grande.

— É, lembra até uma cadeia.

— Não deve ser tão ruim assim. É linda.

Eles saíram do calçadão da praia e pegaram a trilha de cascalho de volta para a casa.

Lucy hesitou antes de falar de novo, sem querer sem rude, mas a curiosidade levou a melhor.

— Posso perguntar... Assim, imagino que não seja comum um ilustrador de livros morar com o autor dos livros que ele ilustra, né? Posso estar enganada.

Ele não pareceu ofendido.

— Não é comum, não, mas nada em Jack é comum. Contei para você que ganhei o concurso em que meu irmão me fez entrar, né? Dois anos depois, ele morreu. Quando eu era mais novo, pegava um pouco pesado nas festas com os amigos, mas, depois que Davey morreu, perdi completamente o limite. Bebida, drogas, tudo isso. Cocaína para trabalhar. Uísque para esquecer e conseguir dormir. Uma péssima combinação.

— Ah, Hugo...
Ele se recusava a encará-la, embora ela buscasse seu olhar.
— Eu estava flertando com a morte naquela época. Jack percebeu e resolveu fazer uma intervenção. Bem ali naquele cômodo — indicou ele, apontando para a janela do lugar que Lucy se lembrava de Jack chamar de sua fábrica de escrita.
— Sinto muito — disse Lucy.
— Perder meu irmão foi a pior coisa que já me aconteceu, mas Jack foi incrível. Ele me fez sentar e me disse que pessoas com meu talento não tinham o direito de desperdiçá-lo. Disse que era como se eu estivesse queimando dinheiro na frente de uma instituição de caridade. Que era uma coisa cruel e podre. E isso me pegou. Meu pai foi embora depois que Davey nasceu, e minha mãe tinha que trabalhar dia e noite. Pensar em alguém queimando dinheiro na frente de nossa casa, quando nós contávamos cada moeda...
— Sim, sei como é.
Ele baixou os olhos enquanto arrastava os pés pela trilha, chutando areia.
— Queriam me demitir. A editora de Jack, digo. Ele aqui escrevendo um bando de livros infantis fofos e inocentes, e o ilustrador dele na reabilitação? Não pegava bem.
— Fofos e inocentes? Os livros todos são sobre crianças fugindo de casa, invadindo propriedades privadas, quebrando regras, andando com bruxas e lutando contra piratas, roubando tesouros e sendo recompensadas por isso.
— Viu? Você entende os livros melhor do que os críticos — disse ele, cutucando-a de leve com o cotovelo. Ela tentou não gostar demais desse gesto. — Jack se recusou a deixar que me demitissem. Disse que pararia de escrever os livros da Ilha Relógio se tentassem. Ainda não consigo acreditar que o escritor vivo mais famoso do mundo me defendeu daquela forma. Foi uma honra. Ele deu um jeito na minha vida, e desde então tenho andado na linha.

— Deve ter sido difícil. Espero que você tenha orgulho de si mesmo.

— Eu não podia desapontá-lo, não depois do que ele fez por mim. Quando comecei a trabalhar com Jack, morei na cabana de hóspedes por alguns meses enquanto trabalhávamos nas capas novas.

— Foi quando conheci você — disse ela.

— Quando começou a fase difícil de Jack, seis anos atrás, eu voltei. E estou aqui desde então. Não conseguia suportar a ideia de ele ficar aqui sozinho. Agora ele jura de pés juntos que está melhor, e tomara que esteja mesmo. Enfim, já passou da hora de eu ir.

— Você vai se mudar? — indagou Lucy, incrédula. Quem iria querer sair da Ilha Relógio? — Por quê?

— Não posso ficar aqui para sempre, não é?

— Por que não?

Ele ignorou a pergunta.

— Admito que tenho um pouco de medo de passar por dificuldades criativas se eu for embora. Fiz meus melhores trabalhos na ilha. Provavelmente porque fico profundamente triste aqui.

— Como você fica triste na Ilha Relógio?

— Consigo ser triste em qualquer lugar. Faz parte do trabalho.

Ela deu uma cotovelada na costela dele.

— Não acredito nisso nem um pouco.

— Duvido você citar um artista feliz.

Lucy franziu o rosto, matutando, tentando se lembrar de tudo que sabia sobre todos os artistas de que já tinha ouvido falar. Ela ergueu um dedo.

— Degas? — disse ela. — Ele não pintou aqueles quadros maravilhosos de bailarinas?

— Pintou. Mas ele também odiava bailarinas e mulheres em geral. Famoso por sua misoginia. Famoso por sua misantropia, na verdade. Te dou outra tentativa.

— Hum... bom, sei que Van Gogh era deprimido. Que tal Monet?

— As duas esposas morreram. Um dos filhos morreu. Teve problemas financeiros a vida toda. Ficou cego. Pode tentar mais uma vez.

Lucy pensou mais. Finalmente, ela estalou os dedos.

— Já sei: Bob Ross.

Ele olhou para ela, os olhos semicerrados.

— Tá — cedeu ele. — Vou aceitar essa.

— Ganhei. Esse jogo, pelo menos.

— Não tem pontos, sinto muito.

— Não tem problema. Vou aproveitar essa glória.

O sol subia no céu, seus raios quentes beijando cada hora, cada minuto e cada segundo da Ilha Relógio.

— Você está sorrindo — disse ele.

— Você também.

— Estou?

— Você é um pintor muito talentoso, mas não é tão bom em ser infeliz quanto pensa.

— Retire o que disse.

— Acho que o artista está protestando muito, hein? — disse Lucy.

— Bom... até eu tenho que admitir que as coisas estão começando a melhorar.

— Porque Jack está escrevendo de novo?

Ele voltou a abrir aquele sorriso, o sorriso que fazia o sol brilhar um pouco mais.

— Sim. Tem isso — respondeu ele, mas uma parte de Lucy desejou que ele não estivesse falando apenas sobre Jack.

— Quer tomar um chá? — perguntou Lucy quando entraram na casa.

— Não posso. Tenho que conversar com Jack.

— Conversar comigo sobre o quê?

Os dois viram Jack vindo pelo corredor, na direção da sala de jantar.

— Olá, Lucy — disse Jack.

— Temos um problema — anunciou Hugo antes de Lucy poder falar.

— Odeio problemas — comentou ele. — Não dá para passar um dia sem um problema?

— Hugo... — interveio Lucy. — Não foi...

— Precisamos chamar a balsa — disse Hugo, ignorando a objeção dela. — O bom dr. Dustin foi desclassificado.

— Jack, eu... — tentou Lucy mais uma vez.

— Não tente protegê-lo — replicou Hugo. — Ele não faria o mesmo por você, e você sabe disso. Jack, Dustin tentou convencer Lucy a trapacear com ele, e não foi muito gentil quando ela disse não.

Jack parou um momento para absorver a informação. Lucy imaginava que o coração dele tivesse se partido um pouco com a notícia. Ela tinha a impressão de que, quando olhava para os quatro — Melanie, Andre, Dustin e ela —, ele ainda os via como crianças, suas crianças.

— Chame a balsa — pediu Jack, com um suspiro.

Hugo tirou o celular do bolso e saiu pela porta da frente.

— Desculpe — disse Lucy.

— Não peça desculpa, minha querida. Não é culpa sua que Dustin tenha esquecido a segunda regra da Ilha Relógio. *Sempre confie no Mentor. Ele está do seu lado, mesmo quando parece não estar.*

CAPÍTULO DEZOITO

Lucy tomou um banho quente demorado, tentando lavar o estresse da noite anterior e daquela manhã. Quando saiu, ela encontrou um bilhete embaixo da porta.

Com medo de que fosse alguma mensagem cruel de despedida de Dustin, Lucy não abriu de imediato. Mas o papel era azul-celeste, da cor dos papéis de carta de Jack, então, por fim, ela o abriu. Alguém tinha escrito: *Presente no corredor. Não tenha medo. Não morde.*

A carta estava assinada: *H.R. (Você sabe quem).*

Ao abrir a porta, Lucy encontrou uma caixa de papelão. Ela a pegou e a levou até a cama, fechando a porta logo depois. O que Hugo tinha dado para ela? Ela abriu a caixa.

Sapatos. Era só isso. Apenas um par de botas de caminhada femininas, de couro marrom-escuro, L.L.Bean, obviamente, porque ali era o Maine. Ligeiramente gastas, mas, fora isso, em excelentes condições.

Lucy sabia que deveria se sentir grata pelo presente, mas não foi isso que sentiu. Ela se sentiu um lixo.

Ela se sentou na cama e olhou para os sapatos. Tinha sido idiota a ponto de achar que ele estava flertando com ela mais cedo — quando a resgatou da oferta sinistra de Dustin, quando se ofereceu para ser o guarda-costas dela —, e, sim, ela adoraria que ele guardasse as costas e o resto do corpo dela também. Mas dar sapatos para ela? Aquilo não parecia atração. Parecia mais pena. Caridade. Essas eram as últimas coisas que ela queria dele. Hugo era um cara gentil. Nada além disso. Hugo era gentil com ela porque ele era naturalmente gentil, não porque gostava dela. E, mesmo se gostasse, ela não tinha nada que gostar dele. A última coisa de que precisava era ficar caidinha por um artista famoso.

Ele também já tinha sido pobre, afinal, Lucy se lembrou. Ele sabia como era — sem dinheiro, mãe solo. Certo, talvez os sapatos não fossem uma esmola. Talvez fossem um gesto de solidariedade. Mesmo assim, aquilo machucava.

Mas ela agiria como adulta. Apenas uma pessoa ingrata ou idiota não aceitaria um par de botas de alta qualidade que pareciam quase novas, ainda mais quando os sapatos que tinha já estavam se desfazendo.

Lucy tirou o celular do bolso da calça jeans e mandou uma mensagem rápida para Theresa.

Me fale para parar de ser idiota.

Ela duvidava que receberia uma resposta, mas logo veio uma. Lucy olhou a hora. Eram 6h46 em Redwood. Devia fazer uns quinze minutos que Theresa havia saído da cama.

Não deixamos as crianças chamarem os outros de "idiota", então você também não pode.

Lucy respondeu: *Então me fale "foco no prêmio" ou coisa assim para eu conseguir parar de pensar nesse cara na ilha.*

Theresa ligou na mesma hora. Lucy riu e atendeu o telefone. Antes que ela pudesse dar oi, Theresa disse:

— Quem é o cara?

— Bom dia — disse Lucy.

— Dane-se o dia. Quem é o cara? Outro jogador?

— O nome dele é Hugo Reese, e ele ilustrou os livros da Ilha Relógio. E é gato.

— Quem vai julgar isso sou eu — replicou ela. Houve uma pausa. Theresa devia estar jogando o nome de Hugo no Google. Alguns segundos se passaram. Então: — Dá pro gasto. Ô se dá. Ele parece um professor universitário sexy.

— Agora, sim — concordou Lucy. — Eu o conheci quando vim aqui pela primeira vez. Na época, ele parecia um guitarrista de uma banda punk dos anos 1990. Tatuagens cobrindo os braços inteiros.

— Preciso ver isso — comentou Theresa, antes de pausar, e Lucy esperou que ela encontrasse algumas fotos mais antigas de Hugo. — Minha nossa...

Ela devia ter encontrado uma foto boa.

— Ele é inglês também — acrescentou Lucy.

— Tipo o príncipe William?

Lucy parou para pensar.

— Está mais para o cara que socaria o príncipe William na saída de um pub.

— Melhor ainda.

Lucy riu. Ela sabia que Theresa conseguiria animá-la.

— Ele gosta de você? — perguntou Theresa.

— Acho que não — disse Lucy. — Mas ele me deu um par de sapatos.

— Hum... sapatos? Como assim?

— Você está cozinhando? — indagou Lucy, ouvindo panelas e frigideiras batendo no fundo.

— Sou professora de jardim de infância. Sou que nem um polvo, multitarefa. Pode me contar.

Lucy contou tudo que tinha acontecido até o momento: a jaqueta, o advogado, o comentário de "moleque mimado", Dustin, o resgate, os sapatos.

— Ele gosta de você — concluiu Theresa.

— Você acha que os sapatos foram um flerte, não pena?

— Martin me comprou um aquário quando estava tentando ficar comigo. Os homens ficam loucos quando estão loucos por uma mulher. Sapatos na mão, calcinha no chão.

— Você é professora de jardim de infância, Theresa.

— E tenho um marido. Vá atrás do seu.

— Não estou aqui atrás de um marido, lembra? Você tem que me dizer para manter o foco no objetivo. Estou fazendo isso por Christopher.

— Coração, se alguém merece dois prêmios, esse alguém é você. Vença seu jogo. Pegue seu menino, depois pegue seu homem. Fim.

Lucy massageou a testa.

— Theresa. Você *não* está ajudando.

— Ligue para alguém idiota, então. Sou inteligente demais para falar para você não flertar de volta. Flerte com ele. Com vontade. Flerte até ele te dar um aquário, meu bem.

— Eu te amo — disse Lucy. — Você é doida, mas eu te amo. Obrigada por me fazer me sentir um pouco menos mal. Tá foda.

— Foda é você, bebê. Não se esqueça disso. E também te amo. Comporte-se, mas não demais, tá?

— Você também.

Elas desligaram, e conversar com Theresa ajudou. Lucy tirou os Converse velhos e os jogou embaixo da cama. Achou seu par de meias mais grossas e as calçou. As botas couberam perfeitamente. Passear pela ilha seria muito mais fácil com um par de botas de caminhada quase novas. Ela se olhou no espelho. Elas combinaram perfeitamente com sua calça jeans skinny vermelha — um achado de bazar — e seu suéter preto de gola redonda favorito, um presente antigo de Sean.

Depois que ela escovou os dentes, eram quase duas da tarde. Ela caminhou até as mesas de piquenique À Uma.

Andre e Melanie estavam lá. Dustin, não.

— Parabéns, Lucy — disse Andre, batendo palminhas. — Você resolveu o enigma hoje de manhã e ainda se livrou de Dustin.

— Não foi minha intenção.

— Tome isso como um elogio — comentou Melanie. — Ele não tentou trapacear com a gente, só com você.

— É, sorte a minha.

Mas era mesmo um elogio, de alguma forma estranha. Lucy tinha vencido o primeiro jogo e também chegado à solução para o enigma naquela manhã. Se vencesse o próximo jogo, estaria quase a meio caminho da vitória, e apenas no segundo dia.

Jack subiu a trilha e parou à frente da mesa de piquenique. A sra. Hyde estava ao lado dele segurando uma pasta de couro.

— Olá de novo, crianças. Como vocês viram, estamos com um jogador a menos — anunciou Jack. — Dustin foi embora uma hora atrás. Ele me pediu para mandar suas mais sinceras desculpas a você, Lucy. Ao que parece, ele está sofrendo do que chamou de T.E.E.E., Transtorno de Estresse de Empréstimo Estudantil.

— Tudo bem — disse Lucy. — Eu o perdoo.

— Permitam-me lembrar a todos — começou a sra. Hyde — que trapacear ou tentar trapacear de qualquer forma vai desqualificar vocês imediatamente.

— O que é uma pena — acrescentou Jack. Seu tom era melancólico. — Pessoalmente, sou totalmente a favor de trapacear, mentir e roubar. De onde acham que tiro todas as ideias para os meus livros?

— Isso foi uma piada — ressaltou a sra. Hyde. — Nunca foi feita nenhuma acusação crível de plágio contra o sr. Masterson.

— Acho que eles entenderam que foi uma piada — disse Jack. Em seguida, ele juntou as mãos e esfregou uma na outra com uma alegria perversa. — Agora que essa situação desagradável já passou, vamos jogar um jogo novo.

A sra. Hyde abriu a pasta e entregou uma folha de papel para cada.

— O que é esta lista? — perguntou Andre. — *A gincana completamente impossível?* Sério? Temos que participar de uma gincana que ninguém consegue ganhar? Como vai ser isso?

Lucy pegou a folha de papel e passou os olhos pelos itens da lista.

> *Um carrinho para um jardim de fada*
> *Uma pipa que vente*
> *Um tabuleiro de xadrez totalmente noir*

— Um pote de aranhas de cetim? — questionou Melanie. — Está de brincadeira? Ou estou tendo um derrame, ou essa lista é maluca.

— Provavelmente as duas coisas — respondeu Jack. — Eu mesmo apostaria nas duas. Enfim, dois pontos para quem conseguir adivinhar o segredo dessa caçada. E nenhum ponto para o segundo lugar desta vez.

— Precisamos de uma pista, Jack — replicou Andre. — Não posso passar o dia todo procurando um origami workaholic ou peixes que segredam!

— Por favor — disse Melanie, com olhos suplicantes. — Eu me senti muito idiota depois do último jogo. Sei que vai ser algo totalmente óbvio quando descobrirmos, mas você poderia tornar um pouco mais óbvio antes de começarmos desta vez?

Ela sorriu, mas foi um sorriso tímido e nervoso. Será que Melanie precisava ganhar o jogo tanto quanto Lucy?

— Ah, mas a vida é assim — disse Jack. — Dizem que, olhando para trás, tudo é nota dez, e é verdade. Só sabemos a coisa certa a fazer depois de fazermos a errada. Para citar o supostamente grandioso mas praticamente incompreensível Søren Kierkegaard: "A vida só pode ser compreendida olhando para trás, mas deve ser vivida olhando-se para a frente." Ou, como todos os escritores que conheço, você só consegue entender o começo quando chega ao final. E essas são todas as pistas que vocês vão ter. Boa gincana, crianças.

OS TRÊS COMPETIDORES LERAM a lista de novo e de novo.

Um lobo com q
Um polvo seminu
Um raio de trevas!

Lucy queria rir, mas havia muita coisa em jogo. Os dois primeiros desafios tinham sido tão fáceis que uma pequena parte dela acreditou ter chances de ganhar. Agora Lucy estava com dor de estômago. Não fazia ideia do que fazer.

— Deve ter alguma pegadinha aqui — disse Melanie. — Certo?

A sra. Hyde pigarreou antes de dar meia-volta e seguir Jack até a casa.

— Certo — continuou Melanie. — Nada de conspirar. Vou tentar resolver isso em algum outro canto.

Lucy a observou descer por uma trilha ao acaso. Andre, com um ar seguro demais para o gosto dela, pegou uma trilha diferente. Embora o dia estivesse claro e fresco, o oceano, suave, e houvesse aves flutuando pelo céu ao sabor das correntes de ar, eles só tinham olhos para a lista.

Lucy ficou à mesa de piquenique, relendo as pistas. Melanie tinha razão, lógico. Devia haver uma pegadinha, um duplo sentido, algo óbvio que ela não estivesse enxergando. Seu primeiro instinto era pegar o celular e jogar algumas das frases no Google, ver se significavam alguma coisa. Mas isso seria trapacear.

Sem falar que Lucy duvidava muito que a internet fosse ajudar. Aquele jogo parecia algo que Jack tinha inventado sozinho, como algo tirado de um dos livros dele. E, se era algo de um dos livros dele, significava que até uma criança conseguiria solucionar.

Então o que era? Qual era o segredo da lista?

Essa gincana era como uma caça ao tesouro, certo? Lucy decidiu que estava na hora de uma visita à Cidade do Ponteiro de Segundos. A Loja de Artigos de Caça ao Tesouro de Redd Rover ficava instalada no que parecia uma versão cartunesca de uma cabana de garimpeiro da Corrida do Ouro, com um telhado inclinado e tudo, tábuas descombinadas e placas escritas à mão. Quando ela espiou pela janela, porém, viu que todas as prateleiras lá dentro estavam vazias. Nada ali podia ajudá-la.

Ela continuou andando, seguindo os trilhos de trem rumo à estação Samhain até terminarem abruptamente, no meio de uma clareira na floresta — um prado coberto de flores silvestres. Lindo, mas não era a estação Samhain dos livros. Nenhuma torre. Nenhum trono de abóbora. Nenhum Senhor ou Senhora de Outubro. Apenas trilhos de trem que não levavam a lugar nenhum.

Lucy se sentou no chão entre as flores silvestres, de olho nas formigas e abelhas. Ela estudou a lista de novo, mas nada lhe veio à mente.

Um frango frito de Delaware
Uma fatia de km/h

— Jack, o que você está fazendo com a gente? — sussurrou Lucy para si mesma.

A resposta devia estar na sua cara. Ela não conseguiria descobrir e outra pessoa venceria e colocaria um fim em sua maré de sorte. E se Hugo estivesse enganado sobre ela ter uma chance, e ela perdesse — não apenas essa rodada, mas o jogo? Aí ela voltaria a Redwood, continuaria a tricotar cachecóis para vender on-line até desenvolver uma artrite, voltaria a se encher de espaguete barato para poder vender seu plasma duas vezes por semana sem desmaiar, voltaria a esperar que sua vida começasse, sabendo que só começaria quando Christopher fosse seu filho.

E se ele nunca viesse a ser seu filho, significava que a vida dela não começaria nunca?

Não, significava que a vida *dele* não começaria nunca. A vida que eles sonharam juntos, pelo menos, a vida que ela havia prometido para ele. Sua vidinha simples e besta. Sem castelos. Nem torres. E nada de ilhas mágicas. Apenas um apartamento de dois quartos e um carro usado semidecente. E tudo que a estava impedindo de conseguir isso era seu cérebro, que parecia incapaz de descobrir que diacho significava um "apartamento de boneca" e um "gato de brownie".

O chão era frio e duro, e os pés de Lucy começaram a ficar dormentes. Ela se levantou e limpou a parte de trás da calça. Contendo as lágrimas, caminhou pela floresta, sem saber o que estava procurando, mas sem conseguir ficar parada. Ninguém nunca tinha ganhado uma gincana sem sair do lugar. A floresta logo se abriu, e ervas marinhas altas foram aparecendo. A trilha de pedra terminava numa ponte de tábuas de madeira. Ela a atravessou e a seguiu por uma curva, onde, cinquenta metros à frente, ficava o farol.

Não era grande, mas era charmoso. Branco, talvez com uns sete metros de altura e um domo vermelho vivo no topo, chamativo como um boné vermelho. Lucy parou sob o sol intenso, o vento forte soprando seu cabelo e açoitando seu rosto. Ela se lembrou do relógio na sala de Jack, com o farol na parte de cima.

O Farol do Meio-dia e da Meia-Noite tinha uma escada externa que levava a uma plataforma panorâmica. Lucy secou as mãos na calça jeans e as colocou nos degraus. Ao subir até o topo, descobriu que parecia muito mais alto do que visto do chão. Sua cabeça girou a princípio, mas ela se segurou com firmeza na grade e contemplou a água.

Era fascinante — ou ao menos era para ser, com seus tons de azul, cinza, dourado e prateado, o sol brincando de esconde-esconde atrás das nuvens acinzentadas. Mas ela estava tão desanimada que era como se diante dela houvesse uma parede de tijolos sem nada. Os minutos iam passando — *tique-taque, tique-taque* —, e o tempo dela estava acabando. Lucy tinha visto aquele brilho nos olhos de Andre. Era possível que ele já estivesse na metade da lista àquela altura, enquanto ela não conseguia sair da largada.

Jack tinha dito a eles em sua primeira noite que eles jogariam o jogo da Ilha Relógio. Quem dera. As crianças nos livros da série sempre tinham seus desejos concedidos no fim. Embora... nem sempre, agora que tinha parado para pensar. Muitas vezes, as crianças queriam uma coisa e recebiam outra, algo melhor, no fim. Algo que elas nem sabiam que queriam. No primeiro livro, *A casa da Ilha Relógio*, Astrid e o irmão, Max, queriam que o pai deles voltasse para casa. No fim, não foi esse o desejo que o Mentor concedeu.

Em vez disso, Astrid e o irmão foram morar com o pai na cidade em que ele tinha encontrado trabalho. Ao irem à Ilha Relógio, eles aprenderam a enfrentar os próprios medos. E assim criaram coragem para finalmente dizer para a mãe que estavam dispostos a abrir mão de seus amigos, da escola e da casa à beira mar para a família voltar a ficar junta.

Obviamente, o Mentor tinha um presente secreto de despedida para eles. Quando a van de mudança deles estava se afastando depois que venderam a casa, Astrid abriu um envelope que tinha acabado de chegar para ela. Lá, encontrou uma carta e uma chave. A carta dizia que tinha sido o Mentor quem havia comprado a casinha azul à beira-mar, e que a casa estaria esperando por Astrid quando ela fosse adulta e estivesse pronta para voltar para casa.

Era um fim que deixava um gostinho amargo na boca, mas também era cheio de esperança e promessa. Ironicamente, não foi o dom de Astrid de resolver charadas que ajudou seu pedido a se realizar, mas sua coragem e sua honestidade. Muito fofo. Muito emocionante. Mas isso não ajudava Lucy. Ou ajudava?

O que as crianças nos livros tinham que fazer para realizar seus desejos?

Primeiro, tinham que fazer um desejo. Depois, precisavam ir até a Ilha Relógio. Em seguida, respondiam charadas ou jogavam jogos estranhos. Então, tinham que enfrentar seus medos. Lucy tinha medo de alguma coisa? Alguma coisa além de perder?

Ela respirou fundo a maresia e começou a descer a escada do farol. Encontrou a trilha de novo e decidiu dar uma volta completa na ilha. Passou de novo pelas mesas de piquenique e chegou à Piscina Natural às Duas.

Lucy parou nas pedras cinza, desgastadas pelo vaivém infinito da água, e olhou no fundo do líquido vítreo, na esperança de ver algo lá dentro. Peixes, algas, estrelas-do-mar ou ouriços-do-mar... mas ela não viu nada. O oceano guardava bem seus segredos.

Segredos. Segredos. *Peixes que segredam.* O que isso poderia significar?

Enquanto caminhava pela praia na direção da Rocha Papagaio-do-Mar às Três, Lucy releu a lista.

Um lobo com q
Um polvo seminu
Um ator humilde
Um pote de aranhas de cetim
Peixes que segredam
Um gato de brownie
Um apartamento de boneca
Uma prateleira em cima de um orc
Uma fatia de km/h
Um carrinho para um jardim de fada
Um tabuleiro de xadrez totalmente noir
Um tambor de Pavlov
Uma pipa que vente
Uma sombra sem glúten
Um origami workaholic
Um frango frito de Delaware
Um raio de trevas!

Lucy queria gritar, mas não gritou. As charadas de Jack eram sempre óbvias depois que se sabia a resposta. Olhando para trás, tudo é nota dez. Ele tinha dito isso para eles, não? Devia significar alguma coisa, certo?

Ela tirou uma caneta do bolso do casaco, contou com o dedo, e leu em voz alta a décima letra de cada item. Q... M... Ela contou todas várias vezes, indo e voltando. Nada.

O que mais Jack disse?

A vida só pode ser compreendida olhando para trás, mas deve ser vivida olhando-se para a frente. Uma citação do filósofo Kierkegaard.

Compreendida olhando para trás?
Certo, ela tentou ler as pistas de trás para a frente.
Um lobo com q virava Q moc obol mu.
Também não era isso.
Jack também tinha dito que todos os escritores sabiam que só dava para entender o começo quando se chegava ao final. Então ela leu as pistas de trás para a frente.
! Trevas de raio um Delaware...
Também não era isso.
Ela estava prestes a desistir quando decidiu olhar a última letra de cada frase. Com a caneta, circulou todas as últimas letras e soube, no mesmo instante, que estava no caminho certo.

Um lobo com q — Q
Um polvo seminu — U
Um ator humilde — E
Um pote de aranhas de cetim — M
QUEM

Com o coração acelerado, o sangue pulsando, Lucy circulou todas as últimas letras até encontrar a resposta.

QUEM ME ACHAR VENCE!

CAPÍTULO DEZENOVE

Lucy correu o máximo que pôde. Embora fosse a pé ou de bicicleta para todos os lugares, ela não corria muito desde que tinha saído da faculdade. Agora, estava furiosa consigo mesma por abandonar suas provas de cinco quilômetros. Suas pernas e seus pulmões estavam gritando com ela depois de apenas alguns minutos de corrida.

Mas ela continuou correndo, sem parar. Correu como as crianças corriam quando tocava o último sinal no último dia de aula antes das férias de verão. Jack provavelmente estava na sala de escrita, então era para lá que Lucy estava indo. Se ele não estivesse sentado atrás de sua escrivaninha... bom, ela se preocuparia com isso quando chegasse lá.

Ela não estava nem a meio caminho da casa quando teve que parar para recuperar o fôlego. Curvando-se, ofegante, estupidamente grata pelas botas de caminhada que Hugo tinha lhe dado — ela nunca teria conseguido correr com seus tênis antigos —, Lucy sentia os pulmões arderem enquanto inspirava. Ela conseguia ver a casa ao longe.

Mas viu mais uma coisa também. Alguém estava na Praia às Cinco.

Andre. Andre estava na praia, uma figura inconfundível, com seu boné de beisebol e sua jaqueta corta-vento azul.

E ele estava correndo.

Correndo na direção da casa.

Lucy desatou a correr o mais rápido possível, as solas de seus sapatos novos ecoando nas tábuas de madeira da trilha que dava a volta na maior parte da ilha.

Andre era mais alto do que ela, maior, mais forte, mas ela estava mais perto. Estavam pau a pau, ele vindo correndo pela praia de um lado, ela de outro, a casa a apenas quinhentos metros, quatrocentos... O coração de Lucy parecia prestes a explodir. Trezentos metros... ela queria vomitar. Duzentos. Ela escorregou numa tábua solta, mas recuperou o equilíbrio antes de cair no chão. Será que esses dois segundos de atraso custariam sua vitória? Ela continuou correndo. Andre estava perto, mas ela também. Lucy subiu às pressas pelo caminho de paralelepípedos até a porta da frente em uma última explosão de adrenalina e entrou com tudo na casa. Andre estava poucos passos atrás dela. Agora tinha que encontrar Jack. Ela chutava que ele estaria na biblioteca. Mas Andre já estava subindo a escada, talvez indo atrás de Jack no escritório. Será que ele tinha visto Jack subir a janela? Será que ela ganharia a corrida para então perder por escolher o cômodo errado?

Lucy entrou com tudo na sala, e lá estava Jack, parado diante da lareira, uma xícara de café na mão.

E lá estava Melanie ao lado dele, também com uma xícara de café. Sorrindo.

Lucy se deixou cair no sofá. Andre entrou um segundo depois dela e olhou para a cena à sua frente.

— Droga — soltou ele e fechou a porta com o pé, fazendo Lucy tomar um susto com o barulho.

— Desculpa, crianças — disse Melanie, dando de ombros. — Como Jack disse, sem pontos para o segundo lugar.

Lucy não se ressentiu de Melanie por seu momento de triunfo. Ela não seria uma má perdedora como Dustin.

— Talvez seja melhor eu ir para casa — comentou Andre, embora não parecesse magoado, apenas resignado. Ele se sentou no sofá, os ombros caídos, com uma cara de derrota. — Minha esposa estava certa quando disse que meninas eram mais inteligentes que meninos.

Era bom ver que ele ainda estava de bom humor. Lucy queria chorar, mas guardaria isso para depois.

— Ah, não desista, rapaz.
Jack deu um tapinha nas costas de Andre e piscou para ele. Andre sorriu. A tensão se aliviou um pouco.
Andre bufou.
— Sem ofensa, Jack, talvez isso fosse divertido se eu ainda tivesse onze anos, mas agora? É estressante pra caramba.
Jack não pareceu surpreso nem ofendido.
— Só estou dando a vocês o que vocês queriam naquela época: fazer um desejo, viver uma aventura e ganhar o prêmio.
Não era isso que Lucy queria. Ela amava os livros e sonhava em fazer parte de um deles assim como seus amigos sonhavam em ir para Hogwarts ou Nárnia. Mas o que ela realmente desejava era o que Jack havia oferecido de brincadeira para ela na carta — ser sua ajudante. Ela queria morar ali com ele, ajudá-lo, ser uma filha para ele, e que ele fosse um pai para ela. Por mais que amasse os livros, ela queria a realidade, não a fantasia.
— Qual é o próximo jogo, então? — perguntou Andre. — Não vou desistir ainda.
— Vocês vão descobrir depois do jantar. Mas, até lá, divirtam-se. Aqui é a Ilha Relógio, não um gulag.

A MARÉ DE SORTE DE LUCY não tinha apenas chegado ao fim: estava morta e enterrada. Naquela noite, eles jogaram "Banco Imobiliário da Ilha Relógio". Andre, que era advogado corporativo, venceu sem dificuldade. Melanie ficou em segundo. E Lucy não ganhou nem um pontinho. Ela nunca tinha jogado Banco Imobiliário antes. Ela poderia ter gostado de aprender, se não fosse um jogo tão importante. Em vez de ir direto para a cadeia, eles iam para a Torre do Relógio, e não tinham o direito de recolher duas horas. Tempo era dinheiro, dizia a caixa.
Ao fim da segunda noite, a pontuação era:
Lucy: 2

Melanie: 3
Andre: 2

No terceiro dia, houve mais jogos. Um jogo de perguntas e respostas sobre a Ilha Relógio, que Lucy ganhou com facilidade e em que Melanie ficou em segundo. Depois eles jogaram no jardim uma variação de "O Mestre Mandou" chamada "O Mentor Mandou". Por fim, depois do jantar, eles jogaram uma versão de Mímica com temática da Ilha Relógio. Foi incrivelmente constrangedor representar cenas dos livros enquanto Hugo assistia no fundo da biblioteca, tentando não rir alto demais deles.

Lucy notou algo estranho acontecendo ao longo dos dois dias. Eles quase se esqueceram do motivo de estarem jogando. Especialmente durante a Mímica, quando Andre teve que representar o Senhor de Outubro lutando contra os Meninos Abóboras e seu exército-fantasma. Como exatamente fazer mímica de um exército-fantasma? Surpreendentemente, ele deu um jeito. Depois, Lucy teve que fazer Astrid subindo até o farol para encontrar seu irmão, que tinha sido capturado pelo infame bandido da Ilha Relógio, Billy, o Outro.

Foi uma loucura. E bem divertido. Tão divertido que Lucy teve que se lembrar de manter o foco. Christopher precisava que ela ganhasse. Ela não podia esquecer o que estava em jogo.

Ao fim do terceiro dia, as pontuações estavam próximas demais para seu gosto.

Lucy: 5
Melanie: 6
Andre: 5

Mas eles ainda tinham mais dois dias de jogos. Tudo podia acontecer. Qualquer um podia vencer.

Depois que a Mímica acabou, eles continuaram na biblioteca. Os funcionários da cozinha distribuíram chocolates quentes com uma montanha de chantilly para todos. Eles beberam o chocolate enquanto um fogo baixo crepitava na lareira.

— Ok, Jack — disse Andre após dar um gole tão grande em seu chocolate quente que acabou com chantilly no nariz. — Desculpa por ter dito que não estava me divertindo.

— Melhor não pedir desculpa ainda — comentou Jack. — Amanhã não vai ser nem um pouco divertido.

Melanie e Andre se entreolharam. Lucy olhou para Hugo. Ele lhe deu uma piscadinha que fez a temperatura dela subir um ou dois graus.

— O que tem amanhã? — indagou Andre.

— Vocês não sabem? — perguntou Jack, apontando para Melanie, depois Andre e Lucy.

— Eu sei — disse Lucy, voltando a olhar para Jack. — Acho que sei. Talvez.

— O que é? — quis saber Melanie, inclinando-se mais para a frente.

Ela parecia nervosa. Todos pareciam.

— Estamos num livro, certo? — perguntou Lucy a Jack. — Você disse que estamos jogando como as crianças dos livros da Ilha Relógio.

— Sim — disse Jack.

— Bom, costuma ser assim: primeiro a criança chega à ilha, daí ela responde charadas e participa de jogos, que é o que estamos fazendo até agora. Depois disso, elas...

— Enfrentam os próprios medos — completou Andre. — Certo? É isso que o Mentor sempre diz às crianças: "É hora de enfrentar seus medos, meus caros."

— Muito bem — concordou Jack.

— Eu sempre ficava muito nervoso quando o Mentor dizia isso — confessou Andre. — Porque significava que as coisas estavam prestes a ficar intensas na Ilha Relógio. Tive pesadelos por meses depois que li *A máquina-fantasma*, por causa daquele negócio do menino que era perseguido pelo fantasma exatamente igual a ele. Tipo, o que foi aquilo, Jack?

— Minha editora tentou me fazer tirar aquela cena — admitiu Jack.

— Por quê? — perguntou Melanie.

— Porque ela disse que faria as crianças terem pesadelos por meses. Eu disse que não. Talvez eu deva um pedido de desculpas a ela — disse ele, pensativo. — Ela não vai entender, mas eu devo.

— Você vai mesmo nos fazer enfrentar nossos medos? — questionou Andre. Seu tom era cético, como se ele fosse velho demais para ainda ter medo de alguma coisa.

— Ah, mas esse é o desafio mais importante de todos — respondeu Jack, apoiando sua caneca na cornija da lareira. — Vocês não têm como vencer a menos que enfrentem seus medos. Enquanto não enfrentarem, seus medos estão vencendo.

— Estamos velhos agora — argumentou Andre. — Não tenho mais medo de aranhas, cobras e fantasmas. Tenho medo de meu pai morrer porque não conseguimos encontrar um rim compatível para ele. Esse é meu grande medo, e juro para você que *nunca* não estou pensando nisso. O que você pode fazer em relação a isso?

Era uma pergunta justa. Como Jack poderia fazer um grupo de adultos enfrentar seus medos? Eles não tinham mais dez anos, não tinham mais medo do escuro, de contar a verdade para os pais sobre quem quebrou um vaso antigo, de pedir desculpa para o melhor amigo... Como fazer adultos enfrentarem seus medos quando ser adulto significava conviver com seus medos todo dia?

— Só tenho medo de perder minha livraria — comentou Melanie. — Já tentou ter uma livraria infantil numa cidade pequena? As pessoas mal conseguem impedir que *mercados* fechem. Como você vai nos fazer enfrentar algo que já estamos enfrentando?

Jack respondeu com um enigmático:

— Vocês vão descobrir.

Lucy sentiu um calafrio. Ela acreditava nele. Se existia alguém capaz de encontrar uma forma de fazer com que eles enfrentassem seus medos, essa pessoa era o velho Mentor.

— E vou logo avisando — continuou Jack. — Enfrentar seus medos não vai fazer vocês ganharem nenhum ponto. Mas, se vocês não enfrentarem, não vão jogar o último jogo.

Lucy respirou fundo. Ele tinha avisado que isso aconteceria, mas parecia tão distante... Ela toparia, no entanto, o que quer que fosse. Beijar uma cobra. Andar numa corda bamba sobre o mar. Faria qualquer coisa para vencer.

— Agora — disse Jack —, falando ainda mais sério, a previsão do tempo emitiu um alerta de tempestade para hoje à noite. Vendavais e chuvas. Se vocês estavam planejando dar uma volta de bote, sugiro reprogramar o passeio. Boa noite, crianças. Bons sonhos.

Jack começou a sair, mas Andre o deteve com uma pergunta.

— Você já enfrentou seus medos, Jack? — questionou.

Sua voz soou gentil, mas Lucy notou um tom de desafio. Não era justo fazê-los enfrentar seus medos se Jack nunca havia enfrentado os dele.

Jack fez silêncio por um instante, embora muitos barulhos os cercassem. O vento estava ficando mais forte, chicoteando o telhado e fazendo galhos baterem nas janelas. Na lareira, o fogo dançava a cada lufada repentina.

— Aqui vai uma charada para todos vocês — disse Jack. — *Dois homens numa ilha...*

— Ai, Senhor... — resmungou Hugo.

Fez-se silêncio de novo, exceto pelo vento e pelo crepitar do fogo. Jack recomeçou:

> *Dois homens numa ilha, e ambos a água tinham culpado*
> *pela perda de uma esposa e por uma filha ter matado*
> *mas nenhum deles é pai, tampouco casado.*
> *O segredo das meninas e da água será revelado?*

Com uma última olhada ao redor, Jack disse:

— Sinto muito, não tem nenhum ponto para quem desvendar essa charada. Mas, se desvendarem, talvez ganhem um tipo diferente de prêmio.

Com isso, Jack os deixou sozinhos na sala de estar.

Lucy olhou para Hugo, que retribuiu o olhar.

— Desculpa, mas nem pergunte. Se adivinharem, eu conto, mas essa história não é só minha.

— Mas você sabe? — indagou Andre.

— Lógico que sei. Sou o outro homem na ilha. Infelizmente.

— Você faz alguma ideia? — perguntou Andre a Melanie.

— Não faz sentido para mim. Como perder uma filha se você nunca teve uma?

Andre olhou para Lucy.

— E você?

Lucy olhou nos olhos de Hugo.

— Não faço ideia — respondeu ela.

Mas Lucy estava mentindo.

Ela fazia uma ideia, sim. E muito bem.

PARTE QUATRO

Enfrentem seus medos, meus caros

— Astrid? Max? Cadê vocês? Astrid!

Astrid reconheceu a voz da mãe. Ela a reconheceria em qualquer lugar, embora soasse estranha. Ela percebeu que nunca tinha ouvido sua mãe apavorada antes. E lógico que ela estava apavorada. Astrid e Max tinham desaparecido de casa na noite anterior. Como a mãe sabia que eles estavam na Ilha Relógio?

— O que a gente faz? — perguntou Astrid ao Mentor.

Ele estava na sombra projetada por uma armadura poderosa, de modo que parecia que a sombra ao redor dele era sua armadura. Astrid havia passado a noite toda na Ilha Relógio e ainda não tinha visto o rosto dele. Talvez nunca visse.

— Se vocês fossem ela, o que gostariam que seus filhos fizessem? — indagou o Mentor em um tom gentil, o mais gentil que ela já tinha ouvido.

Max respondeu antes que Astrid tivesse a chance.

— Ela quer nos encontrar — disse Max. — Talvez seja melhor falar para ela onde estamos.

Ele olhou na direção da sombra, mas a sombra não disse nada.

— Não podemos. Ela vai nos matar — replicou Astrid, com a voz um tom acima.

— Não podemos nos esconder para sempre — argumentou Max. Ele olhou nos olhos dela. — Né?

— Max? Astrid? Cadê vocês? — Eles conseguiam ver a mãe na praia, o vento e a chuva batendo no cabelo e no casaco dela. Ela devia estar com frio ali, com frio e assustada. — Astrid!

Doía escutar a voz dela daquele jeito, doía vê-la tão assustada.
— Estou com medo — disse Astrid.
— Porque você vai levar bronca? — perguntou o Mentor.
— Porque ela vai nos perguntar por que fugimos. Daí vamos ter que contar.
— Contar o quê?

O Mentor tinha um jeito de fazer perguntas que fazia você pensar que ele já sabia a resposta mesmo antes de você.

— Contar que queremos o papai de volta, mesmo que a gente tenha que se mudar — disse Max. — Eles decidiram que o papai iria para o trabalho novo e que ficaríamos para não ter que mudar de escola. Mas se contarmos para ela que queremos ficar com o papai mais do que queremos ficar na mesma casa...

— Vamos ter que nos mudar — completou Astrid.

E era disso que ela tinha mais medo... deixar tudo para trás, recomeçar. Uma vida nova numa cidade nova com amigos novos — ou, talvez, sem amigos. O que seria mais aterrorizante do que isso?

Ficar, concluiu ela. Ficar ali sem seu pai. Era ainda mais assustador.

Astrid pegou Max pela mão e disse:
— Vamos.

Eles saíram correndo juntos pela porta da frente, esquecendo-se até de dar tchau para o Mentor.

— Mãe! — gritou ela. — Mãe, a gente tá aqui!

— *A casa da Ilha Relógio, Ilha Relógio Vol. 1*,
  de Jack Masterson, 1990

CAPÍTULO VINTE

Hugo saiu da biblioteca atrás de Jack. Lucy esperou um pouco, mas ele não voltou mais. Devia ter ido para a casa de hóspedes, pensou. Ela poderia ir atrás dele, certo? Sim. Mas o que ela diria? *Esqueci de agradecer pelos sapatos. Aliás, se entendi bem a charada, a sua esposa trocou você por outro homem. Me conta mais.*

É, talvez isso não desse muito certo.

Eles ouviram algo batendo na lateral da casa, levado pelo vento. Os três competidores tomaram um susto com o barulho súbito e alto. Jack não estava brincando sobre a tempestade iminente.

— O Maine é doido — disse Andre, seus olhos escuros fixos na janela e no mar revolto ao longe. — Parece um furacão.

— É só uma tempestade — comentou Lucy, na esperança de que não ficasse mais forte.

— Odeio tempestades — soltou Melanie, tremendo enquanto espiava a janela, depois balançou a cabeça e deu uma risadinha bufada. — Será que Jack armou isso para me fazer enfrentar meu medo de tempestades?

Andre olhou para ela.

— Pelo que você falou, pensei que seu único medo era de perder sua livraria.

— Sendo bem sincera, tenho medo é de perder a livraria e de ter que dar razão ao meu ex-marido. Ele me disse durante o divórcio que eu nunca conseguiria fazer com que ela durasse. Odeio pensar que ele estava certo, que eu não sabia o que estava fazendo.

O coração de Lucy ficou apertado com a confissão de Melanie.

— Quando nos conhecemos, pensei que você tinha uma vida perfeita — confessou Lucy. — Você parece tão séria e confiante.

— Só pareço mesmo — admitiu Melanie.

— A verdade é que — disse Andre, se levantando e parando na frente da lareira, que já se apagava — a coisa de que mais tenho medo é contar a verdade para meu filho. Ele sabe que o vovô dele está doente, mas não contamos que ele não vai sobreviver se não conseguir um transplante de rim logo. Eles são melhores amigos.

— Você não é compatível? — perguntou Melanie.

— Não — respondeu Andre. — Meu pai tem um tipo sanguíneo raro. Tem sido um pesadelo.

— Talvez você não queira contar para seu filho porque ainda não quer tornar isso real para você também — sugeriu Melanie.

Andre concordou com a cabeça, mas não disse nada.

— Sinto muito por seu pai — disse Lucy. — Mas tenho um pouco de inveja por você e seu filho terem uma boa relação com ele. Eu faria de tudo por isso.

— Vivo esquecendo de nossa sorte por termos uns aos outros — comentou ele, com um sorriso. — Obrigado por me lembrar disso. Nossa, sinto falta das coisas de que eu tinha medo quando era criança. Eu faria qualquer coisa para ter medo de fantasmas e monstros no armário de novo, e não de que meu pai morra e não veja o neto crescer.

— E aranhas — acrescentou Melanie. — E ratos. Ratos de verdade são muito menos assustadores do que o rato com quem me casei.

— Ah, vá. E você, Lucyzinha? — quis saber Andre. — Sua vez. Qual é seu verdadeiro medo?

— Acho que não tenho só um — admitiu ela enquanto girava distraidamente os restos de seu chocolate quente no fundo da caneca. — São vários mesmo. Rever meu ex-namorado. Ou, pior, deixar que ele veja como não virei ninguém na vida. Nunca conseguir fazer a única coisa que realmente quero da vida. Descobrir que meus pais e minha irmã não me amavam porque não existe nada para amar em mim. E podem acreditar: sei que isso soa ridículo, mas, por mais velha que eu fique, por mais que eu diga para mim mesma que isso é uma questão deles, que não tem a ver comigo, parece que nunca vou me convencer de verdade de que o problema não era eu.

Andre se inclinou para a frente, olhou nos olhos dela.

— Não era você — afirmou ele. — Eu sou pai, moveria montanhas pelo meu filho. E te garanto: o problema não era você. Quando um filho se sente indesejado é porque tem alguma coisa errada com o pai. — Ele apontou para Melanie. — E, você, toda empresa passa por momentos ruins. Cara, até a Apple ficou à beira da falência nos anos 1990. Eu sou inteligente, sabe? Não deixam nenhum idiota entrar na faculdade de Direito de Harvard, e você acabou comigo no último jogo.

Melanie abriu um sorrisão.

— Obrigada — disse ela, antes de fazer uma cara de desgosto quase cômica. — Droga, agora quero que vocês ganhem tanto quanto quero ganhar.

— Jack é um sacana — comentou Andre. — Ele deve ter planejado isso.

— Eu não duvidaria — concordou Melanie.

— Certeza. Vejo vocês no café da manhã — disse Andre, indo até a porta. Então ele se virou e olhou para elas. — Tomara que eu vença, mas, se uma de vocês vencer, vou ficar feliz também. Espero que tenham seus desejos realizados de alguma forma, no fim das contas. Que todos nós tenhamos.

Melanie sorriu para ele, e Andre saiu.

— Para que você precisa do dinheiro? — perguntou Melanie a Lucy enquanto se levantava da poltrona.

Lucy hesitou. Ela odiava contar sua historinha triste, mas também adorava qualquer chance que tinha de poder falar sobre Christopher.

— Tem um garotinho de quem quero cuidar. Na verdade, quero adotá-lo, mas eu teria que acolhê-lo como lar temporário antes. Só que não preencho os requisitos para dar lar temporário. Eu e ele... queremos ser uma família, mas é provável que nunca aconteça.

— A menos que você vença e venda o livro.

— Exato. A menos que eu vença.

Melanie sorriu e disse:

— É um ótimo desejo.

DA JANELA DO QUARTO, Lucy observou a tempestade começar a surgir. Nossa, como ela sentia falta dos céus tempestuosos do Maine na primavera... Às vezes eram assustadores, mas também lindos, com as nuvens correndo em direção a uma linha de chegada invisível e o mar se agitando como se o Kraken estivesse prestes a emergir. Ela imaginou Christopher ali, diante dela, a cara colada no vidro. E quando a tempestade passasse, eles correriam até a praia para buscar pedaços de madeira trazidos pelo mar e jogar estrelas--do-mar encalhadas de volta na água.

Seu celular vibrou em cima da mesa de cabeceira. Ela pegou o aparelho e viu uma longa mensagem de Theresa.

Não sei como te dizer isso, mas Christopher acabou de passar aqui na sala. Ele disse que vai mudar de lar temporário. Vai ficar em Preston, com um casal mais velho. Vão deixar que ele termine a última semana na escola. Estou numa reunião agora, mas ligo assim que der. Ele está muito assustado e chateado, lógico, mas acho que não entendeu que vai mudar de escola no ano que vem. Sinto muito, meu bem.

Lucy releu a mensagem de novo e de novo até assimilar as palavras. O choque foi tanto que ela não conseguiu nem chorar. Seu primeiro instinto foi entrar em negação — devia ter havido algum engano, Preston ficava a uns trinta quilômetros de Redwood. Mesmo condado, mas...

Ela sabia que em teoria as crianças em lares temporários viviam mudando de casa, viviam sendo obrigadas a fazer as malas de uma hora para outra, viviam sendo transferidas de escola, por mais que isso as traumatizasse e tornasse quase impossível acompanhar as aulas.

É claro que ela sabia de tudo isso, mas nunca pensou que aconteceria com Christopher. Talvez ele se mudasse, mas não para outra cidade, não para outra escola.

Era o pior pesadelo dela.

Lucy respirou fundo, com dificuldade. Ficou olhando freneticamente de um lado para outro do Quarto Oceano como se pudesse encontrar a resposta em algum lugar ali. Mas não havia nada que pudesse ajudá-la. A cama. A cômoda. A penteadeira. O quadro de tubarão de Hugo sobre a lareira. Alguns livros em cima da cornija entre suportes em formato de relógio de pêndulo.

Ela reconheceu aqueles livros. Eram os primeiros quatro livros da Ilha Relógio em suas capas originais — *A casa da Ilha Relógio, Uma sombra cai sobre a Ilha Relógio, Uma mensagem da Ilha Relógio, A assombração da Ilha Relógio*.

Lucy riu e soltou um resmungo. Em seguida, balançou a cabeça e secou as lágrimas das bochechas.

Muito bom, Jack, pensou ela. Ela precisava admitir. Ele tinha encontrado uma forma de deixá-la apavorada. Enfrentar seus medos? Bom, ele tinha encontrado o pior medo dela, não tinha?

Ela se levantou, saiu do quarto e andou até o lado oposto da casa, em direção à fábrica de escrita de Jack, como ele chamava.

Lucy bateu uma vez alto na porta.

— Pois não? — disse Jack. Ela entrou, fechando a porta logo depois. Jack estava sentado à escrivaninha atrás de uma pilha de papéis que pareciam cartas. — Lucy — cumprimentou ele com um sorriso sincero.

Ele sempre parecia muito feliz em vê-los. Não tinha como ser verdade, tinha?

— Boa tentativa, Jack — comentou ela. — Como você conseguiu fazer isso?

Ele inclinou a cabeça para o lado.

— Fazer o quê?

— Simular uma mensagem da minha amiga Theresa. Sei que ela não faria isso, então você teve que forjar. Você entrou e mudou o número do contato dela para o seu. Para essa coisa de enfrentar os medos. É esse meu medo, certo? Contei a Hugo sobre Christopher e Hugo contou para você.

— Sim, sei sobre Christopher. Mas o que aconteceu?

— Você sabe o que aconteceu. Você ou um de seus advogados ou alguma outra pessoa me mandou uma mensagem dizendo que ele está sendo transferido para um novo lar temporário a trinta quilômetros de distância.

Jack suspirou, depois se inclinou para a frente.

— Ah, Lucy — disse, balançando a cabeça. — Posso criar uns jogos irritantes, mas não torturaria vocês. Nunca, minha querida. Jamais.

Ela não queria acreditar nele, mas acreditava, e, naquele momento, cara a cara com Jack, olhando nos olhos dele — aquele rosto enrugado, aqueles olhos bondosos e cansados —, percebeu que tinha sido loucura acreditar por um segundo que ele pudesse ter tramado uma coisa daquelas.

— Preciso ir para casa — disse ela.

— Como assim? Agora? Hoje? Tem uma tempestade!

— Eu não ligo. Tenho que chegar ao aeroporto e pegar o primeiro voo de volta. Ele vai se mudar no dia seguinte ao último dia de aula. Sexta é o último dia de aula. Esta sexta, Jack. Ele vai embora no sábado, e se eu não for embora agora não vou conseguir passar nenhum tempo com ele antes de ele se mudar. Tenho que estar lá quando o transferirem, senão... ele não vai ficar bem. Ele vai ficar apavorado se eu não estiver lá. Christopher precisa de mim, senão ele vai ficar...

Sozinho. Ele vai ficar com medo e sozinho. Não, ela não poderia deixar isso acontecer. Não com ele. Não com seu Christopher. Tinha que estar lá quando ele fosse embora. Tinha que estar lá para dizer a ele que ficaria tudo bem, que ela o veria o máximo que conseguisse, que seria assustador, mas que ele não estava sozinho. Mentiras, claro. Ela tinha que estar lá *naquele instante*.

— Lucy, eu colocaria você em meu avião particular se tivesse um e levaria você de volta neste segundo, mas nenhum piloto do mundo decolaria nesse tempo.

Bem nesse momento, algo bateu na casa. Um galho quebrado de um tronco de árvore, muito provavelmente. Mas ela não se importou.

— Tudo bem, então — disse ela. — Vou dar um jeito de chegar até a costa sozinha e depois alugar um carro.

Lucy se virou para sair e, quando Jack chamou seu nome, ela olhou para trás, desesperada por ajuda.

— Não faça isso — pediu ele. — Por favor. Podemos ajudar você. E vamos. Mas você precisa ser paciente.

— Paciente? — questionou ela, balançando a cabeça e rindo com amargura. — Quando eu era mais nova, você prometeu que eu ficaria bem quando crescesse. Não fiquei *nada* bem. E agora você nos traz aqui para jogar esse jogo a troco de quê? Porque você acha que somos como as crianças de suas histórias que vão fazer tudo que você quiser? Até a Ilha Relógio é de mentira. Não tem tempestades em garrafas, e os trilhos de trem não vão a lugar nenhum. *Nenhum*. Mas Christopher é de verdade. Ele é mais importante para mim do que qualquer livro, qualquer jogo. E não vou falar para ele que ele precisa esperar até crescer para ser feliz. Ele vai ser feliz agora, mesmo se eu tiver que me matar para garantir a felicidade dele.

Lucy deu meia-volta e deixou Jack sozinho no escritório.

Que se dane Jack. Que se dane isso tudo.

Tudo que ela tinha que fazer era chegar a Portland. Ela alugaria um carro e dirigiria até New Hampshire ou Boston, de onde quer que aviões ainda estivessem decolando. Ela estava com seu cartão de débito. Claro, esgotaria metade de suas economias alugando um carro e comprando a passagem de avião, mas era humanamente impossível para ela ficar ali do outro lado do país enquanto Christopher estava em Redwood, assustado e sozinho. Lucy tinha ânsia de vômito só de pensar nele no quarto na casa dos Bailey, colocando seus poucos livros e roupas em sacos de lixo.

A chuva não devia ficar tão ruim a ponto de ela não conseguir chegar pelo menos a Portland naquela noite. Enquanto colocava suas coisas na mala, Lucy olhou pela janela e viu alguns barcos na água. Não era um furacão, nem mesmo uma borrasca. Apenas uma tempestade. Ela desceria correndo até a doca para ver se havia algum barco que pudesse pegar emprestado. Sean tinha uma lancha, e ela havia aprendido a pilotar a dele. Uma lancha serviria, ou um barco de pesca. Ela pegaria até um barco a remo, se fosse sua única opção. Primeiro pegaria emprestado, depois pediria desculpa. Jack entenderia.

Com as coisas na mala, ela vestiu a jaqueta de Hugo, desceu a escada e saiu pela porta da frente. Era uma chuva fria, rápida e torrencial, mas não importava. A decisão de Lucy estava tomada. Ela estaria de volta à Califórnia até a manhã do dia seguinte, e nada nem ninguém poderia impedi-la.

Lucy baixou a cabeça e encarou o vento. Por mais que ela apertasse os cordões do capuz, ele ficava sendo soprado para trás, então dane-se. Ela se molharia de qualquer jeito.

A doca estava logo à frente. Ela conseguia ver as duas luzes na ponta, mas não havia mais nenhum barco. Claro. Era noite. Todos os funcionários da casa tinham voltado para o continente.

Devia haver mais barcos em algum lugar. Aquela era a ilha de um milionário. Onde ficava o hangar de barcos?

Lucy olhou de um lado a outro da praia e não viu nada. Perscrutou as árvores que sacudiam violentamente ao vento e avistou uma pequena construção de pedra. Talvez fosse ali. Ela puxou a mala de volta à trilha e pegou a bifurcação para a floresta que levava ao edifício de pedra.

Ao chegar mais perto, ela percebeu que não era um hangar de barco, mas um galpão atrás da cabana de Hugo. No entanto, ele poderia lhe dizer onde encontrar um barco.

Ela bateu e depois esmurrou a porta dele.

— Hugo? — chamou. — Hugo, é a Lucy!

Ele abriu a porta, com o telefone na mão. Estava falando com alguém, mas não parecia nem um pouco surpreso em vê-la.

— Depois te ligo — disse ele, e guardou o celular no bolso da calça jeans.

Hugo devia ter acabado de sair do banho. Estava descalço e com o cabelo molhado.

— Hugo, por favor, preciso chegar a Portland.

— Hoje não, não precisa.

Ele a segurou pelo braço, depois a puxou para dentro da casa dele. Devia ser Jack no telefone.

— Me solte! — ordenou Lucy e se soltou.

No entanto, antes que ela se virasse para abrir a porta, Hugo disse algo que a deteve.

— Christopher não iria querer que você fizesse isso, e você sabe.

CAPÍTULO VINTE E UM

O PEITO DE LUCY ARDEU com uma fúria incandescente. Ela balançou a cabeça para Hugo, sem acreditar no que tinha ouvido.

— Você não faz ideia do que Christopher quer ou não quer. Você não o conhece e não me conhece.

Hugo não cedeu.

— Sei que você quer adotá-lo. Sei que precisa de dinheiro. Sei que precisa de um milagre para conseguir esse dinheiro. Você mesma disse isso. Bom, eis o seu milagre — disse ele, estendendo as mãos para indicar a Ilha Relógio como um todo, que ela estava ali, que estava no meio do milagre. — Faltam só dois dias. O jogo não acabou. Por que desistir agora?

— O jogo? O jogo que estou perdendo?

— Está perdendo por um ponto.

— Quem liga para pontos? — retrucou Lucy. — Tenho que voltar para Christopher. Ele está surtando agora. Sei que está. Ele precisa de mim.

— Ele quer você agora. Ele precisa de você para sempre. Você pode ir embora e dar a ele o que ele quer ou pode ficar, ganhar esse jogo idiota e dar a ele aquilo do que ele precisa. E você pode ganhar. Qualquer idiota consegue ganhar os jogos de Jack. Como você pode ver — argumentou ele, apontando para o próprio rosto.

Ela soltou uma gargalhada abrupta e súbita, depois se debulhou em lágrimas.

— Lucy...

Hugo colocou as mãos nos ombros dela com delicadeza.

— Preciso ir — disse ela entre lágrimas. — Não posso ficar aqui enquanto ele está lá sozinho. Você não sabe como é ser criança e estar sentada sozinha num lugar sabendo que ninguém vai aparecer para me ajudar.

— Me ajudar? — perguntou Hugo, a voz suave.

— Ajudar você, quer dizer. Ajudar Christopher. Você entendeu.

— Não. Me diga o que você quis dizer. Quem tinha que ir te ajudar?

Lucy deu as costas para ele, as mãos na testa.

— Eu pensava que minha irmã ia morrer. Ela teve uma febre, então a levaram às pressas para o hospital. Não deu tempo de arranjar uma babá, então meus pais me levaram e me largaram na sala de espera do hospital. Sozinha — explicou ela, olhando nos olhos dele. — Eu só tinha oito anos. Eles desapareceram por horas. Horas, Hugo. Eu sabia ver as horas. Fiquei cinco horas sozinha naquela sala. Ninguém apareceu para me buscar. Nem para perguntar como eu estava. Nem para me dizer se Angie estava viva ou morta.

Hugo a puxou para perto, mas ela não conseguia aceitar o abraço. Manteve os braços cruzados diante da barriga.

— Pensei que me deixariam lá para sempre. Quando você tem oito anos e seus pais não te amam muito, são essas coisas que você pensa.

Ela fungou e deu uma risada breve.

Hugo tocou o queixo dela, fez com que Lucy olhasse para ele.

— Qual é a graça?

— Foi naquela noite que comecei a ler os livros da Ilha Relógio. Tinha um lá em uma cesta de livros para colorir. Acho que só não perdi toda a esperança naquela noite por causa daquele livro. Porque eu finalmente tinha companhia. E quer saber? Eles realmente nunca apareceram para me buscar. Meus avós é que me levaram para casa com eles. Minha mãe e meu pai não foram nem se despedir de mim. Nunca mais morei com meus pais ou Angie. Só visitei algumas vezes, mas eles nunca agiram como se quisessem me ver — disse ela, se afastando de Hugo. — Você não faz ideia de como é ficar sozinha e assustada quando se é tão pequena, sabendo que ninguém vai aparecer para te salvar.

O olhar de Hugo era suplicante.

— Ligue para ele, Lucy. Pergunte a Christopher se ele quer que você vá embora. Aposto tudo que eu tenho que ele vai querer que você fique e continue jogando.

— Não posso ligar para ele. Ele tem... — começou ela, um novo soluço se prendendo na garganta. — Ele tem medo de telefones.

Ele franziu a testa, confuso.

— Como assim?

— Teve um dia em que o celular da mãe dele não parava de tocar e vibrar. Ficou tocando e vibrando várias e várias vezes. Ninguém atendia. Christopher foi atender, e foi aí que ele viu os dois: a mãe e o pai mortos na cama, e o telefone estava tocando porque o chefe dela queria saber se ela iria ou não para o trabalho.

— Que merda... — disse Hugo, com uma expressão de dor.

— Ele tem medo de telefones agora — concluiu Lucy. — É por isso que não posso ligar para ele. Não posso perguntar o que ele quer. Só tenho que ir até ele. Tenho que ir.

Ela começou a se encaminhar para a porta, mas Hugo bloqueou seu caminho. Ele ergueu as mãos como se estivesse se rendendo.

— Escute — pediu ele. — Eu vou ajudar você, mas estou falando sério: você não pode ir hoje. Eu não andaria nem até a casa de Jack nessa tempestade, muito menos sairia na água. Você vai se afogar, Lucy. O que aconteceria com Christopher se ele perdesse você também?

Ela baixou a cabeça, lágrimas quentes escorrendo pelo rosto. Sabia que Hugo estava certo, e Jack também. Galhos de árvore dançavam na lateral da casa de Hugo, arranhando as janelas, rachando-se, partindo-se, estalando. Ela ouviu o bramido furioso do mar.

— Quando ele vai se mudar? — perguntou Hugo, com a voz calma, tranquilizante, como um homem conversando com um cavalo assustado que ele não quer que fuja.

— Assim que acabarem as aulas — respondeu ela. — Então sexta à noite, sábado de manhã.

— Amanhã é quarta ainda, lembra? Você tem tempo. Quando acabar a tempestade de manhã, e tivermos certeza de que você consegue um voo para casa — disse Hugo, apontando na direção do continente —, levo você pessoalmente até o aeroporto. Você consegue chegar a Redwood amanhã à noite. Em segurança. Se tentar sair agora, não vai chegar. Nunca.

Ela mordeu o lábio.

— Você está sendo um pouquinho melodramático.

— Olhe só quem fala.

Ela soltou outra risada.

— Você está sendo um pouquinho sarcástico também.

— Sarcasmo é minha língua materna. Agora, me promete que acabou com essa bobagem ou preciso amarrar você nas docas com uma corda? Sei fazer o nó volta do fiel e o nó de estaca, e, confie em mim, nenhum dos dois vai ser muito agradável em sua cintura.

— Tá — disse ela, balançando a mão. — Mas só se você jurar que vai me levar para o aeroporto assim que a tempestade acabar.

Ele respirou fundo.

— Prometo que, *se* ainda quiser ir embora quando a tempestade acabar, vou levar você a qualquer aeroporto num raio de trezentos quilômetros. Combinado?

Seu impulso de sair correndo ainda era forte. Lucy se virou, olhou para a porta atrás dele. Será que podia confiar em Hugo? Ele não tinha dado nenhum motivo para ela não confiar...

— Lucy — chamou Hugo suavemente. — Por favor. Jack já perdeu uma das crianças dele. Perder outra acabaria com o velho. Acredite em mim, o mar na Ilha Relógio já trouxe um corpo antes, não queremos que o seu seja mais um.

Dois homens numa ilha, e ambos a água tinham culpado

Lucy voltou a olhar para Hugo. Ele lhe deu um sorrisinho.

— Ok — concordou ela, relutante. — Vou ficar até de manhã.

Hugo juntou as mãos e, obviamente aliviado, disse:

— Obrigado. Eu recomendaria que você esperasse a tempestade diminuir antes de voltar para a casa. Quer se sentar?

Ele tirou a jaqueta dela — dele — e a pendurou no cabideiro. Ela tirou os sapatos — os sapatos que ele tinha lhe dado — e os deixou perto da porta. Ele a chamou para a sala. Na lareira, o fogo dançava em tons de vermelho, laranja e azul e lançava um calor terroso em sua pele fria. Hugo entrou em outro cômodo, e ela ficou ali de costas para o fogo.

Sozinha, tirou o celular do bolso e mandou uma resposta para Theresa.

Diga a Christopher que vou para casa assim que der. Está caindo uma tempestade aqui, mas devo conseguir pegar um avião amanhã cedo.

Theresa devia estar esperando pela mensagem dela, porque respondeu de imediato.

Não precisa vir. Vou dar um jeito para que você o veja no fim de semana. Fique e termine o jogo. É o que ele iria querer.

Lucy ficou olhando para a tela, sem saber o que responder, então apenas voltou a guardar o celular no bolso.

Hugo voltou, carregando uma pilha de toalhas.

— Tome.

Ele entregou uma a ela. Lucy esfregou o cabelo e o rosto. Não queria pensar em como estava sua aparência no momento. Devia estar parecendo uma doida.

— Quem era ela? — perguntou. Ela cobriu os ombros com uma toalha seca. — Ou não é para eu saber?

Hugo se sentou na mesa de centro à frente dela, Lucy mais perto da lareira, tentando se secar.

— Você entendeu a charada?

— Diz que dois homens perderam "uma" esposa e "uma" filha. Não "sua" esposa nem "sua" filha. Eles podem ter perdido a esposa de qualquer pessoa, a filha de qualquer pessoa.

Hugo assentiu.

— Você é inteligente — comentou.

— Sou professora. Só isso. Quem foi a menina perdida?

— O nome dela era Autumn Hillard — disse Hugo, e era como se o nome da menina estivesse coberto de poeira, um nome escondido sobre o qual não se falava mais. — Por conta de termos de confidencialidade, a família não pôde contar sua história para a imprensa, então não tem nada na internet sobre isso.

Lucy sentiu um aperto no peito. Um termo de confidencialidade.

— Houve um processo? Contra Jack?

Ele cruzou os braços.

— Jack é o Jack, sabe. É por isso que ele é tão fácil de amar. E tão irritante também.

Ela estava quase com medo de perguntar, mas tinha que saber.

— O que aconteceu?

— No dia em que eu o conheci, Jack me disse a regra número um da Ilha Relógio: *Nunca quebre o feitiço*.

— Que feitiço?

Ele deu de ombros.

— As crianças acreditavam que Jack era o Mentor. Pensavam que a Ilha Relógio era de verdade. Achavam que, se contassem o desejo delas para ele, ele o concederia. Sete anos atrás, Autumn escreveu uma carta para Jack. Ela contou o desejo dela para ele, que o pai dela parasse de ir até seu quarto à noite.

— Ai, meu Deus — soltou Lucy, cobrindo a boca com uma das mãos.

— Você não quer nem saber quantas cartas ele recebe assim.

— Não, provavelmente não — respondeu ela, baixando a mão.

— O que aconteceu?

— Ela morava em Portland, então ele pensou que poderia ajudá-la. Ajudá-la de verdade. Não fazer apenas o de sempre: responder a carta e incentivá-la a contar o que estava acontecendo para um adulto de confiança. Todas aquelas cartas eram entregues às autoridades, mas a polícia dificilmente investiga uma acusação feita em uma carta de fã — explicou Hugo, massageando a própria nuca. Era nítido que aquela não era uma história que ele queria contar.

— Ele ligou para ela.

— Ele ligou para ela?

— Ela colocou o número na carta. Jack ligou para ela. E foi aí que as coisas saíram dos trilhos. Ele não consegue se conter, sabe. O pai dele era um completo tirano. Nosso Jack é um ursinho de pelúcia até você mostrar para ele uma criança em apuros, e aí você vai ver um ursinho de pelúcia se transformar num urso-cinzento — disse Hugo, sorrindo. Então seu sorriso esmaeceu. — Em algum momento durante a conversa, ele disse a ela algo como: "Se eu tivesse um desejo, seria trazer você para a Ilha Relógio, onde você estaria segura comigo para sempre."

Tudo fez sentido.

— Ela acreditou nele.

— Sim. Pensou que, se conseguisse chegar à Ilha Relógio, poderia ficar com ele. Ela fez a mesma coisa que você: pegou a balsa. Mas a balsa não estava vindo para a Ilha Relógio naquele dia. Quando não tinha ninguém olhando, ela pulou e tentou vir nadando — contou Hugo, olhando nos olhos de Lucy. — Jack costumava andar na praia todo dia de manhã antes do café. A última vez que ele fez isso foi quando encontrou o corpo dela na Praia às Cinco.

Lucy estava chocada demais para falar.

Hugo continuou, rápido, como se tirasse um curativo.

— A família ameaçou processá-lo, acusou Jack de ser um pedófilo. Bem irônico, né? Mas, como eu disse, a polícia não pode fazer muita coisa com uma única acusação feita numa carta de fã escrita por uma menina morta. Os advogados de Jack pagaram para a família não falar nada. Não sei o valor, mas acho que foram alguns milhões de dólares, e todos assinaram termos de confidencialidade. Jack estava um zumbi na época. Senão, teria resistido. Depois disso, ele parou de escrever, parou de andar na praia, parou de viver. Foi nessa época que me mudei pra cá.

A história era muito pior do que ela havia imaginado. Ela tinha se convencido de que Jack Masterson tinha sofrido um derrame, e que era por isso que ele havia parado de escrever. Ou que decidiu se aposentar jovem e aproveitar seu dinheiro, ou talvez que tivesse se cansado de escrever livros infantis e começado a escrever livros sem graça para adultos sem graça sob um pseudônimo ou coisa assim. Ela nunca imaginou que sem querer ele tivesse sido responsável pela morte de uma criança e que tivesse precisado dar dinheiro a um pedófilo.

— Não acredito que ele deu milhões para eles — comentou ela.

— Se você estava querendo saber por que ele odeia tanto advogados...

— Se isso saísse nos jornais...

— Pois é — concordou Hugo. — Teria sido o fim da carreira dele.

A matéria teria sido sórdida, doentia, sinistra. Um autor de livros infantis acusado de atrair uma menina para sua ilha particular. A carreira de Jack poderia ter acabado de vez.

— Coitado do Jack — disse Lucy.

Ela queria muito poder conversar com ele, pedir desculpa e lhe dar um abraço demorado.

Hugo se levantou.

— Agora você sabe por que passei os últimos seis anos morando aqui. Alguém tinha que ficar de olho nele, impedir que ele tomasse decisões irremediáveis. E houve dias em que tive que literalmente segurar Jack para que ele não tomasse essas decisões na doca.

Lucy abriu um sorriso discreto.

— Obrigada por fazer isso por ele.

— Ele fez a mesma coisa por mim — disse Hugo, tirando a toalha dos ombros de Lucy e a batendo de leve no braço dela. — Agora, você já está quase seca e aquecida?
— Aquecida, sim. Seca? Nem de longe. Imagino que homens de cabelo curto não têm secadores de cabelo em casa, têm?
— Não — respondeu ele. — Mas artistas têm.

HUGO BUSCOU O SECADOR de cabelo no ateliê. Lucy olhou para o secador por um tempo, depois para ele.
— Espere. Você pinta com um secador de cabelo? — perguntou ela.
O secador estava coberto de centenas de manchas de tinta em todas as cores do arco-íris.
— Se eu precisar secar tinta acrílica na metade do tempo normal, uso um secador de cabelo. Segredinho do ofício.
— Quando você precisa secar uma pintura tão rápido?
— Quando era para eu ter enviado no dia anterior? — disse ele, tentando parecer culpado, mas sabendo que não tinha conseguido. — Segundo Jack, prazos são como festas. Se atrasar é elegante. Para ele, é fácil dizer. Ele é rico como o rei Midas. Nós, pobres plebeus, aparecemos cinco minutos antes e rezamos para ninguém nos botar para fora.
Sorrindo — para alívio de Hugo —, Lucy levou o secador e a mala dela para o banheiro. Enquanto ela estava lá, ele entrou no closet e ligou para Jack.
— Ela está aí? — perguntou Jack assim que atendeu.
— Estou com ela. Dei um sermão, e ela se acalmou. Mas não sei se ela vai ficar.
Ele só a tinha convencido a ficar até ser seguro para chegar a Portland, não a semana toda.
— Crie alguma distração. Peça a ajuda dela para algum projeto.
— Algum projeto?

— Sempre funciona — disse Jack.

— Vou fazer o possível. Você... — começou ele. Ele odiava precisar perguntar aquilo, mas tinha que saber. — Você jura que não organizou isso? Porque você realmente falou para eles que faria todos enfrentarem os próprios medos...

— Eu não envolveria Christopher nem nenhuma outra criança nesse jogo.

— Se não é isso, o que você vai fazer com Lucy?

A resposta de Jack foi tão irritante quanto Hugo imaginava:

— Nada sinistro demais.

— Se você a magoar...

— O quê? Você vai me dar um soco na cara? Me chamar para um duelo?

— Pode ficar calmo — disse Hugo. — Só estou querendo dizer que ela está um pouco frágil agora.

— Você gosta dessa garota, não é? — indagou Jack, parecendo insuportavelmente satisfeito consigo mesmo, como se tivesse orquestrado a coisa toda. — Você tem minha aprovação.

— Não pedi sua aprovação.

— Você tem mesmo assim.

Hugo ignorou.

— É melhor você saber: contei para ela sobre Autumn. Tive que contar. Ela estava transtornada, Jack.

— Tudo bem. Ela precisava saber.

Jack ficou em silêncio por um momento. Depois:

— Filho, tente fazer com que ela fique mais um dia, pelo menos, por favor. Amanhã vem uma pessoa aqui que eu gostaria que ela encontrasse.

— Quem?

— Isso apenas eu sei e só cabe a Lucy descobrir.

CAPÍTULO VINTE E DOIS

Quando Lucy saiu do banheiro, Hugo havia desaparecido.
— Hugo?
— Vinde aqui! — respondeu ele da ponta de um corredor curto.
Confusa, mas intrigada, ela seguiu a voz dele.
— Vinde aqui? Quem fala "vinde aqui"? — respondeu ela.
— Eu. Você já está vindo?
Ela chegou a uma porta entreaberta do que devia ser um quarto, mas, quando a abriu, ela se deparou com o ateliê de Hugo.
— Tá, estou... Uau — foi tudo que conseguiu dizer.
Lucy parou no batente, admirando antes de entrar com cautela. Era como aquele momento em *O Mágico de Oz* quando Dorothy vai do Kansas em preto e branco às cores de Oz. Todas as paredes estavam cobertas por pinturas, do chão ao teto. Os panos que cobriam o chão estavam manchados por todas as cores do arco-íris. As poucas mesas no cômodo estavam cheias de tintas, pincéis, potes de água e poções mágicas, imaginou ela. Uma estante de metal antiga abrigava o que parecia uma centena de cadernos de desenho gastos. Até eles estavam cobertos de tinta.
Lucy teve que perguntar:
— Você simplesmente para no meio do quarto e joga tinta nas coisas quando está entediado?
— Sim — respondeu Hugo, ajoelhado no chão diante de uma pilha de telas.
— É tudo coisa da Ilha Relógio?

— Mais ou menos. Tirando o que foi para instituições de caridade, guardei todos os esboços, todas as fotos, todas as pinturas de capa, todos os bilhetes idiotas que Jack já me deu sobre as pinturas.

Ele tirou um post-it amarelo do verso de uma tela e o mostrou para Lucy.

Ela o pegou e o leu em voz alta.

— *Assustador Ooooooooh não assustador AHH!* — dizia o bilhete. — Não ajuda muito.

— Nem me fale.

Ela devolveu o bilhete para Hugo, embora parte dela quisesse guardá-lo como lembrança.

— Tudo está aqui ou em um depósito em Portland — continuou Hugo. — Digamos apenas que a editora de Jack deixou bem clara para mim anos atrás a importância histórica e literária de... tudo *isso*.

Ele indicou as coisas ao redor.

— Você só larga tudo apoiado na parede? Não embala nada? Coloca em cofres fechados?

— Só em lençóis... e uso um desumidificador muito bom — disse Hugo, tirando alguns dos lençóis das pilhas de quadros. — Ah, tem chá e bolachas ali. Pode pegar.

Lucy foi até uma mesa que não estava coberta de tinta.

— Bolachas? Parecem cookies.

— Vou ensinar você a falar do jeito certo — disse ele. — Cookies são bolachas. Biscoitos são salgados, e dependendo do tipo podemos chamar até de "salgadinho". Mas mesmo os salgadinhos não são para comer com molho, ketchup, nada assim. Molho é só em carne, massa, não com biscoitos.

— Com isso eu concordo.

Lucy pegou a caneca. Estava quentinha em suas mãos frias. Ela a levou pelo ateliê, sentindo como se estivesse na menor e mais estranha galeria de arte do mundo.

— Também tenho cheesecake, que na Inglaterra chamamos de... cheesecake.
— Você cozinha?
— Nunca. Roubei da cozinha de Jack — disse ele, pegando a caneca, no chão, e se levantando. — Sou o pior hóspede do mundo. O secador de cabelo funcionou?
— Tudo seco — respondeu ela, jogando o cabelo para trás de brincadeira. — Obrigada por me emprestar o secador de cabelo... dos seus quadros?
— Você pode retribuir o empréstimo me ajudando aqui — pediu ele, apontando para as pilhas de telas apoiadas em uma das paredes e empilhadas num carrinho. — Resumindo, minha ex-namorada trabalha numa galeria, e ela quer algumas capas da Ilha Relógio para organizar uma exposição. Pode me ajudar a escolher? Preciso de cinco.
— Você quer que eu ajude você a escolher quadros para uma exposição?
— Ninguém gosta dos que eu gosto, então preciso de uma opinião neutra.
Lisonjeada, Lucy colocou a caneca na mesa e foi até Hugo.
— Não sei se minha opinião é neutra. Amo todas as suas pinturas igualmente.
— Ok. Vou mandar essa.
Ele ergueu uma pintura para a capa de *Uma noite escura na Ilha Relógio*.
— Essa, não — replicou ela, fazendo que não para a pintura em preto e branco. — Sinistra demais.
Hugo riu e deu um passo para trás.
— Veja o que consegue fazer, então.
Lucy se ajoelhou no pano. Por sorte, a tinta estava seca fazia tempo. Devagar, ela examinou as pinturas, todas elas um livro, todas elas uma memória.

Os piratas de Marte contra a Ilha Relógio
Noite de goblins na Ilha Relógio
Crânios e Craniomancia
O corvo mecânico
O guardião da Ilha Relógio

Ela amava todas, e todas as crianças que amavam a Ilha Relógio ficariam felizes em ver as capas dessa forma — pintadas em telas grandes, em que dava para ver os pequenos detalhes.

— Posso fazer uma pergunta pessoal? — perguntou Lucy enquanto examinava outra pilha de pinturas.

— Você pode perguntar. Não prometo responder.

— Essa ex-namorada que trabalha na galeria era a dona das botas de caminhada que você me deu?

— Piper — disse ele. — Essa é ela.

Ele tirou um pequeno retrato da parede — uma pintura de uma mulher linda de cabelo preto. Ela parecia uma *femme fatale*, uma estrela de cinema, como Elizabeth Taylor. Lucy se arrependeu de ter perguntado. Se sentia sem sal em comparação com aquela imagem.

— *Dois homens numa ilha* — disse ela, olhando nos olhos dele. — Sei sobre a morte de uma filha. Imagino que ela seja a esposa que você perdeu? Se é a esposa de outra pessoa, ela deve ter se casado.

Hugo colocou a pequena tela de volta na parede.

— Eu queria que ela fosse minha esposa. Na época. Ela trabalha numa de minhas galerias favoritas de Nova York. Foi onde nos conhecemos. Quando me mudei para cá para ficar de olho em Jack, ela veio comigo.

Ele fez uma pausa.

— Acho que nenhum de nós dois entendeu quanto tempo demoraria para Jack se recuperar da depressão. E a vida na ilha não é para todo mundo. Ela conseguiu passar seis meses inteiros aqui, depois não aguentava mais. Odiava ficar tão isolada. Entre ela e Jack, precisei escolher Jack.

Ele voltou a tirar o quadro da parede e o colocou em uma pilha no chão, como se não quisesse mais olhar para ele todos os dias.

— Agora ela está feliz, é casada com um cirurgião veterinário e tem uma filhinha maravilhosa. E estou muito feliz por ela.

— Mais sarcasmo?

Ele demorou um pouco para responder.

— Não — disse, por fim. — Eu a vi não faz muito tempo, e passou. A raiva. O amor, o desejo, tudo... passou. Fiquei feliz por ela — concluiu, com um suspiro. — É uma pena. Fiz algumas das minhas melhores obras quando estava triste. Mas vou me mudar para Nova York. Isso vai dar conta da tristeza.

— E quanto é o aluguel aqui mesmo?

O sorriso dele o deixava tão terrivelmente bonito que Lucy fingiu olhar de novo a pilha de quadros, torcendo para que Hugo não notasse que ela havia corado.

— Gostou de alguma coisa? — perguntou ele.

De você, pensou ela, mas achou melhor não falar isso.

— Hum... gosto de todas. Só estou tentando encontrar *A princesa da Ilha Relógio*. É minha favorita.

— Foi doada para o hospital St. Jude's junto com *O príncipe da Ilha Relógio*.

— Ah. E *O segredo da Ilha Relógio*? É o favorito de Christopher.

— Doado para... um lugar.

Lucy olhou para ele, desconfiada.

— Um lugar?

— Um lugar.

— Você não pode me dizer para onde?

— Posso. Só não quero.

— Hugo...

— A Família Real tem uma... escola de desenho beneficente, sabe...

— Pode parar. Já te odeio — disse Lucy.

— Não é tão impressionante assim. Tipo, não está pendurada no Palácio de Buckingham nem nada. Quer dizer, poderia estar.

— Pode parar agora.

— Vou buscar mais bolachas.

— Me disseram que teria cheesecake.

Hugo revirou os olhos.

— Vou buscar o cheesecake.

Enquanto ele estava fora do ateliê, Lucy se levantou para esticar as costas e notou outra pintura semiescondida atrás de uma estante industrial cinza. Ela foi até lá, pegou-a com cuidado e viu que era outro retrato. Ela reconheceu aquele rosto, aqueles olhos, aquele narizinho.

— Ah, Davey — disse ela. Lucy ouviu seu anfitrião voltar e olhou para trás. Hugo não estava sorrindo. — Desculpa. Fui enxerida.

— Tudo bem. É uma boa pintura. É só que... tem dias que quero vê-lo. E tem dias que é difícil demais.

— Posso perguntar o que aconteceu?

— Às vezes crianças com síndrome de Down têm problemas no coração. Ele foi uma das que tiveram essa má sorte.

Hugo colocou os dois pratos de cheesecake em cima da bancada de trabalho, afastando meia dúzia de xícaras e copos manchados de tinta para abrir espaço.

— Quando ele tinha quinze anos, chegaram à conclusão de que ele não viveria muito mais sem cirurgia.

Ele fez uma pausa. Lucy queria segurar a mão dele, mas sabia que era melhor não.

— Houve complicações, coágulos. Ele morreu no hospital. Minha mãe estava com ele, mas eu estava aqui. Trabalhando.

— Sinto muito, Hugo – disse ela, tocando o braço dele de leve, mas ele não respondeu, apenas tirou o quadro do esconderijo de novo. Ele o pendurou no gancho que o retrato de Piper ocupava antes. — É um retrato bonito.

— É fácil fazer algo bonito a partir de algo bonito — comentou ele, e então ficou em silêncio por um instante. — Davey dizia a estranhos na rua que o irmão mais velho dele ilustrava os livros da Ilha Relógio. Ele entrava numa livraria com a nossa mãe, tirava os livros das prateleiras e saía andando, falando para quem quisesse ouvir que o irmão fazia as ilustrações. Uma mulher chegou a pedir o autógrafo dele. Isso fez o ano dele — contou Hugo, sorrindo, mas logo o sorriso desapareceu. — Jack foi um príncipe quando tudo aconteceu. Uma verdadeira lenda. Ele pagou o funeral, pagou minha passagem de avião, quitou a casa da minha mãe, porque ela não teria como trabalhar por meses, de tão pesado que foi para ela. Ele nos salvou.

Lucy sabia que estava em uma zona perigosa. Feridas abertas pediam delicadeza.

— Faz sentido você ter se mudado para a casa de Jack quando ele estava mal — disse ela, a voz suave.

— Eu devia isso a ele. E nunca pensei que... — Ele olhou para a janela do ateliê, em direção ao mar, que havia matado Autumn e levado Piper para longe. — Pensei que ele se recuperaria mais rápido. Nem sei se ele já se recuperou de fato ou se está fingindo para que eu possa ir sem sentir que o estou abandonando.

— Ele é o Mentor, lembra? — Lucy escolheu seu prato de cheesecake e deu o outro para Hugo, tentando arrancar um sorriso dele. Deu certo. — Você pode tentar adivinhar o quanto quiser, mas nunca vai saber o que ele tem em mente.

— Um brinde de cheesecake a isso.

Eles tilintaram os garfos e começaram a comer.

DEPOIS DE QUARENTA MINUTOS e alguns milhares de calorias de cheesecake, Lucy tinha escolhido as pinturas dos arquivos de Hugo. Ele avaliou as escolhas dela.

— Ah, *Noite de goblins na Ilha Relógio* — disse Hugo, assentindo. — Também é um dos que eu mais gosto.

— Esse livro me dava medo de verdade quando eu era criança. A maioria dos livros era assustadora, mas esse conseguia dar medo pra valer.

— Quer saber o segredo triste por trás desse livro? — perguntou Hugo, colocando o quadro num cavalete vazio.

Lucy se levantou, espanou as roupas e parou ao lado de Hugo.

— Não sei. Quero?

— Você se lembra sobre o que era o livro?

— Um menino vem para a Ilha Relógio para... Não lembro exatamente por quê — respondeu ela, franzindo a testa. — Ah, ele acha que o pai é um lobisomem e quer encontrar a cura para salvá-lo. O Senhor e a Senhora de Outubro o enviam numa missão a um castelo cheio de monstros. Certo?

— Por aí — concordou Hugo. — O pai de Jack era alcóolatra. Ele disse que foi como crescer com um lobisomem. Quando ele era um homem normal, era tranquilo, ele era... humano. Quando bebia, ele se transformava num monstro, de uma hora para outra, bem assim — disse ele, estalando os dedos. — Batia nele. Batia na mãe dele. Faz meu pai parecer um santo. O meu simplesmente desapareceu quando decidiu que não queria mais ser pai. Ele só partiu o coração da minha mãe, não quebrou o braço dela.

— Meu Deus — disse Lucy, olhando para a pintura, para o menino no canto da tela, criando coragem para entrar no castelo onde ele iria encontrar a cura para a doença do pai ou morrer tentando. — Nunca soube disso sobre ele. Ele...

— Se ele fala sobre isso? Não. Primeira regra da Ilha Relógio: *Não quebre o feitiço*. As crianças precisam acreditar no Mentor. Não precisam saber quem está por trás da cortina.

Ela entendia isso e achava importante, mas partia o coração dela que Jack tivesse que guardar tantos segredos. O que mais ele estava escondendo do mundo?

Hugo continuou:

— Jack me contou anos atrás que inventou a Ilha Relógio naquelas noites em que o pai dele se transformava em lobisomem. Ele se escondia embaixo das cobertas olhando para o mostrador do relógio que brilhava no escuro, esperando as horas passarem. Os relógios eram mágicos para ele: dez e onze da noite eram horas perigosas, horas de lobisomem, mas seis, sete e oito da manhã eram horas humanas. Se ele fosse o rei do relógio, poderia impedir que aquelas horas de lobisomem chegassem. De alguma forma, o relógio se tornou uma ilha, um lugar onde crianças assustadas poderiam ir para encontrar coragem.

— Foi isso que sempre amei nos livros — comentou Lucy —, mesmo antes de saber o que amava neles. Eu simplesmente sabia que, se conseguisse chegar à Ilha Relógio, seria bem-vinda aqui.

Não era de surpreender que Jack entendesse as crianças tão bem, soubesse exatamente como escrever para elas. Assim como uma parte de Lucy sempre estaria naquela sala de espera do hospital, esperando que seus pais voltassem e perguntassem como ela estava, mas sabendo que eles não viriam, Jack sempre estaria naquele castelo preto lutando contra monstros para salvar alguém que ele amava.

Ela grunhiu e massageou a testa.

— Estou me sentindo um lixo por discutir com Jack hoje — disse ela.

— Não se sinta. Ele precisa ser lembrado de vez em quando de que as pessoas não são personagens das histórias dele e que ele não pode fazer o que quiser com elas. E confie em mim, meu amor, ele ouve coisa muito pior de mim.

Hugo deu uma cotovelada de leve em Lucy. Ela odiava o quanto gostava de estar tão perto dele. E odiava muito como foi gostoso ouvi-lo chamando-a de "meu amor". Com aquela camiseta branca, as tatuagens nos braços dele estavam totalmente expostas. Toda vez que ele mexia um dos músculos do braço, as cores faziam ondas. Era como estar ao lado de uma pintura viva.

— Que outros quadros você escolheu?

Lucy mostrou sua pilha para ele. Ele passou por todos, aprovando suas escolhas.

— Você escolheu *O guardião da Ilha Relógio*.

— Isso é ruim? Eu amo — admitiu Lucy, colocando a tela no cavalete. — O farol e o homem olhando para o céu à noite... — Ela apontou para a figura masculina na passarela, iluminada pela lua cheia. — É tão marcante, sabe. Tão misteriosa.

— Jack diz que é a favorita dele. Não faço ideia do porquê.

— Posso imaginar.

Hugo olhou para ela, a sobrancelha erguida.

Lucy deu uma cotovelada de leve nele.

— Olhe em volta — disse ela, apontando para as pilhas de relíquias no ateliê. — Todas as pinturas da Ilha Relógio, os esboços, as anotações, as mensagens, todos os arquivos que você tem aqui...

— O que é que tem?

— *Você* é o guardião da Ilha Relógio, Hugo — afirmou ela. — Se ele ama essa capa, é porque ama você.

Hugo desviou os olhos.

— Ele vai precisar de outro guardião quando eu me mudar.

— Posso me candidatar?

Ele a encarou, mas com um brilho nos olhos.

— Abutre. O corpo nem esfriou ainda.

— Então esfrie rápido, vai — disse ela. — Preciso de uma casa.

Ele apontou para a cara dela e lhe deu um peteleco no nariz. Lucy soltou um "ah" de espanto fingido.

— Você mereceu — argumentou ele.

— Não me arrependo.

— Fora daqui. Ou não vai ganhar mais bolachas.

Relutante, Lucy saiu do lindo ateliê salpicado de tinta. Ela voltou à sala e parou diante da lareira. Estava aquecendo as mãos quando seu celular vibrou no bolso de trás da calça jeans. Ela o pegou. Mais uma mensagem de Theresa.

Por favor, fique e termine o jogo. Prometo que vou tomar conta de Christopher. Ele nunca vai se perdoar se você desistir por causa dele.

— Tudo certo?

Lucy ergueu os olhos. Hugo estava parado no batente da sala, as sobrancelhas franzidas de preocupação.

— Minha amiga Theresa acabou de mandar uma mensagem pedindo para eu ficar e terminar o jogo. Não sei. Jack disse que é improvável que algum de nós vença. Se for impossível...

— Não é impossível. Jack faria muitas coisas malucas, mas não armaria tudo para vocês perderem. Escute, não era para eu ter ganhado meu concurso. Era para eu estar trabalhando num estúdio de tatuagem sujo em Hackney, tentando não ser esfaqueado na volta para casa toda noite. Em vez disso, estou aqui — disse ele, apontando para o redor. — Esta casa, este lugar, minha carreira... — continuou ele, aproximando-se até parar diante dela. — Não posso obrigar você a ficar a semana toda e terminar o jogo. Mas uma coisa eu te prometo: se você for embora agora, vai se perguntar pelo resto da vida o que poderia ter acontecido. E, confie em mim, pode ser algo muito bonito.

— Eu achava que você era infeliz — replicou ela.

— Eu também achava — admitiu ele, erguendo as sobrancelhas e levantando as mãos. — Uma mulher sábia me disse recentemente que eu só falo merda...

Lucy suspirou.

— Talvez sim, mas você está certo. Não preciso de mais um arrependimento. Já tenho o suficiente para a vida toda.

Hugo sorriu para ela antes de voltar para o estúdio.

Lucy respondeu para Theresa que ficaria para jogar.

Theresa respondeu: *E vencer!!*

E a isso Lucy só conseguiu responder: *Tomara.*

CAPÍTULO VINTE E TRÊS

Depois de convencer Lucy a ficar, Hugo voltou ao ateliê e ligou para Jack de novo. Embora fosse tarde, já bem depois da meia-noite, Jack atendeu.

— Seu plano perverso de distraí-la deu certo. Ela decidiu ficar — contou Hugo. — Ela vai terminar o jogo.

Jack soltou um suspiro de alívio tão alto que Hugo até sentiu uma pontada no ouvido.

— Bom trabalho, filho.
— Vou levá-la de volta para a casa agora.
— Ainda está...

De repente, houve uma mudança na sala, um estranho silêncio pesado, depois escuridão.

— Ou não — disse Hugo.

Ele ouviu Lucy soltar um gritinho rápido de surpresa quando as luzes se apagaram.

— Fechem as escotilhas — instruiu Jack. — Vemos vocês de manhã. Se ainda estivermos aqui.

— Você acha que é mais seguro deixar Lucy ficar aqui? Fico me perguntando se os outros não vão acusá-la de trapacear porque somos, sabe...

— Completamente apaixonados um pelo outro?
— Amigos.
— Hugo, meu rapaz, você não teria como ajudá-la a vencer os próximos dois desafios nem se tentasse.

Ele desligou.

Hugo foi ver como Lucy estava. Ela concordou que passar a noite na cabana era a opção mais segura naquela tempestade. Ele a deixou a salvo na sala de estar perto da lareira enquanto juntava cobertas e apetrechos. O travesseiro mais macio. As cobertas mais confortáveis. Até uma vela ou duas. Quanto tempo fazia que uma mulher não passava a noite ali? Tempo demais. Ele não deveria estar gostando tanto quanto estava. Atribuiu isso ao ar de novidade e à solidão. E não era nada mau que seus dedos se curvassem nos sapatos sempre que Lucy sorria mais ou menos na direção dele.

Quando ele voltou para a sala, Lucy tinha acendido um fogo alto, quente e brilhante. Ela estava sentada em uma almofada perto da lareira. Ele pegou outra almofada e se sentou perto dela para se esquentar.

— Bom, temos travesseiros e cobertas aos montes — comentou ele. — Pelo menos de frio você não morre.

Lucy o estava encarando como se houvesse algo no rosto dele.

— O que foi? — perguntou ele.

— Não me entenda mal — disse Lucy —, mas você fica tão estranho sem óculos!

Ele tinha esquecido que os havia tirado no banheiro quando escovou os dentes à luz da lanterna.

— Desculpa. Vou buscar. Tenho plena noção de que meu rosto fica melhor quando está coberto.

Ela fez um bico e olhou feio para ele.

— Quis dizer que você fica estranho num bom sentido. Tipo, muito jovem.

Ele ergueu as sobrancelhas.

— Eu sabia que devia ter optado pelas lentes de contato.

Ela pegou o caderno de desenho que ele havia deixado no chão perto da lareira.

— Você estava trabalhando hoje quando o interrompi com minhas, sabe, doidices?

— Você não estava doida, estava abalada. E, não, eu só estava mariscando — disse ele.

— Mariscando?

— É uma palavra de Davey. Mariscando em vez de rabiscando. E meus desenhos eram mariscos. Ele era uma criança engraçada.

Era bom falar sobre Davey, simplesmente falar sobre ele com alguém que não fechava a cara nem se encolhia quando ele o mencionava, como muitas pessoas faziam, como se o luto fosse contagioso.

— Ele parece uma criança incrível. Posso ver seus mariscos? — perguntou ela, com um sorriso inocente.

Ele fez um sinal com a mão como quem diz *fique à vontade*.

Lucy limpou as mãos na camisa, o que ele achou terrivelmente fofo, porque mostrava que ela não queria deixar nem uma manchinha nos desenhos dele. Ela abriu o livro na primeira página. Hugo tinha desenhado a lua cheia, com crateras e tudo. O círculo ocupava a página toda. Um navio pirata com uma bandeira de caveira hasteada flutuava no oceano na frente da lua, um corgi no leme.

— Tem um navio pirata no livro novo de Jack?

— Não faço ideia — disse Hugo, se recostando e erguendo os pés na frente do fogo. — Mas fiquei a fim de desenhar um navio pirata capitaneado por um corgi na frente da lua cheia, então desenhei. E pensar que um dia achei que seria um artista sério.

— Ainda bem que você não é. Não conheço nenhuma criança no planeta que tem, sei lá, Rembrandts na parede, mas conheço muitas que tem seus desenhos pendurados no quarto.

— Jura?

Ela apontou para si mesma sem fazer contato visual.

— O pôster de *A princesa da Ilha Relógio* que veio junto com o livro? Ficou pendurado acima da minha cama por anos.

Ele soltou um grunhido dramático.

— Obrigado. Agora me sinto um idoso.

— Você deveria se sentir lisonjeado.

— Tá. Obrigado. Eu me sinto lisonjeado.

E ele se sentia, sim, lisonjeado. Velho, mas lisonjeado. Lucy continuou folheando o caderno.

— Que lindo — comentou ela, admirando um desenho antigo de um corvo de carvão usando um chapéu vermelho de aquarela.

— Esse é o Thurl, mas com um chapéu.

— Combina com ele — admitiu Lucy. A página seguinte era um desenho a lápis de um palhaço segurando a própria cabeça em uma corda de balão. Ela virou a página, e suas sobrancelhas se ergueram. Ela mostrou o desenho para Hugo. — Cof, cof.

— Eu falei que faria um desenho de uma cona — replicou ele, sorrindo.

Hugo sabia que deveria ficar envergonhado, mas às vezes uma orquídea era apenas uma orquídea. Mas, enfim, às vezes uma orquídea era...

— Parece uma vulva — disse Lucy.

— É uma orquídea da estufa de Jack. Em segundo lugar, a culpa é de Georgia O'Keeffe, não minha. Foi ela quem começou.

Lucy apenas balançou a cabeça enquanto virava página após página.

— São incríveis — comentou ela.

O peito de Hugo se apertou. Como qualquer artista, ele tinha um fraco por elogios, mas não era só isso. Lucy parecia muito feliz concentrada no caderno dele, sorrindo ou rindo a cada página. Ele tinha se esquecido de como era gostoso ser o motivo por trás do sorriso de uma mulher bonita.

— Queria ter algum talento artístico — disse ela. — Sei tricotar cachecóis, mas está mais para artesanato do que para arte.

— *Artesanato* é o nome que dão a obras de arte úteis para a humanidade — argumentou Hugo. — E não deixe ninguém dizer o contrário. Já vi colchas amish mais impressionantes do que muitos Picassos.

Ela sorriu, mas não disse nada enquanto examinava uma página em particular por um longo tempo.

Embora ele soubesse que deveria ir para a cama, não queria que a conversa acabasse. Gostava de passar tempo com Lucy mais do que provavelmente deveria.

— Você já quis ser artista? — perguntou ele.

Ela fechou o caderno de desenho e o colocou com cuidado em cima da mesa de centro.

— Não, mas eu queria trabalhar com arte. O mais perto que cheguei foi trabalhando como musa semiprofissional.

Hugo ergueu as sobrancelhas.

— Musa semiprofissional? Como isso funcionava?

— Namorei um escritor — disse ela. — Ele dizia que eu era a musa dele. Eu poderia ter tomado isso como um elogio, mas ele escrevia livros sobre pessoas infelizes.

Hugo riu baixo enquanto ela aninhava os pés embaixo do corpo, encolhendo-se.

— Alguém de quem já ouvi falar? — quis saber ele.

— Sean Parrish?

Hugo se empertigou. O nome não acendia apenas uma luzinha, acendia um holofote vermelho.

— Sean Parrish? Está de brincadeira.

Ela se encolheu.

— Você o conhece? Quer dizer, pessoalmente?

— Ele e Jack estiveram na mesma agência por anos, mas nunca nos conhecemos. Ele tem uma baita reputação. Boa e ruim.

Lucy ergueu as mãos como se estivesse pesando as coisas.

— Por um lado, vencedor do Prêmio Pulitzer — disse ela. — Por outro...

— Filho da puta lendário — completou Hugo.

E longe de ser o escritor favorito dele. Depois de ler as primeiras cinquenta páginas de um dos livros de Sean Parrish, Hugo quis se cortar com o papel e ir nadar com os tubarões.

— Bom... Então... pois é — concluiu ela com um suspiro. — Fui namorada dele.

O jogo dos desejos   255

— Onde você o conheceu?
— Ele foi meu professor. De escrita criativa. Na época em que eu pensava que trabalharia para alguma editora um dia. Eu era bem ingênua. Achava que poderia simplesmente aparecer em Nova York com um diploma em Letras e conseguir um cargo de chefia numa editora. Então por que não fazer um curso de escrita com um escritor famoso? Talvez ele conseguisse me ajudar a arranjar um emprego.
— Então Sean Parrish dorme com as alunas? Não me surpreende — disse Hugo, tentando não julgar, mas sabendo que não conseguia.
Sean parecia muitos artistas homens que ele conhecia, com egos do tamanho do talento, mas no fundo tão inseguros que se aproveitavam feito vampiros de artistas mais jovens.
— Em defesa dele, não que ele mereça defesa, não aconteceu nada até eu sair da turma. Trombei com ele num bar no réveillon. Fui com ele para o apartamento absurdamente lindo dele e só fui embora três anos depois. Quer dizer, do apartamento eu saía. Da *vida dele* é que saí três anos depois.
— Ele é... Ele não é ainda mais velho do que eu?
— Ele tem quarenta e pouco agora. Quarenta e três, acho? Tinha acabado de ganhar o National Book Award por *Os desertores* quando o conheci. Teve dois grandes best-sellers e um livro adaptado para o cinema enquanto estávamos juntos. Ele me dizia que eu era seu amuleto da sorte, sua musa. Achava que pegar uma vira-lata que ninguém mais queria ou amava tinha mudado a sorte dele. Eu era sua boa ação.
Hugo arregalou os olhos.
— Ele disse isso? Ele chamou você de "vira-lata"? Inacreditável.
— Ele gostava do fato de eu ser uma "órfã emocional". Era assim que ele me chamava. "A única coisa pior do que ter pais mortos é ter pais que poderiam estar mortos." Ou algo assim. É uma frase de *A madrugada*. Ou talvez de *Artifício*. Confundo os dois — disse ela, desviando o olhar, fitando o fogo por um momento. Quando voltou a falar, sua voz estava vazia: — Ele também era um órfão

emocional, segundo ele. Pais divorciados, drogas, traição, nenhuma estabilidade em casa, já se virava sozinho desde os doze anos. Éramos muito fodidos, por isso fomos feitos um para o outro.

— Cite sua fonte.

— Quê? — perguntou ela, rindo de nervoso.

— Jack diz que você sempre deve citar suas fontes. Quem disse que vocês eram fodidos e por isso foram feitos um para o outro? Ele? Ou você?

— Ele. E acho que acreditei.

Ela sorriu como se estivesse brincando, mas ele conseguia ver as rachaduras na fachada.

— Lucy... Isso é horrível.

— Não me entenda mal. Era divertido às vezes. Eu ia a festas em Martha's Vineyard e restaurantes com estrelas Michelin. Estava com ele na turnê europeia. Eu — disse ela, apontando para si mesma — fiz sexo num castelo.

— E eu aqui pensando que você era só uma auxiliar de turma de jardim de infância — replicou Hugo, se esticando no chão. — Quem diria que eu estava com uma verdadeira musa? O sonho de todo artista. Que sorte a minha.

— Quer ver minha tatuagem?

— Mais do que tudo na vida.

— Não vou ficar pelada, juro.

Ela se virou e ergueu a camisa para mostrar a caixa torácica, que exibia uma tatuagem de cerca de vinte centímetros de altura de uma linda mulher grega segurando um pergaminho. Ele se virou de lado, chegou mais perto e estudou os contornos sob a luz do fogo. Queria traçá-los com a ponta dos dedos, mas, se começasse a tocá-la, não iria querer parar.

— O nome dela é Calíope — disse Lucy. — É a musa grega principal. A musa da poesia épica.

— Por favor, não me diga que Sean Parrish obrigou você a fazer isso.

— Ah, não, foi ideia minha. Pensei que ele ficaria feliz com isso, considerando que eu era a "musa" dele.

Hugo olhou para a tatuagem com mais atenção, não como um homem encarando o corpo de uma mulher, mas um artista admirando uma obra de arte.

— Conhece alguém que precise de uma musa desempregada? — perguntou ela, baixando a camisa.

— Sou um artista moderno. — Ele colocou as mãos atrás da cabeça. — Minha musa é o medo da pobreza e da obscuridade.

Ela sorriu, mas seus olhos estavam distantes, como se estivesse se lembrando de algo que gostaria de esquecer.

— Vou dizer o seguinte a favor dele: ele foi a primeira pessoa que me fez sentir desejada em toda a minha vida. Realmente desejada. E quando você se sente desejado pela primeira vez na vida, percebe como queria isso.

Hugo ouviu algo mais na voz dela, uma tristeza secreta antiga se infiltrando. Ele se sentou e perguntou baixinho:

— O que aconteceu com vocês?

Ela soltou um longo suspiro antes de começar a falar.

— Eu devia ter percebido que tipo de homem ele era quando começamos a dormir juntos — disse ela. — Ele me perguntou por que eu tinha feito o curso de escrita, se não queria ser escritora. Eu disse que pensava em trabalhar na área editorial um dia, arranjar um emprego em Nova York numa editora de livros infantis. Lembro que eu torcia para que ele dissesse algo como: "Você seria ótima nisso." Ou: "Parece um trabalho perfeito para você." Ou até alguma coisa vaga e besta como: "Você consegue. Acredito em você." Mas, não, ele revirou os olhos, disse que livros infantis não eram literatura de verdade e que eu deveria encontrar algo para fazer que não envolvesse... sabe.

— Livros com desenhos — completou Hugo. Ele já tinha ouvido tudo aquilo sobre seu trabalho.

— Exato. Isso. Desculpa.

— Não precisa se desculpar. Sei que você não acredita nisso.

— Não, mas não tive coragem de dizer isso para ele. Só concordei e deixei que ele matasse esse sonho. Mas ele sabia ser charmoso e engraçado e sexy, e nós viajávamos, e o apartamento dele era legal... então costurei um relacionamento de retalhos a partir de tudo isso. Você não precisa ser feliz para se convencer de que tem sorte. Sorte a minha que eu namorava um escritor famoso. Até que engravidei e foi tudo por água abaixo.

— Ah, Lucy.

Pobrezinha, pensou ele. Ele queria abraçá-la, mas sabia que não deveria.

— No fundo, sempre soube o que eu era para ele: a mulher mais jovem que ele mantinha por perto para fazer as pessoas pensarem que ele era mais novo. Mas filhos *não* estavam nos planos dele. Ele queria que eu abortasse. Me mandou fazer isso umas cem vezes, até marcou uma consulta para mim.

Ela respirou fundo.

— E foi assim que fui parar na Califórnia — continuou ela. — Toda vez que eu saía do banho e olhava no espelho, via essa tatuagem de musa idiota. Ela me fazia lembrar de como eu tinha abdicado de mim para fazer Sean feliz. Eu sabia que, se ficasse lá, no fim das contas ele me esgotaria. Então... uma noite fomos a uma festa de lançamento em Manhattan. Fingi uma dor de cabeça e voltei para o hotel, peguei minhas malas e fugi. Paguei a viagem toda com o único cartão de crédito que eu tinha. Uma amiga da faculdade me deixou ficar na casa dela até eu botar as coisas em ordem. Umas duas semanas depois, comecei a sangrar.

Hugo ficou quieto, com medo de dizer a coisa errada.

Lucy fechou as mãos.

— E... eu... não contei para Sean. Nada. Nadinha. Não contei nem onde estava. Eu ainda tinha muito medo de que ele me convencesse a voltar. Decidi ficar, começar de novo. É para isso que serve a Califórnia, certo? Para pessoas fugidas, que precisam de um recomeço. Arranjei um emprego. Comecei do zero. E aqui estou eu, ainda quebrando a cabeça.

— Sinto muito — disse Hugo. O que mais ele poderia falar?

— Depois do aborto, ficou uma vozinha em minha cabeça dizendo que talvez Sean estivesse certo e que eu não deveria ser mãe.

— Não — rebateu Hugo. — Não, sem chance. Você estava disposta a ir nadando para a Califórnia só para segurar a mão de Christopher. Uma mãe ruim não faria isso. Sean Parrish não queria um filho porque isso o obrigaria a se importar com alguém além de si mesmo, e não se atreva a pensar o contrário.

Ela olhou para o teto, piscou como se estivesse tentando conter as lágrimas.

— Escute — disse Hugo. — Se Davey ainda estivesse vivo, e eu tivesse que escolher alguém para cuidar dele, eu o confiaria a você antes de qualquer outra pessoa, incluindo Jack.

Ele ficou chocado ao perceber que estava falando sério.

Ela sorriu. Seus olhos brilhavam com as lágrimas acumuladas.

— É muita gentileza sua dizer isso, mas não consigo cuidar nem de mim mesma.

— Faça o que eu fiz: viva às custas de seus amigos ricos. Esse é seu verdadeiro problema, não ter amigos ricos.

Ele estava tentando fazê-la rir. A sombra de um sorriso perpassou os lábios de Lucy.

— Enfim, essa é a história toda. Fim.

— A história ainda não acabou.

Ela sorriu, cansada.

— Sim, claro. Porque vou ganhar esse jogo, né?

Hugo pegou o rosto dela entre as mãos e olhou em seus olhos. Embora quisesse beijá-la, não foi isso que ele fez. Não era disso que ela precisava.

— Você consegue — disse ele. — Acredito em você.

CAPÍTULO VINTE E QUATRO

Lucy acordou no sofá de Hugo com o som de uma brisa suave, um mar tranquilo, e o cheiro delicioso de café e torradas. O sol brilhava lá fora. A luz tinha voltado. Não havia mais desculpas para fugir ou se esconder. Lucy se sentou devagar e passou os dedos no cabelo.

— Hugo? — chamou.

Ele colocou a cabeça para fora da cozinha. Já acordado. Já vestido. Já preparando café da manhã. E ela se lembrou de como foi gostoso sentir as mãos grandes e quentes dele em seu rosto na noite anterior, da intensidade nos olhos dele quando Hugo disse que acreditava nela. Ela afastou esse pensamento antes que começasse a corar.

— Bom dia — disse ele. — Como você toma seu café?

— Injeto diretamente em minha corrente sanguínea — respondeu ela.

— Vou pegar a intravenosa. O chuveiro é todo seu, se quiser um banho. As toalhas ficam no armário do corredor.

Lucy seguiu as instruções dele, mas parou para examinar um item emoldurado na parede: uma grande moeda dourada com a imagem gravada de um homem montado em um cavalo. Ela semicerrou os olhos para ler o que estava escrito na moeda. Era uma Medalha Caldecott. A maior premiação que um ilustrador de livros infantis podia receber. Hugo havia ganhado um Caldecott? Ele não tinha dito isso para ela. Sean dizia a todo mundo que era vencedor do Pulitzer.

Rapidamente, antes que Hugo a flagrasse, Lucy pesquisou na internet por qual livro ele tinha recebido o prêmio — *O Mundo dos Sonhos de Davey*, um livro ilustrado maravilhoso sobre um garotinho com síndrome de Down que entra em outro mundo, onde todos os seus sonhos se realizam: voar de avião, escalar uma montanha, lutar contra um gigante... Mas quando lhe oferecem a chance de ficar, ele volta para casa porque sentia falta da família. Era, obviamente, dedicado a David Reese.

A página de dedicatória dizia: *Para Davey. Quando terminar de visitar o Mundo dos Sonhos, não se esqueça de voltar para nós.*

Se não tomasse cuidado, ela ficaria perdidamente apaixonada por Hugo. Já gostava dele. Muito. Demais. E ele também parecia gostar dela. Mas Lucy não devia pensar nisso. Ela iria embora em poucos dias, assim que o jogo acabasse, e provavelmente nunca mais o veria.

Mas, se ganhasse o livro para Christopher, tudo ficaria bem. *Concentre-se no jogo*, disse a si mesma. *Não é sobre você. É sobre Christopher.*

Ela tomou banho, secou-se e tirou um par de jeans e um suéter azul-claro da mala. Hugo bateu de leve na porta do banheiro.

— Pode entrar — disse ela. — Estou vestida.

— Uma pena — brincou ele, abrindo a porta.

Ele estava muito lindo no batente, de calça jeans e camiseta, com o cabelo desgrenhado terrivelmente sexy. O coração dela palpitou. Lucy não sabia que corações faziam isso na vida real.

— Jack ligou. Disse que quer ver você. Por favor. O "por favor" é dele, não meu. Mas também: por favor. Esse foi meu.

— Ele parecia louco da vida?

— Se por louco da vida você quer dizer bravo, não. Já um pouco doido ele sempre parece, na minha opinião.

Ela suspirou e esfregou as têmporas.

— Eu preciso?

— Vamos lá — incentivou ele, por fim. — Você sabe como funciona. "Os únicos desejos que são realizados são os desejos de crianças valentes que continuam desejando mesmo quando parece que ninguém está escutando, porque alguém em algum lugar sempre está..."

— Certo, certo.

— Ei, Hart Attack — disse ele com um sorriso. — Não fique com medo.

Apavorada mas determinada, Lucy voltou para a casa de Jack. Estava um silêncio estranho lá dentro, como se ela estivesse completamente sozinha. Então ouviu o murmúrio baixo de vozes vindo da biblioteca. Depois do dia anterior, Lucy pensou que ele devia estar bravo por ela ter exagerado. Talvez Jack estivesse planejando mandá-la para casa, como tinha feito com Dustin. Ela havia sido tão horrível com ele...

Mesmo assim... Lucy não achava que estava errada. Exausta, furiosa, grosseira? Sim. Mas não errada. Eles eram pessoas de verdade, e nenhum deles merecia que alguém brincasse com sua vida, seu coração.

Jack a estava esperando na sala. As portas da biblioteca estavam fechadas.

— Ah, Lucy — disse ele com um sorriso. — Como você está?

Jack tinha um jeito de dizer *Como você está?* como se a resposta importasse, como se a resposta fosse a única coisa que importasse.

— Melhor — respondeu ela. — Eu queria pedir desculpa por ter ficado tão chateada ontem à noite. Eu fui um pouco...

— Não foi nada. Por favor. Essa está sendo uma semana difícil para você. E acho que pode ficar ainda mais difícil antes de acabar.

— Mais?

Ela olhou de novo para as portas da biblioteca. Fechadas. Como se alguém estivesse lá dentro, escondido. Alguém que Jack ainda não queria que ela visse.

Alguém de quem ela sentia medo.

— Espero que não se importe, mas convidei uma pessoa que conheço. Uma pessoa que gostaria de conversar com você, e acho que... tem o direito de conversar com você.

— Uma pessoa? — perguntou Lucy, olhando para ele.

E ela soube quem estava atrás daquela porta.

Era Sean. Claro que era. O homem cujo filho ela queria ter, mas perdeu. Ele e Jack estavam na mesma agência. Não era difícil conectar os dois.

Jack havia prometido que faria com que eles enfrentassem seus medos. Mas convidar o ex-namorado dela para a ilha? Ela não conseguia acreditar que ele faria isso com ela, mas talvez ele entendesse algo que ela não entendia. Tudo que Lucy tinha que fazer era conversar com ele, contar o que havia acontecido depois que ela o deixou. Então acabaria.

Esse era o jogo. Lucy tinha que jogar para vencer.

Ela abriu a porta da biblioteca.

Havia uma mulher sentada no sofá.

Uma mulher? Não Sean?

Ao ver Lucy, a mulher se levantou. A princípio, Lucy não a reconheceu. Então a mulher abriu um sorriso radiante. Dentes perfeitos, brancos e brilhantes. Assim como na foto da página da corretora de imóveis.

— Angie?

CAPÍTULO VINTE E CINCO

A MULHER ERGUEU A mão em um pequeno aceno.
— Oi, Lucy. Quanto tempo.
Um silêncio pesado caiu feito névoa sobre a biblioteca. Lucy congelou, sem saber o que dizer, o que fazer, o que sentir. De repente, ela soube. Ela se virou e saiu sem nem olhar para trás.
— Lucy? — chamou Jack assim que ela passou por ele. — Lucy!
Ela chegou à escada. Seu instinto a dizia para sair dali, entrar em seu quarto, fechar a porta e trancar.
Ela estava no meio da escada quando Jack a alcançou.
— Por favor, Lucy, sou velho. Não me faça correr.
Ele segurava o corrimão, seus olhos arregalados e suplicantes.
— Por quê, Jack? — questionou ela, furiosa.
O que mais ela poderia perguntar? Por que ele faria isso com ela?
— Cinco minutos — disse ele. — É tudo que eu peço. Cinco minutos para explicar. Por favor?
Lucy não sabia o que responder, ainda em choque. Sua irmã estava ali embaixo, na biblioteca, a última pessoa no planeta que ela gostaria de ver. Teria preferido servir vinho a Sean Parrish num cálice dourado a sentar para bater papo com a irmã.
— Você sabe como ela me magoou. Você sabe.
Os olhos de Lucy estavam marejados, mas ela se recusava a piscar, recusava-se a derramar as lágrimas. Já tinha chorado demais na vida pela irmã.
Jack colocou a mão no coração e pediu:

— Meu reino por cinco minutos. Por favor?

Algo na voz dele, nos olhos dele, fez com que ela hesitasse, fez com que pensasse que a dor dela estava causando dor nele. Mesmo com raiva, em choque, triste, ela lembrou que os livros dele a haviam ajudado a atravessar os piores anos de sua vida. Ela podia não dever muito a ele, mas poderia lhe dar cinco minutos.

— Cinco minutos — disse ela.

— Obrigado, querida. Meu escritório?

A passos pesados, ela seguiu pelo corredor até a fábrica de escrita dele. Ela se sentia como uma criança de novo, assustada e insegura. Jack abriu a porta para Lucy e a deixou entrar. Apontou para o sofá velho, o mesmo em que ela havia se sentado aos treze anos, mas ela balançou a cabeça.

— Vou ficar em pé — disse.

Ele não discutiu, apenas se sentou atrás da escrivaninha.

— É divertido, não é? — indagou ele. — Ler sobre pessoas enfrentando seus medos. Mas não é tão divertido fazer isso na vida real.

— Não tenho medo de Angie. Eu a odeio. Tem uma diferença.

— Reconheço o medo quando vejo. Confie em mim. Eu o vejo no espelho toda manhã.

Lucy o fulminou com o olhar.

— Do que você tem medo? Você é rico. Pode comprar tudo que quiser ou precisar.

— Não dá para comprar tempo. Ninguém no mundo pode comprar tempo. Todos os anos perdidos da minha vida... Não posso comprá-los de volta. E se existe uma coisa que eu compraria se pudesse, seria o tempo que passei fugindo daquilo que me dava medo em vez de enfrentá-lo.

Sua voz tremeu de remorso. Lucy se sentou devagar no sofá.

— Do que você se arrepende? — perguntou ela.

Jack tinha conquistado tanto... fama, dinheiro, o amor e a adoração de milhões...

Ele se recostou na cadeira e soltou um pequeno assobio. Thurl Ravenscroft voou de seu poleiro e pousou no punho de Jack. Ele acariciou o pescoço elegante da ave.

— Eu queria ser pai — disse ele, e apontou para ela. — Aposto que você não sabia isso sobre mim.

— Não, não sabia isso sobre você. Por quê...

— Ah, você sabe por quê. Mesmo agora, é difícil para um homem solteiro, ainda mais um homem gay solteiro, adotar crianças. Imagine como parecia impossível trinta anos atrás, quando eu era jovem o bastante para fazer algo tão valente e idiota quanto tentar ser pai solo.

— Não teria sido idiota. Valente talvez, mas não idiota.

— Minha carreira como escritor estava só começando — disse ele. — Usei isso como justificativa para adiar esse plano. Daí me apaixonei por alguém que não retribuiu meu amor. Aquela história de sempre. Depois fiquei famoso e usei isso como outra desculpa para adiar as coisas. O fato é que eu tinha medo de que descobrissem a verdade sobre mim e as escolas censurassem meus livros. E se você acha que estou sendo paranoico, permita-me lembrar que um livrinho sobre dois pinguins machos criando um filhote ainda é um dos livros mais censurados nos Estados Unidos, a Terra da Liberdade.

— Sinto muito, Jack. Você teria sido um pai incrível. Melhor do que o meu. Não que isso signifique muita coisa, mas... Nossa, quando eu era criança, queria muito que você fosse meu pai. Você sabe disso.

Ele abriu um sorriso abatido para ela.

— Hugo me disse que você sabe sobre Autumn, certo?

Ela hesitou antes de responder.

— Ele me disse, mas você poderia ter nos contado. Nós entenderíamos.

— Sempre acreditei que as crianças nunca deveriam ter que se preocupar com os adultos, que quando se preocupam é porque algo deu muito errado.

— Também acredito nisso — comentou Lucy. — Mas não somos mais crianças.
— Para mim, são. — Ele sorriu para ela. — E Autumn... depois daquela ligação para ela, entrei em contato com meu advogado. Eu queria que a polícia investigasse o pai dela. Pagaria com meu próprio dinheiro, se precisasse. Velho idiota... Pensei que poderia salvá-la, trazê-la para cá, adotá-la. No meu coração, ela já era minha filha. E então ela morreu por minha causa, pelas promessas que não pude cumprir. Que tipo de pai...
— Não foi você quem fez com que ela quisesse fugir. Você só deu a ela um lugar para ir, um lugar em que ela sabia que ficaria a salvo, se conseguisse chegar. Afinal, a Ilha Relógio é isso para as crianças. Mesmo as crianças que nunca vieram aqui. Elas conseguem ir à Ilha Relógio com a imaginação. Quando as coisas ficavam muito ruins na minha vida real, eu vinha aqui nos meus sonhos. Isso ajudava.
— É muita gentileza sua dizer isso, mas admito que por anos desejei que a Ilha Relógio não existisse, nem nas páginas de meus livros nem embaixo de meus pés. Assim, talvez ela ainda estivesse viva.
— Não deseje que a Ilha Relógio não existisse — disse Lucy. — Muitos de nós precisam dela. Comecei a ler os livros para Christopher na primeira noite em que ele foi ficar comigo. Ele tinha encontrado os pais mortos naquela manhã, e ele estava... perdido. Em choque. Um zumbi. Então peguei os livros e comecei a ler. Cheguei ao fim do primeiro capítulo e perguntei se ele queria que eu parasse. Ele fez que não, e continuei lendo. No dia seguinte, ele me pediu para ler outro livro da Ilha Relógio para ele. As histórias o tiraram do lugar horrível em que ele estava preso. Assim como fizeram comigo. E com Andre. E Melanie. E Dustin. E Hugo.
— Hugo — repetiu Jack. — Vou contar um segredinho para você. Acho que demorei tanto tempo para me recuperar depois da morte de Autumn porque sabia que, no minuto em que voltasse a

trabalhar, Hugo iria embora. Eu perderia a coisa mais próxima que já tive de um filho.

— Você ainda pode adotar — sugeriu Lucy. — Nunca é tarde demais.

— Ah, mas tenho medo demais — admitiu ele, com um sorriso. Mas logo o sorriso se fechou. — As pessoas acham que me coloco nos livros, que sou o Mentor. Mas não. Eu sou sempre a criança, eternamente a criança, assustada mas esperançosa, sonhando que alguém vai me conceder meu desejo algum dia — continuou ele, olhando nos olhos dela. — Às vezes, a coisa que mais queremos é aquilo de que mais temos medo. O que você mais quer no mundo?

— Christopher, lógico. Você sabe disso.

— E do que você mais tem medo? Acho que nós dois sabemos, não?

Lucy desviou os olhos, piscou, e as lágrimas caíram.

— E se eu não conseguir fazer isso sozinha? Não sei como ser mãe — confessou ela, finalmente. — Christopher já passou por tanta coisa... Não posso falhar com ele. Às vezes, no fundo... Acho que talvez ele fosse ficar melhor com outra pessoa.

Ela se lembrou do que a sra. Costa tinha dito: que quando Lucy dissesse a Christopher que nunca seria mãe dele... seria um alívio. E se ela estivesse certa?

Jack olhou para ela com uma expressão suave e gentil.

— Falamos para as pessoas seguirem seus sonhos — disse ele. — Que elas nunca vão se sentir completas a menos que façam isso, que vão ser infelizes até começarem a buscar aquele grande prêmio. Nunca falam sobre como é bom desistir de um sonho. Que é um...

— Alívio? — completou Lucy.

— Um alívio, exatamente — concordou Jack. — Concluí um dia que nunca poderia ter filhos, que seria solteiro e sem filhos, e era isso. No dia seguinte, quando acordei, o sol estava brilhando na água e o café estava mais gostoso do que nunca. Tinha gosto de uma preocupação a menos. Uma promessa a menos para cumprir.

Uma luta a menos para lutar. Um coração a menos para partir. E o gosto de desistir foi bom. Quase tão bom quanto o gosto da vitória.

Lucy contemplou a luz do sol brilhando na água para ela.

— Ontem à noite, na casa de Hugo... — começou ela, sem acreditar que estava dizendo isso, mas sabendo que Jack, e apenas Jack, entenderia. — Tive esse pensamento. E se eu desistisse? De mim e Christopher? E se nunca me tornasse a mãe dele? Talvez eu pudesse ser a namorada de alguém, deixar que outra pessoa tomasse as rédeas das coisas. Deixar que outra pessoa, sabe, tomasse as rédeas da minha vida. É óbvio que não era para eu estar guiando tudo, sabe? — disse Lucy com uma risadinha triste. Jack apenas lhe lançou um olhar de compaixão. — Como você disse: uma preocupação a menos.

— Ele gosta de você. Nosso Hugo. Aposto que, se você fosse até a casa dele agora e dissesse que quer beijá-lo, ele te beijaria. Se dissesse que decidiu que não quer terminar o jogo, que não quer conversar com sua irmã, ele entenderia.

— Talvez sim.

— Então por que não faz isso? É ou conversar com Angie, ou desistir do jogo.

Lucy se imaginou desistindo, rendendo-se — uma coisa a menos com que se preocupar, como Jack disse —, e era uma bela imagem. Descer a trilha de pedra até a casinha de Hugo, bater na porta dele, contar o que aconteceu, que Jack a havia surpreendido com a irmã dela, a qual a havia magoado de maneira imperdoável. Hugo seria compreensivo. Ele a abraçaria. Ele a beijaria, se ela pedisse. Ela choraria para ele. Ele a consolaria. Eles dariam uma volta na praia... a primeira de muitas voltas juntos na praia. *Não posso mais fazer isso*, diria ela. *Como posso cuidar de Christopher se não consigo nem cuidar de mim mesma?*

E talvez ele dissesse: *Tudo bem. Vou cuidar de você.*

E outra pessoa poderia cuidar de Christopher. E ele ficaria bem. Depois de um tempo.

Um belo sonho.

Tentador.

Lucy se levantou e foi até a janela panorâmica no escritório de Jack. Ela olhou para a trilha que levava à casa de Hugo, depois para a luz do sol brilhando na água.

— Fui morar com meus avós quando tinha oito anos. Sempre quis que meus pais fossem me buscar na escola — disse ela. — Que aparecessem um dia, me buscassem e me levassem para casa. Nunca aconteceu.

Jack foi até a janela e parou a seu lado.

— Sinto muito. Era para isso ter acontecido. Se você fosse minha filha, eu teria entrado em sua sala com balões e uma casquinha de sorvete, colocado você no dorso de um pônei e feito todo um desfile para ter você de volta.

— Não posso dar um desfile para Christopher — admitiu ela. — E não posso... não posso nem buscá-lo e levá-lo para casa. Mas posso estar presente. Isso posso fazer.

Jack se virou, deu um beijo suave na testa de Lucy — como ela sempre quis que seu pai fizesse — e disse com delicadeza:

— Viu? Eu estava certo. Eu disse que Astrid ainda estava aqui. Astrid. Ela.

Lucy desceu para enfrentar seus medos.

AO ABRIR A PORTA DA biblioteca, ela encontrou Angie diante de uma das estantes, segurando um exemplar de *A casa da Ilha Relógio*. A irmã fechou o livro e o abraçou junto ao peito como um escudo.

— Oi — cumprimentou Angie.

— Oi.

— Desculpa surpreender você. Eu... Enfim, você está ótima — disse Angie, com um sorriso. — Nem acredito em como você está adulta. Mal reconheci você. Você tinha o quê, dezessete, dezoito, talvez, na última vez que eu...

— Angie — interrompeu Lucy. — Só estou aqui porque Jack me pediu para falar com você.

Sua irmã não pareceu surpresa. Ela baixou os olhos.

— Desculpa. De verdade — disse Angie, com a voz assustada. Ou seria envergonhada? Ela finalmente ergueu os olhos para Lucy.

— Mas é bom ver você.

— É?

— É. Acredite se quiser.

Ela cruzou os braços, apertando o livro junto ao coração.

Lucy se sentou no braço do sofá onde Hugo sempre se apoiava quando estava na biblioteca. Angie abriu um sorriso ressabiado e se sentou no sofá à frente dela.

— Antes que diga qualquer coisa — começou Angie —, eu queria pedir desculpa por aparecer aqui sem avisar. Eu queria ligar para você, mas Jack me pediu para não contar. Além disso, achei que você desligaria na minha cara.

— Desligaria.

— É, eu entendo.

— Entende? — perguntou Lucy, inclinando-se para a frente, estudando aquela estranha que em teoria era sua parente mais próxima. — Você faz alguma ideia de como é crescer sentindo que não é digna de amor e que é indesejada por toda a família? E não apenas sentir, mas saber, *com certeza*, que não foi desejada? Não foi isso que você mesma disse? Suas palavras exatas foram: "A mamãe e o papai só tiveram você porque acharam que eu precisava de um transplante de medula óssea. Eles não queriam você e eu também não quero." Você disse isso, lembra? E na frente de umas vinte pessoas na sua festa de aniversário de dezesseis anos. E pensar que eu estava muito animada por terem me deixado ir a essa festa, sabe... Você era como uma celebridade para mim, Angie. Usei meu próprio dinheiro para comprar uma roupa nova. Vovó deixou meu cabelo perfeito. Fui idiota por pensar que talvez eu finalmente pudesse voltar para casa, né? Ah, mas você não conseguia suportar essa ideia. Você não podia dividir a mamãe e o papai nem por um segundo. Eu só tinha perguntado para a mamãe se podia voltar para casa, e aí você decidiu falar para todo mundo que eu era basicamente uma compra cara que não podiam devolver.

Toda a raiva e a dor que Lucy havia guardado por anos saíram de uma vez.

— Você se lembra disso? Porque eu me lembro quase todo dia.

Ela ainda conseguia ouvir as palavras ecoando em seus ouvidos — *Eles não queriam você e eu também não quero...*

Lucy tinha doze anos de idade.

— Eu... — Angie desviou o olhar.

Covarde, pensou Lucy. Sua própria irmã não conseguia nem olhar nos olhos dela.

— Eu fiz isso, sim. Eu disse essas palavras horríveis — admitiu Angie, finalmente olhando para ela. — Daria tudo para retirar o que eu disse. E sinto muito. Sinto muito, de verdade. Sinto tanto que não vou nem pedir que você me perdoe nem vou inventar desculpas. Eu só tinha dezesseis anos, mas quer saber? Eu sabia que estava sendo horrível, e disse isso mesmo assim. Eu retiraria aquelas palavras se pudesse, mas não posso. Tudo o que posso fazer é pedir desculpa.

Lucy não conseguiu dizer nada. As palavras se recusavam a se formar. Ela tinha imaginado aquele dia mil vezes — quando sua mãe, seu pai, sua irmã ou todos eles viriam se arrastando até ela, pedindo perdão. Às vezes, na sua imaginação, ela os perdoava. Mas geralmente não. Lucy dizia que era tarde demais, que ela havia seguido em frente, que não precisava mais deles. Então se levantava e saía andando, sem olhar para trás, por mais alto que gritassem seu nome.

Por fim, Angie quebrou o silêncio.

— Enfim, vou embora agora. Você merece um pedido de desculpa, mas também merece que te deixem em paz, se é o que você quer.

Angie se levantou do sofá devagar. Lucy notou uma careta de dor e se perguntou se a irmã tinha complicações decorrentes de todas as doenças da infância. Isso não fazia parte de suas fantasias.

— Pode ficar — disse Lucy.

Angie a encarou, desconfiada, antes de se sentar de novo.

— Posso só perguntar — disse Lucy — se o que você disse é verdade? A mamãe e o papai só me tiveram porque os médicos disseram que você poderia precisar de uma medula óssea algum dia? E, quando você acabou não precisando, eu só fiquei lá ocupando espaço?

Angie se recostou no sofá, os olhos fixos na lareira fria e vazia.

— Posso dizer uma coisa? — perguntou Angie. — Você vai escutar?

— Estou aqui — replicou Lucy. — Diga.

— Você sabia que os filhos que crescem como os "favoritos" da família costumam ser mais perturbados do que os que não são? A primeira lição que aprendemos é que o amor de nossos pais é condicional e que o fracasso significa que eles podem parar de dar todo esse amor. Vemos isso com nossos irmãos, então fazemos todo o possível para garantir que nunca aconteça conosco. Engraçado, né? Aprendi isso na terapia.

Lucy ainda não conseguia falar. Ela esperou um momento e então disse:

— Você faz terapia?

— Faço desde os dezessete anos — respondeu a irmã, antes de dar uma risada fria. — Ideia da mamãe e do papai. Ordem, na verdade.

— Porque você ficou traumatizada por passar a infância inteira doente?

— Porque eles não ficavam felizes a menos que eu estivesse doente — disse ela. — Eles gostavam quando eu estava doente. Gostavam de me mandar para os médicos e arranjar tratamentos. Quando fiquei melhor fisicamente, tinha que haver outras coisas erradas comigo para a mamãe e o papai curarem. Primeiro, acharam que eu tinha dificuldade de aprendizagem, depois um transtorno alimentar, depois decidiram que eu era deprimida e talvez até bipolar. Tentaram arranjar médicos para dizer que eu tinha um monte de coisa. Eles me mandaram para todos os psiquiatras, psicólogos e psicoterapeutas que conseguiram encontrar. Se não eram heróis, tentando fazer de tudo para salvar sua filhinha preciosa, o que mais eles fariam da vida, certo?

Lucy não conseguia acreditar no que estava ouvindo. Era como descobrir que a irmã era uma espiã, e agora ela estava traindo os pais.

— Eles não são pessoas saudáveis — continuou Angie. — Não sei se os dois são narcisistas ou se é só a mamãe, e o papai é tão fraco que não consegue evitar entrar na onda dela... Vai saber? Não que isso importe. O que quer que haja de errado com eles... — disse ela, erguendo os olhos para o teto como se tentasse não chorar. — Digamos apenas que, olhando para trás, invejo você por ter crescido com a vovó e o vovô. Sei que você está chateada comigo pelo que eu disse na minha festa de aniversário, mas juro: foi você quem teve sorte, Lucy. Queria que você soubesse...

Lucy continuou olhando fixamente para a irmã enquanto seu cérebro tentava processar o que ela estava ouvindo.

— Desculpa. Isso não entra na minha cabeça.

— Jura? Pensei que você tinha ido embora porque tinha entendido tudo. Outra coisa que aprendi na terapia? Em famílias disfuncionais, os filhos que se revoltam e se rebelam são os mais saudáveis mentalmente. São eles que veem que tem alguma coisa errada. É por isso que se revoltam, porque veem que a casa está caindo, e eles estão gritando por socorro. Você foi assim. E nós estávamos só lá sentados à mesa da cozinha, jantando, enquanto tudo desabava ao nosso redor. Eu deveria ter escutado você. Deveria ter pedido ajuda também.

Ressabiada, Lucy escutou enquanto Angie compartilhava seu lado da história, hesitante a princípio, mas então tudo foi saindo de uma vez, como uma barragem que finalmente se rompia...

Angie passou metade da infância sentada à janela, vendo as outras crianças brincarem na rua, saindo no Halloween, andando de bicicleta, sentadas nos quintais lendo, correndo de um lado para outro ou subindo em árvores. Ela odiava outras crianças, mas era inveja e nada mais. Sabia disso agora. E, sim, ela ficara muito doente. Sua saúde debilitada não era uma invenção, mas não havia necessidade de mandar Lucy embora — porém isso fazia seus pais parecerem grandes heróis para o mundo, que sua filha mais velha fosse tão doente que eles tinham que focar cem por cento na melhora dela. Ah, e que sacrifício abrir mão da filha caçula. Que dor no coração! Que heroísmo! A coisa toda fazia Angie querer vomitar.

No fim das contas, Angie melhorou. Ficou mais forte, mais saudável... E logo percebeu que, quando não estava doente, seus pais perdiam todo o interesse nela. Ela começou a fingir doenças, fingir febres, fingir passar mal. Entrou no jogo dos pais. E tudo começou de novo. A terapia. O martírio do pai e da mãe.

— Mas não funcionou como eles queriam — contou Angie, triunfante. — Minha terapeuta viu o que estava acontecendo. Eu não era a perturbada da família. A mamãe e o papai eram. E eu parei de entrar na deles.

— Parou? Como assim? — perguntou Lucy.

— Faz anos que não vejo a mamãe e o papai — disse Angie, com um tom de orgulho na voz.

Era a satisfação de uma mulher que havia escapado da prisão.

Lucy estava com a boca seca demais para falar. Nunca tinha ficado tão chocada na vida.

— Eu não aguento ficar perto deles — continuou Angie. — Agora que estou melhor, eles não precisam mais de mim também. Adotaram duas crianças da Europa Oriental. A mamãe tem um blog sobre tudo que ela faz por elas. Não leia. Os comentários sobre como ela é uma heroína vão fazer você querer jogar o celular pela janela.

Lucy só conseguiu balançar a cabeça. Seus pais? Heróis? Eles nunca nem ligavam no aniversário dela.

— A questão é — disse Angie no silêncio —: de todas as coisas pelas quais tenho raiva deles, a maior... é você. O que mais me dói é ter perdido minha irmã. Eu me lembro que... — continuou ela, sorrindo, como se rememorando algo bonito. — A mamãe e o papai perderam as estribeiras quando você fugiu para morar aqui. Acharam que seriam presos por negligência infantil ou coisa assim. Essa era a única preocupação deles. Não você, só a reputação deles. Mas eu achei que você foi incrível. Totalmente incrível. Eu nunca tinha lido os livros, mas li alguns depois disso, até escrevi uma carta para Jack Masterson, dizendo que era sua irmã. Ele me respondeu falando que você era uma menina incrível, que eu tinha sorte de ter uma irmã tão inteligente e corajosa. Jack tentou me convencer a pedir desculpa para você pelo que eu disse, mas eu simplesmente não conseguia. Toda vez que escrevia para ele, ele me respondia dizendo para eu conversar com você. Depois de um tempo, parei de escrever. Eu me sentia culpada demais. Daí ele criou esse concurso, e você fazia parte dele. E aí recebi uma ligação de Jack Masterson, e agora faço parte dele também. Então... estou aqui. E desculpa. De novo. Para sempre.

— Esperei a vida toda para você me pedir desculpa.

— Não precisa mais esperar. Desculpa, Lucy. Eu tinha medo de perder o amor dos nossos pais. Já sentia que estava perdendo quanto mais saudável eu ia ficando. E tinha medo de que você tirasse a atenção deles de mim. Eu estava saudável na época, e você também, e se nos colocassem lado a lado... — disse Angie, olhando para todas as direções antes de, por fim, encarar Lucy — ... você venceria.

Lucy riu, em choque.

— Venceria? Venceria o quê?

— A vida — respondeu Angie, dando de ombros. — Você venceria a vida. Porque a mamãe e o papai me tratavam como um ovo Fabergé... Eu não sabia fazer nem chá. Eu... nem sabia se *gostava* de chá.

— Eu também não sabia se gostava de chá — comentou Lucy, porque tinha que dizer alguma coisa. — Jack me fez chá com muito açúcar. Estava bem gostoso.

— Você chama o escritor de livros infantis mais famoso do mundo pelo primeiro nome. Ele fez chá com açúcar para você. A polícia tirou você da ilha particular dele — argumentou Angie, gesticulando para Lucy. — Você ganhou a vida. E eu não cheguei nem em segundo lugar.

Algo aconteceu dentro do coração de Lucy. O muro ao redor dele começou a ruir e desabar.

— Não me deixavam ter nem um gato quando eu era pequena — contou Angie. — E era a única coisa que eu queria. Um gato. Agora tenho dois. — Ela sorriu. — Vince Gataldi e Billie Ronriday.

— Você roubou esses nomes dos livros de Jack.

— Ele disse que aprova esse tipo de roubo — comentou ela, inclinando-se para a frente. — Ah, Lucy, você não faz ideia de quantas vezes quis ligar para você ao longo dos anos e dizer tudo isso, mas eu ficava dizendo para mim mesma que era melhor não. Só estava sendo covarde. Ainda sou. Jack teve que me convencer a vir aqui para ver você.

— Também pensei em ligar para você. Mas só porque precisava de dinheiro.

— Eu teria te dado. Ainda precisa? Eu dou.

— Não. Quer dizer, sim, ainda preciso, mas não quero que você me dê.

— Bom, se mudar de ideia — disse Angie, com um sorriso frágil. — Tem mais alguma coisa que eu possa dar para você? Juro que, se quiser mais histórias de terror da mamãe e do papai, eu tenho.

— Você tem medo de, se tiver filhos, ferrar com a cabeça deles que nem a mamãe e o papai ferraram com a nossa?

— Ah, sim. O tempo todo. Só tive dois namorados, e um era um completo narcisista...

— Sei como é.

— Mas o outro era tão bonzinho que eu não... — Angie balançou a cabeça. — Ele merecia coisa melhor. Mas você não.

— Eu não o quê?

— Não me preocupo com a ideia de você ter filhos. Você seria uma ótima mãe. Você sabe que as crianças merecem ser amadas. Você sabia que *você* merecia ser amada, e tentou nos dizer isso, e nós simplesmente não escutamos.

Lucy queria dizer alguma coisa. Não sabia o quê, mas talvez algo como: *Obrigada por me contar tudo isso.*

Mas então Jack bateu de leve na porta da biblioteca e colocou a cabeça para dentro.

— Desculpa interromper, mas a balsa está chegando, srta. Angie. Se estiver pronta.

Angie sorriu para ele, depois para Lucy.

— Não quero abusar da hospitalidade.

Ela se levantou e foi até a porta.

— Posso ir com você até a doca — disse Lucy.

Sua irmã sorriu.

— Obrigada. Eu adoraria.

No caminho para a doca, Angie olhou ao redor.

— Esse lugar é incrível. Você tem muita sorte.

Elas esperaram o capitão ancorar a balsa. A água estava calma, e gaivotas voavam em círculos, procurando almoço entre os galhos quebrados e outros destroços da tempestade.

— Enfim — disse Angie, um silêncio constrangedor se instaurando de novo —, espero ver...

— Por que agora? — questionou Lucy de repente.

— O quê?

— Por que você está falando comigo agora? Por que não um ano atrás, três anos atrás? Isso não é só um concurso. Por que Jack teve que convencer você a...

— Eu não queria mais perder tempo — afirmou Angie. — Só isso.

O capitão ajudou Angie a subir na balsa.

— Nos falamos em breve? — perguntou Angie. — Eu adoraria receber notícias suas quando o jogo acabar. Você me conta se vencer?

Lucy hesitou antes de dar uma resposta.

— Talvez.

O motor da embarcação ganhou vida, e eles foram se afastando da doca. Jack parou ao lado de Lucy enquanto a balsa seguia devagar pelos baixios e entrava em águas profundas.

— Ela acha que eu tenho sorte.

— Ah, bom, você tem saúde.

— Por que eu sempre imaginei que a vida dela fosse perfeita? — disse Lucy.

— Porque sua irmã tinha o amor dos seus pais. Você pensou que Angie tinha ganhado na loteria. Mas já ouviu falar sobre a maldição da loteria, né?

Sim, tinha ouvido falar. E parecia que Angie havia sido amaldiçoada. Tinha ganhado o amor deles, mas o perdido com a mesma facilidade.

— Ainda não consigo perdoá-la — confessou Lucy enquanto o barco desaparecia de vista.

— Claro que não.

— Mas não odeio a Angie.

— O ódio é uma faca sem cabo. Não dá para cortar com ele sem se cortar.

— Jack...

— Lucy, por favor, desculpe por magoar você hoje — disse Jack. — Sei que não foi fácil, e que sou um velho intrometido, mas, se der tempo ao tempo...

— Jack?

Ele se virou para ela. Sua expressão era a de um homem condenado à morte esperando o golpe fatal.

— Obrigada.

PARTE CINCO

Uma última perguntinha

— Uma última perguntinha — disse o Mentor de dentro da sombra que parecia segui-lo aonde quer que ele fosse.

O sangue de Astrid gelou. Mais uma pergunta? Ela não tinha passado em todos os testes? Respondido todas as charadas? O que mais ela e Max teriam que fazer? Sua mãe e Max estavam esperando por ela na doca. Ela queria ficar com eles, queria voltar para casa, começar a fazer as malas. Ah, mas primeiro eles ligariam para o pai e contariam a grande novidade, que se mudariam para ficar com ele em vez de ficar esperando em casa, desejando e sonhando que o pai magicamente arranjasse um trabalho novo na cidade. Era hora de ir. Hora de começar uma vida nova. Hora de reunir a família. Tique-taque, dizia o relógio. Tique-taque-tógio, hora de sair da Relógio.

— Qual é a pergunta? — indagou Astrid do batente, um pé dentro da casa da Ilha Relógio, outro pé fora, pronta para correr para a doca.

— Pode me dizer a verdade — disse ele. — Toda a verdade. Não... a mais profunda verdade. É isso que você quer mais do que tudo?

A verdade. Toda verdade. A mais profunda verdade.

— Eu amo aqui — admitiu ela, e virou a cabeça para olhar para a água prateada sem fim, o céu azul-acinzentado infinito. — Quero que a gente fique com o papai, mas também... queria poder voltar aqui algum dia.

— Para sua cidade?

— Não, aqui. Para a Ilha Relógio. Posso?

— Se você pode voltar para a Ilha Relógio? Se for valente o bastante, talvez também tenha esse desejo concedido.

— Por que só crianças valentes têm seus desejos concedidos? — perguntou ela.

— Porque só crianças valentes sabem que desejar nunca é o suficiente. É preciso tentar fazer seus desejos se realizarem. Como você e Max fizeram — respondeu a sombra, aproximando-se dela e parecendo quase sorrir. — Corra. Sua mãe está esperando, e o barco das fadas está a caminho.

Astrid olhou para trás. O barco, capitaneado por uma fada com asas de libélula em vez de velas, estava quase na doca.

— Uma última perguntinha minha — declarou Astrid. — Qual é o seu desejo?

A sombra do Mentor sorriu de novo, mas então o sorriso desapareceu, e a sombra voltou a ser apenas uma sombra, e ela soube que ele também não estava mais lá. Algum dia, quando Astrid realizasse seu desejo e voltasse à Ilha Relógio, ela perguntaria de novo.

Astrid se virou e correu para a doca, para sua mãe, seu irmão e a nova vida que esperava por eles na outra margem.

— *A casa da Ilha Relógio, Ilha Relógio Vol. 1,*
de Jack Masterson, 1990

CAPÍTULO VINTE E SEIS

Era o último dia do concurso. Alguém venceria o jogo. Ou ninguém venceria. Mas, o que quer que acontecesse, no dia seguinte o jogo teria terminado, e todos voltariam para casa.

Lucy estava sentada na varanda da casa, numa cadeira branca de balanço, observando o sol tremeluzir enquanto atravessava a água. Embora tudo parecesse sereno, seu coração estava acelerado. A calmaria no ar não era a calmaria de depois de uma tempestade, mas a calmaria no olho da tempestade. Ela tentou sincronizar a respiração ao balanço lento da cadeira. Ao balançar para trás, inspirava a maresia fria pelo nariz. Ao balançar para a frente, expirava o ar quente pelos lábios. Para trás e para a frente, para trás e para a frente... O som do movimento rítmico da cadeira de balanço nas tábuas brancas de madeira do pórtico levou Lucy de volta aos dez anos de idade. Ela estava sentada no alpendre dos avós, no banco de balanço para dois, os avós balançando no balanço do alpendre, as molas rangendo — a trilha sonora de um fim de tarde tranquilo, pacífico e seguro.

Lucy havia sido amada. Não por seus pais, mas por seus avós, mesmo que não entendessem sua solidão. Eles a chamavam para o alpendre nas noites quentes, querendo que ela ficasse com eles enquanto contavam tranquilamente sobre o dia. Sem TV. Sem rádio. Apenas eles e os grilos.

Sim, ela havia sido amada. Seus avós, tão diferentes do filho distante e indiferente que tinham criado, deviam ter querido viajar e não ter mais que lidar com brinquedos no chão, quermesses e reuniões de professores, mas haviam se sacrificado por ela, haviam-na acolhido — com todo o prazer, sem se queixar — e lhe dado amor. Ela queria seus pais e sua irmã, queria ter o que as outras crianças pareciam ter. No entanto, havia conseguido outra coisa e, agora, depois da conversa com Angie no dia anterior, ela se perguntava... será que tinha conseguido algo melhor?

Talvez. Ela sabia como era querer bem a uma criança. Sabia o que era amor e sabia o que era sacrifício. Seus avós tinham provado que não era necessário ser os melhores pais do mundo, nem os pais biológicos, para ser bons pais. O que quer que acontecesse com Christopher, algum dia ela seria uma boa mãe para ele. Se perdesse, voltaria a Redwood. Na sexta-feira, ela se despediria de Christopher, diria que o amava e faria a promessa que tinha feito dois anos antes — *vou fazer todo o possível para ficarmos juntos.*

E aí faria o que fosse preciso para cumprir essa promessa.

O céu estava rosa, laranja, azul e extraordinário durante aquele pôr do sol. Lucy ouviu uma porta de tela se abrir, depois se fechar. Alguém tocou no seu ombro com delicadeza e o apertou.

Ela ergueu os olhos. Hugo, claro. Ele sorriu para Lucy.

— Está pronta? — perguntou ele.

Ela fez que sim.

— Mais pronta, impossível.

Quando Lucy entrou na casa, o céu estava vermelho-fogo. Sinal de tempo bom, lembrou. Torceu para que fosse um bom presságio.

Os outros competidores estavam na biblioteca assim que eles chegaram, esperando. Que medos teriam enfrentado para estar ali? Os três haviam se mantido distantes uns dos outros naquelas vinte e quatro horas, à espera do jogo final.

Andre estava de costas para uma das estantes. O maxilar estava firme, e seus olhos eram como lasers penetrantes. Ele ergueu o queixo, os olhos semicerrados, a encarando como um gladiador ao cumprimentar o outro. Sua expressão dizia: *Gosto de você e te respeito, mas vou tentar te derrotar, e espero que você faça o mesmo.*

Melanie estava sentada no sofá, as mãos em volta dos joelhos, balançando-se suavemente, como se tentasse se tranquilizar. Ela abriu um sorriso hesitante para Lucy, que retribuiu. Todos poderiam mudar de vida se vencessem o jogo. Ao passar por Melanie a caminho da poltrona em que sempre se sentava, Lucy colocou a mão no ombro da outra. A mulher ergueu os olhos para ela.

— Queria que todos nós pudéssemos vencer — disse Lucy.

Melanie pegou a mão dela e a apertou.

— Eu também.

A sra. Hyde estava ali, claro, observando, mas sem falar com ninguém. Estava com uma cara presunçosa, como se já soubesse que sairia daquela casa com o livro no bolso para a Lion House.

Depois de alguns minutos, Jack entrou na biblioteca. Ele assumiu sua posição de sempre na frente da lareira e olhou para todos. Caiu um silêncio tão grande que Lucy conseguia ouvir o rugido do mar e até o canto de uma ou duas gaivotas no lusco-fusco.

— Tique-taque-tógio, o tempo está acabando na Relógio — disse Jack com um sorriso. — Antes de começarmos, permitam-me dizer que foi maravilhoso ter todos vocês aqui. Vocês, crianças, digo. Não a advogada.

— Ouço muito isso — comentou a sra. Hyde.

Jack continuou:

— Na minha idade, quando a sua ampulheta já tem mais areia na parte de baixo do que na parte de cima, a gente tem que escolher se vai terminar o que começou ou se vai deixar o mundo com... — ele pausou, olhou nos olhos de Lucy — ... com um trilho de trem que não vai a lugar nenhum. — Ele voltou a sorrir e olhar para todos. — Anos atrás, prometi que, quando ficassem mais velhos, vocês poderiam voltar aqui um dia. Fico feliz de ter conseguido cumprir essa promessa. Andre, Melanie, Lucy... Eu não poderia me orgulhar mais de vocês, nem se fossem meus filhos. E vou confessar que houve momentos em que desejei que fossem.

— Eu também queria isso — admitiu Melanie.

— Todos nós, Jack — concordou Andre. — Com todo respeito aos meus pais, mas eu não diria não para uma ilha particular.

Lucy não falou nada. Não precisava falar. Jack sabia que ela o amava, que queria ter crescido com ele como pai em vez de com os próprios pais imprestáveis. Mas, quando ela era criança, queria que ele fosse o pai dela. Agora que era adulta, queria ser filha dele.

— Infelizmente, como dizem, tudo que é bom acaba. E, como sabem, em meus livros da Ilha Relógio, a história só acaba quando o Mentor faz uma última perguntinha. Agora é a hora de eu fazer essa última perguntinha. E, se acertarem, vão receber cinco pontos. Como cinco pontos podem fazer qualquer um de vocês alcançar ou ultrapassar os dez que precisam para vencer, todos podem ganhar.

Ele olhou para todos mais uma vez.

— Estão todos com seus celulares?

Lucy, Melanie e Andre se entreolharam. Todos estavam, mas apenas por hábito. Eles não tinham permissão para usar o celular durante os jogos. O que estava acontecendo?

— Acredito piamente — começou Jack — no poder do amor e da amizade. Então, se precisarem ligar para um amigo para responder nossa última pergunta, vocês podem. Nenhum de nós deve fazer nossos desejos se tornarem realidade sozinhos.

Houve um silêncio. Todos pareciam prender a respiração.

— Sra. Hyde? — disse Jack. — Poderia fazer as honras?

A advogada se levantou. Ela os encarou com um sorriso frio.

— Uma última perguntinha... por cinco pontos e para vencer o jogo — anunciou a sra. Hyde. — E, como Jack disse, vocês podem ligar para um amigo... Que duas palavras aparecem na página 129 da edição brochura de 2005 de *O segredo da Ilha Relógio?*

Vocês têm cinco minutos para responder. Ah, e não podem sair da biblioteca.

Lucy ficou sem ar. Melanie parecia chocada. Andre levou a mão à boca. Ele estava sorrindo ou estava de queixo caído?

Imediatamente, ele e Melanie começaram a mexer no celular. Lucy segurou o aparelho como um peso morto na mão, sem conseguir acreditar que Jack faria isso com ela. A única pessoa para quem poderia ligar não falaria com ela pelo telefone; Christopher não falaria com ninguém pelo telefone. Mas Lucy tinha dado toda a sua coleção da Ilha Relógio para ele. Ele ainda era sua melhor chance de vencer. Ela inspirou fundo e ligou para o celular da sra. Bailey, já preocupada com o tempo extra que levaria usando-a como intermediária, mas sem ter escolha. Apenas Christopher saberia só de olhar nas lombadas qual livro estava buscando.

Andre já tinha sido atendido.

— Amor, coloque Marcus no telefone agora.

Uma pausa.

— Não faça perguntas, Marcus. Vá correndo para o quarto agora e pegue um livro das prateleiras. É um livro da Ilha Relógio.

Outra pausa.

— Como assim? Você trocou meus livros da Ilha Relógio? Com quem? Vamos ter uma conversinha sobre isso quando eu chegar em casa. Agora, vá chamar sua mãe.

Melanie estava passando pelos contatos do celular. Ela parou em um nome e ligou.

— Jen? Preciso que vá correndo até os livros da Ilha Relógio na estante, veja se a gente tem o número trinta e dois.

A ligação de Lucy caiu na caixa postal. Ela precisou de toda a sua força de vontade para não atirar o celular na cabeça de Jack. Conseguia sentir os olhos de Hugo sobre ela. Lucy ligou de novo, apostando que a sra. Bailey devia estar no outro quarto com os gêmeos. A cada toque, segundos preciosos passavam. Quando caiu novamente na caixa postal, ela simplesmente ligou de novo. Alguém tinha que ouvi-la ligando sem parar naquela casa. Onde estava o sr. Bailey? Embora ela soubesse que Christopher não atenderia, ainda havia uma chance de que ele visse que ela estava ligando se o celular estivesse na bancada.

Se estiver aí, Christopher, faça a sra. Bailey atender o maldito celular, disse Lucy em sua mente, como uma oração. *É sua mãe ligando.*

CAPÍTULO VINTE E SETE

CHRISTOPHER ESTAVA NO quarto, colocando as roupas na mala. Era uma mala bonita. A sra. Bailey tinha ido ao bazar naquele dia e comprado uma mala para ele. Ele nunca havia tido uma mala só sua, e aquela era bem legal. Era azul e vermelha, com um foguete com a palavra DECOLAR! em letras grandes feitas de fumaça. Tinha alguns riscos e arranhões, mas era bonita e ficou parecendo quase nova depois que a sra. Bailey a limpou com desinfetante e algumas toalhas de papel. Melhor do que na última vez em que ele havia se mudado, quando teve que levar todas as suas coisas em um saco de lixo. Os livros que Lucy tinha lhe dado iriam numa caixa de papelão que a sra. Bailey prometeu que arranjaria para ele. Talvez Christopher devesse perguntar para ela sobre a caixa. Ele não poderia deixar seus livros para trás, mas ela havia levado os bebês para dar uma volta no quarteirão, e o sr. Bailey estava dormindo no quarto e só se levantaria à noite para trabalhar.

Christopher lembrou que às vezes havia caixas de papelão perto da porta dos fundos, separadas para reciclagem. Ele se sentiria melhor depois que seus livros da Ilha Relógio estivessem encaixotados e prontos para ir com ele. A sra. Bailey tinha dito que sua nova família temporária, Jim e Susan Mattingly, eram um casal muito simpático cujos dois filhos tinham ido para a faculdade, e que haviam chegado à conclusão de que não estavam prontos para ficar com o "ninho vazio". Ele pensou que isso significava que eles tinham pássaros de estimação, mas a sra. Bailey explicou que só queria dizer que os filhos estavam crescendo e saindo de casa.

Ele achou a área de reciclagem na cozinha, mas as caixas daquela semana eram todas pequenas demais.

Talvez fosse melhor esperar a sra. Bailey voltar para ajudá-lo a encontrar uma caixa. Enquanto aguardava, ele pegaria um suco na geladeira. Não era sempre que tinham da marca que ele mais gostava, porque a sra. Bailey dizia que era caro, mas, como ele iria embora naquela semana, ela havia comprado vários para Christopher.

Enquanto bebia o suco de salada de frutas — seu favorito, porque era o mais doce e sempre deixava sua língua vermelha —, ele refletiu sobre seu plano. Ele se comportaria muito bem na casa dos Mattingly e mostraria como era inteligente e como sabia ler bem. Depois de um ou dois dias, contaria sobre Lucy e, se eles fossem tão bonzinhos quanto ele desejava, deixariam que Lucy morasse com eles também. Ela poderia ser a mãe dele e eles poderiam ser seus avós, e todos seriam felizes. Ele não tinha muitas lembranças dos avós — eles haviam morrido antes de seus pais —, mas se lembrava que seu vovô era engraçado, ria alto, dava abraços apertados e o jogava no ar e o apanhava nos braços. A vida seria ótima com uma mãe *e* um vovô.

Seria mais que ótima. Seria incrível. E a sra. Bailey tinha dito que os Mattingly eram "superbonzinhos". Ele gostava da ideia de "superbonzinhos". Mas, se gostava tanto da ideia de "superbonzinhos", por que estava chorando tanto?

O celular começou a vibrar no corredor. Christopher fungou e se empertigou. Ele saiu da cadeira e foi olhar, já que a sra. Bailey tinha saído com os bebês. Ela havia pedido para ele avisar se os Mattingly ligassem.

Ele parou na frente da mesa onde o aparelho estava conectado ao carregador. A tela exibia um nome.

Lucy Hart.

Christopher secou o rosto, como se ela pudesse ver pelo celular que ele tinha chorado. Lucy estava ligando. Se ele atendesse, poderia conversar com ela. Ele queria muito conversar com ela.

Ninguém era tão legal quanto Lucy. Era com ela que ele queria morar, não com aquelas outras pessoas. Era ela quem lia para ele. Era ela quem tinha comprado para ele todos aqueles tubarões legais. Era para ela que ele queria contar todas as notícias boas: que ele era tão bom em leitura que recebia folhas de exercícios de um livro do quarto ano, que tinha marcado seis pontos no basquete no recreio no dia anterior, que Emma, a menina mais popular da turma, tinha pedido para fazer dupla com ele no teste de matemática daquele dia porque queria saber tudo sobre Lucy e como ela havia ido para a Ilha Relógio.

Mesmo se os Mattingly fossem superbonzinhos, mesmo se morassem num castelo, mesmo se morassem num barco ou até na Ilha Relógio, Christopher não queria morar com eles. Queria morar com Lucy em um apartamento de dois quartos com tubarões pintados na parede.

Porque ele sabia que, se Lucy havia prometido pintar tubarões nas paredes do quarto dele, ela pintaria tubarões nas paredes do quarto dele.

Christopher estendeu a mão para pegar o telefone, mas, no último segundo antes de encostar no aparelho, o nome de Lucy desapareceu. A vibração parou.

Ele deu uma choradinha. Será que a sra. Bailey poderia retornar a ligação por ele?

O celular voltou a se iluminar e a dançar em cima da mesa.

Lucy Hart.

Se ele atendesse a ligação, poderia ouvir a voz dela. Poderia contar seu plano para ela. Poderia pedir para ela mandar oi para o Mestre Mentor. Poderia perguntar sobre o concurso.

E se ela tiver vencido? Será que era por isso que estava ligando?

Christopher queria que o celular não zumbisse daquele jeito — como uma cobra ou uma abelha. Por que a sra. Bailey não tinha configurado para que tocasse com uma música? Mas ele não seria medroso.

— Os únicos desejos que são realizados — sussurrou Christopher consigo mesmo — são os desejos de crianças valentes...
Ele sabia ser valente. Sabia como ser, mas não sabia se conseguiria ser.
Mas o Mentor tinha dito que ele conseguiria. E Christopher tinha prometido que tentaria.
Suas mãos estavam tremendo. Seu coração estava acelerado. O celular continuou tocando.
Mas ele era valente, disse a si mesmo.
O Mentor disse que ele era valente. Lucy disse que ele era valente.
Então ele seria valente.

LUCY PERDEU O FÔLEGO ao ouvir o "alô" na voz de Christopher.
— Christopher? É você? — Lágrimas escorreram pelo rosto dela. — Não consigo acreditar que você atendeu o telefone.
— Vi que era você, Lucy! Queria falar com você! O Mentor me ensinou a não ter medo do telefone!
— Meu bem, estou muito orgulhosa de você. Nunca estive tão orgulhosa...
Segundo o timer em que a sra. Hyde estava batendo as unhas, mais de três minutos já haviam se passado. *Tique-taque.*
— Christopher, Christopher — disse Lucy. As mãos dela estavam tremendo. — Escute. Você pode me fazer um favor gigante, gigante? Se estiver em casa, pode correr até o seu quarto e pegar *O segredo da Ilha Relógio* da prateleira? Estamos jogando um jogo, e preciso saber o que está escrito na página 129. Tá? Pode fazer isso? Pode? Ótimo. Só não desligue.
— Um minuto — anunciou a sra. Hyde.
Os segundos seguintes de silêncio foram agonizantes. Ela estava perto de hiperventilar. Conseguia ouvir Christopher derrubando livros das prateleiras.

— Achei! — gritou ele ao celular.

— Página 129, Christopher. Um, dois, nove. Abra nessa página e me leia o que diz. Tá?

— Quinze segundos — disse a sra. Hyde. Então: — Dez segundos.

— Você achou? — perguntou Lucy.

Ela olhou ao redor. Andre estava falando com alguém, mas não parecia muito esperançoso. Melanie estava em pé, andando de um lado para outro com o celular colado na orelha.

— Achei!

A sra. Hyde contou:

— Cinto, quatro, três, dois...

Christopher deu a resposta a Lucy.

— Eu venci! — gritou Lucy. — Está escrito: "Eu venci!"

CAPÍTULO VINTE E OITO

EM O SEGREDO DA *ILHA RELÓGIO*, uma menina chamada Molly foge de um orfanato para a Ilha Relógio. Quando o Mentor pergunta para ela qual é seu desejo, ela responde que quer ficar lá com ele. Esse é o único desejo dela. O Mentor tenta assustá-la, mas ela diz que não há nada que ele possa fazer ou dizer que seja mais assustador do que o que acontecia no orfanato. Ele lança charadas impossíveis para ela responder e, em vez de dar respostas, Molly o enche de perguntas:

Por que você sempre fica nessa sombra? Como essa sombra segue você por toda parte? É como um chapéu? Posso usar seu chapéu de sombra? Você tem uma cara esquisita? É por isso que sempre veste uma sombra? Posso ver sua cara esquisita? Minha cara é esquisita? Qual é o problema de ter uma cara esquisita, aliás? Por que esse lugar se chama Ilha Relógio? A ilha é um relógio ou o relógio é uma ilha? Por que sua casa é tão grande se você mora sozinho? Aquilo é uma furoa-dentes-de-sabre? Você tem filhos? Quer ter filhos? Quer que eu seja sua filha? Posso ficar aqui com você e ser sua filha?

O Mentor tenta fazer com que Molly enfrente os próprios medos, mas ela apenas ri e diz que já fez isso há muito tempo depois que seus pais morreram e ela foi levada para aquele orfanato. Se ele quiser mesmo deixá-la assustada, terá que levá-la de volta para lá, mas, a menos que ele a pegue, enfie-a num saco e a carregue sobre o ombro até o orfanato, ela não vai voltar de jeito nenhum. Não, senhor. Ela vai ficar. Vai dormir no quarto da furoa.

Por fim, o Mentor diz que ela pode ficar se jogar um jogo com ele — o jogo mais difícil para qualquer criança. Molly deve jogar o jogo do sério, e não é fácil ganhar um jogo do sério contra uma sombra, ela sabe.

Mas Molly sabe jogar. Sua mãe a tinha ensinado antes de morrer naquele acidente.

Molly aceita, embora tenha medo. Se vencer, pode ficar na Ilha Relógio. Se perder, tem que voltar para o orfanato. Ela tem que vencer.

Eles jogam o jogo.

Molly tenta não chorar enquanto lembra da mãe a ensinando a jogar. É difícil jogar entre lágrimas, mas ela consegue, porque gosta desse tal de Mentor. Ele parece um pouco assustador, mas, na verdade, tudo que ele faz é ficar nas sombras — estranho — e conceder desejos às crianças. E é uma casa grande para uma pessoa só. Bom, uma pessoa e Jolene, a furoa-dentes-de-sabre. Se o Mentor gosta de conceder desejos às crianças, deve gostar de crianças. Ele não vai prendê-las numa máquina de lavar e botar para centrifugar, certo?

Molly se força a se concentrar no jogo e continua, embora sinta como se sua mãe estivesse logo atrás dela e, se olhasse para trás, fosse vê-la. Ela quer ver a mãe de novo, mas, se olhar para trás, vai perder o jogo. Ela não pode olhar para trás. Tem que olhar para a frente. Se mantiver os olhos fixos no Mentor — quer dizer, na sombra que a está encarando —, pode ter uma família de novo. Uma família nova. Uma família diferente. Mas uma boa família — apenas ela e o Mentor e Jolene.

Finalmente, a sombra pisca. Ela não sabia que sombras podiam piscar, mas essa piscou.

Na página 129, Molly grita: "Eu venci!"

Na página 130, lê-se isto e apenas isto:

O Mentor tinha deixado Molly vencer.

CAPÍTULO VINTE E NOVE

— Nós vencemos? — perguntou Christopher. Não. Eles não tinham vencido.

O coração de Lucy estava no chão. Ela não sabia o que dizer. O timer da sra. Hyde tinha parado menos de um segundo antes de Lucy ter gritado a resposta. Por um segundo, eles tinham perdido a chance de ficarem juntos.

— Aguente só um pouquinho, meu amor — pediu Lucy a Christopher. — Só... preciso de um minuto aqui.

Ela estava se esforçando para fingir que estava bem, com a cabeça no lugar, mas estava desabando, tentando entender como tinha chegado tão perto e mesmo assim perdido.

— Obrigada a todos por jogarem — disse a sra. Hyde. Ela se virou e lançou um olhar categórico para Jack. — Parece que não temos um vencedor.

— Sinto muito, crianças — comentou Jack. — Queria muito que um de vocês tivesse vencido.

Ele tirou uma chave do bolso de sua calça azul-marinho amassada.

— O livro está num cofre — anunciou Jack à sra. Hyde, deixando o item na mão dela. — Vou passar as informações para você, mas essa é a chave do cofre.

Ela segurou a chavinha prateada com firmeza.

— Em nome da editora, obrigada, Jack. — Ela olhou para os competidores e teve o bom senso de parecer quase arrependida. — Sei que todos vocês queriam muito ganhar esse concurso, então tenho certeza de que estão sentindo certa decepção. Cada um de vocês vai receber exemplares autografados da primeira edição do livro. Obrigada por fazerem parte de uma das melhores campanhas de marketing acidental da história da literatura infantil.

— De novo — disse Jack —, queria que pudesse ser de outra forma. Vou fazer o possível para compensar vocês.

Andre foi o primeiro a sorrir.

— Sem ressentimentos, Jack — garantiu ele, aproximando-se e estendendo a mão. — Foi muito bom rever você. Vou contar essa história por anos.

Jack abraçou Andre, que já tinha desligado a ligação.

— Lucy? — chamou Christopher. — O que está acontecendo?

— Desculpa, meu amor — respondeu Lucy, tirando a mão do microfone do celular. — Eles estavam falando uma coisa para nós.

— Você ganhou? Conseguiu o prêmio?

— Hum... bom, foi... — começou Lucy. Ela pensou que poderia vomitar, de tanto que tremia.

Hugo estendeu a mão.

— Posso falar com ele?

— Quê? — questionou Lucy.

— Por favor?

Com a voz trêmula, Lucy disse:

— Christopher, tem alguém aqui que quer conversar com você. O nome dele é Hugo Reese, e ele faz todas aquelas ilustrações legais dos livros da Ilha Relógio.

— Sério? — perguntou Christopher. — Tipo o mapa e o quebra-cabeça e o trem?

— Ele fez todas elas. E quer dizer oi. Então aqui está ele. Hugo?

Ela passou o celular para Hugo, que colocou o aparelho no ouvido.

— Christopher? Aqui é o Hugo. Sou amigo da Lucy.

Ela se recostou na poltrona, em silêncio e em choque, quase sem prestar atenção enquanto Hugo se apresentava para Christopher.

O que ele poderia dizer? Eles não poderiam mentir. Dava para esconder coisas das crianças, mas essa não era uma mentira que ela seria capaz de contar. O mundo inteiro logo saberia que ninguém tinha ganhado o livro e que ele iria para a editora de Jack. Ela respirou, as mãos no rosto, a cabeça a toda, como se pudesse pensar numa forma de consertar aquilo, de voltar no tempo, de arranjar uma segunda chance e responder à pergunta um segundo antes.

— Não, não, Lucy não ganhou o livro, mas ela ganhou o prêmio de segundo lugar. É um quadro. Um dos meus. Um grande quadro de tubarão. Ela disse que você vai amar — disse Hugo, sorrindo e olhando nos olhos dela. — Qual é seu tubarão favorito? Tubarão-martelo? Boa escolha. Mais animais deveriam ter a cabeça naquele formato, de verdade. Gatos-martelo. Cachorros-martelo. Cobras-martelo. Espere. Acho que você me deu uma ideia para um novo quadro.

Lucy viu a sra. Hyde sair da biblioteca, triunfante.

— Você deve guardar o quadro que Lucy ganhou. Daqui a dez anos, você pode vendê-lo, e vai pagar sua faculdade. Quer dizer, não uma faculdade muito boa, mas mesmo assim...

Lucy riu. Uma risada baixa, tão baixa que Hugo nem ouviu. Segundo lugar, ele disse? Ela tinha ficado em terceiro, empatada com Melanie, as duas com cinco pontos. Andre havia terminado com seis. Não que isso importasse. Não que nada disso importasse. Ela colocou a mão no ombro de Hugo. Ele olhou para ela, e ela fez um *Obrigada* com a boca.

Depois, recostou a cabeça na poltrona e chorou.

CAPÍTULO TRINTA

No quarto oceano, Lucy fez a mala. Ela se sentia esgotada, exausta, mais zumbi do que humana, mas quando se mexia dava uma melhorada. Hugo se ofereceu para ajudar, mas não havia nada que ele pudesse fazer além de servir de companhia e distraí-la para que ela não desabasse de novo.

— Vou levar você para o aeroporto amanhã de manhã — disse ele quando Lucy fechou o zíper da mala.

— Tenho que estar na balsa às cinco — lembrou ela. Sua voz soava distante e vazia aos próprios ouvidos. — Cinco da madrugada.

— Não ligo. Vou com você, e você não tem como me impedir.

— Não vou impedir — disse Lucy.

Já havia passado das nove, e ela precisava se deitar em breve, mas queria passar mais tempo com Hugo. Esses poderiam ser os últimos momentos que teriam juntos. Eles não estavam exatamente nos mesmos círculos. E quando tinha sido a última vez que ela estivera em Nova York? Nunca.

— Se quiser levar o quadro de tubarão com você, tenho que embalar e colocar numa caixa, o que leva uma vida, ou posso mandá-lo para você pelo correio ou...

Ela pegou um travesseiro e jogou em cima dele.

Hugo pegou o travesseiro, fazendo uma careta como se tivesse machucado.

— Por que você fez isso? — perguntou ele.

— Você não tinha que fazer aquilo — disse ela. — Não tinha que me dar um prêmio de mentira.

— Quero que Christopher fique com o quadro — replicou ele.
— E, sim, eu tinha que fazer. Tinha que fazer aquilo, senão teria me odiado. Quer dizer, mais que o normal.

Lucy deu uma olhada no quadro do tubarão voador sobre a cornija da lareira, o *Pesca voadora*. Pelo menos isso ela havia ganhado naquela semana, uma pintura original de Hugo Reese. Seu pintor favorito. E de Christopher também.

— É um grande presente, Hugo. Sei que suas obras valem muito dinheiro.

— Não sou exatamente Banksy, sabe, mas se levar a uma galeria e vender, você...

— Não. Nem pense nisso — interrompeu ela. — Eu é que não vou vender o quadro que você deu para Christopher. Essa pintura vai pagar a faculdade dele algum dia, se for o que ele quiser fazer, ou ele vai ficar com ela e passá-la para os filhos ou netos, mas não vou me livrar desse quadro. Jamais.

— Lucy...

Ela soltou a camisa que estava dobrando, virou-se e olhou para ele.

— Venha aqui — disse Hugo.

— Não — respondeu ela, mas foi até ele mesmo assim, foi até os braços dele e deixou que Hugo a abraçasse.

Ela chorou de novo, de soluçar. O tipo de soluços grandes e fortes que saem de um coração partido bem ao meio. Hugo apenas a abraçou, acariciou suas costas enquanto ela chorava e não disse nada.

Sempre fique em silêncio quando um coração estiver se partindo.

Por fim, Lucy parou de soluçar, respirou fundo uma vez, depois outra.

— Eu vou ficar bem — disse ela com a voz suave.

— Sei que vai.

— Vou fazer o que toda mãe solo faz: me matar de trabalhar e cuidar do meu filho. Decidi pegar um segundo trabalho, mesmo que isso signifique que não vou ver tanto Christopher. Ele consegue falar comigo pelo telefone agora, então podemos conversar por vídeo ou nos ligar quando eu não conseguir vê-lo pessoalmente. Quando eu o levar para casa comigo, vai ter valido a pena.

— Imagino que você não me deixaria te emprestar...

— Não, não deixaria. Porque o que vai acontecer daqui a seis meses quando eu precisar de mais? Quando meu carro quebrar daqui a dois anos? Quando meu aluguel subir ou eu perder o emprego? — perguntou ela, antes de respirar fundo mais uma vez para se acalmar e sair dos braços de Hugo. — Preciso ser capaz de cuidar dele sozinha. Mas obrigada pelos sapatos.

— Eu só queria... — disse ele, olhando para Lucy.

— Pois é. Eu também.

Ele se levantou, olhou para ela. Parecia querer dizer mais, mas se recusou a dizer ou não se permitiu dizer.

— Posso pedir um favor? — perguntou Lucy.

— Qualquer coisa no mundo — respondeu Hugo, de uma forma que a fez pensar que ele poderia estar falando sério.

— Será que você pode fazer um desenhinho de tubarão ou algo assim que eu possa levar para Christopher amanhã enquanto esperamos o quadro? Talvez algo com o nome dele? Deixo você ficar com o cachecol vermelho.

— Claro. Vou buscar meu caderno de desenho. Além disso, eu ia ficar com o cachecol vermelho de qualquer jeito.

Ele se dirigiu à porta, mas parou e deu meia-volta.

— Aquele menino ama você demais, Lucy. Ele atendeu o telefone porque era você ligando. Porque era a mãe dele ligando para ele.

Ela sorriu.

— Por mais terrível que tenha sido este dia... ainda estou feliz. Mesmo depois que ele se mudar, ao menos agora podemos nos falar pelo telefone até eu comprar um carro e poder visitá-lo pessoalmente. É engraçado. Ele disse que o Mentor o ajudou a atender o telefone. Será que ler sobre crianças valentes o influenciou?

— Ele foi incrivelmente valente — comentou Hugo.

Ela deu de ombros.

— Uma pena que não tenha conseguido o desejo dele.

— Ele tem você na vida dele. É um menino de sorte — disse Hugo. Ela sentiu o rosto arder. Hugo retribuiu o sorriso. — Não saia daí. Volto já, já.

Lucy inspirou fundo quando ele saiu e colocou as mãos no rosto. Ok, havia perdido o jogo. Doeu. Foi horrível. Lucy queria chorar de novo, queria gritar... mas lá estava ela, ainda em pé, ainda respirando, e no dia seguinte veria Christopher. Só isso importava.

Ela pegou o celular para olhar as mensagens. Nada de mais. Ainda não haviam divulgado a notícia sobre o concurso para a imprensa. Jack tinha avisado que eles seriam inundados de perguntas no dia seguinte. Lucy considerou ligar para Angie; Jack tinha lhe dado o número dela. Mesmo depois de todos aqueles anos, toda a negligência, a solidão e a crueldade, ela ainda queria ter uma pessoa da família para quem pudesse ligar quando seu coração estivesse se partindo.

Ela guardou o celular. Não estava pronta para ser magoada de novo, não quando já estava sofrendo tanto.

— Toc, toc?

Lucy se recompôs. Jack estava à porta do quarto. Ainda usava as mesmas roupas de sempre: calça amarrotada, uma camisa de botão azul-clara com uma mancha de café e um cardigã largo que estava começando a se desfazer nas costuras. Estava com um livro num dos bolsos, e ela se perguntou se era por isso que ele usava suéteres tão grandes, para ter bolsos onde coubessem livros.

— Jack — disse ela. — Ainda não foi dormir?

— Não, não, finalizando uma papelada. Posso entrar?

— Claro, fique à vontade.

Ele entrou no quarto.

— Espero que não esteja muito chateada por não ter ganhado.

— Estou aguentando firme. Estou contente que o livro vá ser publicado. Estou meio que contente por ter visto Angie. E estou muito contente por ter visto você de novo.

— E Hugo?

Ela corou num tom de vermelho vivo.

— E Hugo. Mas não pelos motivos que você pensa. Ele é meu artista favorito.

— Não coro quando falo sobre Paul Klee.

— Pois deveria. Tenho certeza de que ele era muito bonito.

Jack riu. Era bom vê-lo rir. Ele ficava como no dia em que ela o conheceu, aos treze anos. Os anos se dissolviam junto com a dor.

— Onde está nosso Hugo, aliás? Ele não estava aqui agorinha?

— Foi buscar o caderno para desenhar algo para Christopher.

— Ah, bom, antes que ele volte, eu queria dar algo para você — anunciou ele, tirando o livro do bolso do casaco. — Gostaria que ficasse com *A casa da Ilha Relógio*.

Ela baixou os olhos. Era um exemplar do primeiro livro da série da Ilha Relógio.

— Ah, obrigada — disse ela. — Está autografado, imagino? Pode dedicar para Christopher?

— O livro não é seu presente. Nem de Christopher.

Ela franziu a testa.

— Quê?

— Não é o livro que é seu presente. Não quero que você fique com *A casa da Ilha Relógio* — explicou ele. — Quero fique com a casa... da Ilha Relógio.

Ele abriu o livro. Havia uma chave ali. Uma chave de casa.

Uma chave de casa.

Uma chave de uma casa.

Uma chave da casa da Ilha Relógio.

— Jack... — murmurou ela. — O quê...

— Você não ganhou o livro, mas realizou seu desejo. Lucy Hart... ainda quer ser minha ajudante?

CAPÍTULO TRINTA E UM

Ela se sentou com tudo na cama. Seus pés haviam cedido. Sua visão estava turva. Então tudo clareou. A névoa se dissipou. Seu coração ficou leve.

— Você está me dando...

— A casa — disse Jack. — Se quiser ficar com ela... e comigo, porque não pretendo sair até me levarem embora num caixão. E, se conseguir convencer seu Christopher a se mudar para o Maine, eu adoraria tê-lo aqui também.

— Não consegui ser nem lar temporário dele ainda. Mesmo se eu fosse, eu não poderia tirá-lo do estado. Isso vai demorar meses...

Ela mal conseguia pensar, mal conseguia respirar. O que estava acontecendo?

— Ah, posso ajudar com isso. Por sorte, tenho mais dinheiro do que preciso.

— Você não pode... Isso é generoso demais, Jack. Não posso aceitar...

— Pode, sim, Lucy. Você pode aceitar ajuda. E, se não puder, Christopher pode.

Ele tirou um maço de papéis do outro bolso do casaco e entregou para ela.

Lucy desdobrou os papéis. Em sua letra graciosa, trêmula e tortinha, Christopher havia escrito em giz de cera: *Desejo que Lucy posa me adotar.*

Ela folheou a pilha e encontrou meia dúzia de cartas de Christopher para o Mestre Mentor. Aparentemente, fazia alguns meses que ele e Christopher vinham se escrevendo. Christopher, com mil erros de ortografia, havia contado para Jack — em seu disfarce de Mentor — sobre seus sonhos de ser filho de Lucy, a morte dos pais, seu medo de telefones. Na última carta, Christopher prometia que, na próxima vez que Lucy tentasse ligar para ele, ele atenderia.

— Você ajudou Christopher a superar o medo de telefones — disse ela, olhando para ele. — Não os livros. Você.

— Se existe alguém que sabe alguma coisa sobre medo, sou eu.

— Você... — começou ela, apertando as cartas junto ao peito. A garganta dela tinha se fechado. Jack havia discreta e secretamente, sem qualquer alarde, ajudado um garotinho do outro lado do país a encontrar sua coragem. — Aquele safadinho não me contou nada.

— Ele queria surpreender você. Conseguiu, não?

Lágrimas escorreram dos olhos dela. Jack a segurou com gentileza pelos ombros e olhou bem para o rosto dela.

— Lucy Hart, treze anos atrás, você desejou ser minha ajudante. Desejo concedido — disse ele. — Se você quiser que seja um título honorário, pode ser. Ou você pode realmente se mudar e morar comigo e me ajudar a tentar recomeçar a viver minha vida. E o desejo de Christopher foi que você pudesse adotá-lo. Desejo concedido — continuou ele com um sorriso diabólico. — Já pedi para minha advogada começar o processo por você. Ela acha que consegue deixar tudo em ordem em alguns meses.

— Sei que consigo.

Lucy se virou. A sra. Hyde estava à porta.

— Você?

Ela não conseguia acreditar.

— Quando tiver um tempo, Lucy, vou precisar que assine alguns documentos para mim. Vou estar na biblioteca.

— Espere... Você não trabalha para a editora de Jack?

Ela não sorriu, apenas ergueu o queixo.

— Tenho o direito de ficar em silêncio.

Quando a sra. Hyde foi embora, Lucy se virou para Jack.

— Estou... estou em choque.
— Se não conseguir dizer sim para mim, diga sim por Christopher.
— Mas... Hugo? E o Hugo? Você está tentando substituí-lo por mim? Ele vai ficar...
— Bem — completou Jack. — Ele vai ficar mais do que bem em saber que alguém está comigo. Assim, ele pode ficar por livre e espontânea vontade ou ir embora por livre e espontânea vontade. Sem se preocupar. Sem sentir mais culpa. E não se preocupe também. Vou dar para você a casa da Ilha Relógio quando eu falecer. Mas ele fica com a ilha.

Ele se sentou na cadeira ao lado da cama e olhou nos olhos dela. Lucy olhou para ele. Jack tinha envelhecido nos treze anos desde que ela o tinha visto, definhado. Mas ainda era o Mentor, ainda envolto em sombras, ainda estranho e misterioso e esquisito e bom.

— Esperei muito tempo para ser feliz. Não me faça esperar mais — disse ele, pegando a mão dela. — O que me diz?

O que mais ela poderia dizer?

Lucy sorriu e falou:

— Eu venci.

CAPÍTULO TRINTA E DOIS

Claro, o mentor tinha deixado Lucy vencer.[1]

---
[1] Jack Masterson, *O segredo da Ilha Relógio*, 2005. Lembre-se: sempre cite suas fontes.

CAPÍTULO TRINTA E TRÊS

Três meses depois

— NERVOSO? — perguntou Jack.

— Pareço nervoso? — indagou Hugo, dando uma olhada na área de restituição de bagagem do aeroporto, atento.

Até aquele instante, ninguém havia reconhecido Jack. Uma das vantagens de ser escritor: até os mais famosos conseguem passar despercebidos em público. Embora, vez ou outra, crianças e adolescentes olhassem duas ou três vezes para Jack, como se soubessem que o tinham visto em algum lugar antes e não conseguissem se lembrar de onde.

— Você parece animado. Eu pareço nervoso — admitiu Jack com um suspiro.

— Dá para entender, velhinho. Não é todo dia que se conhece o neto.

Jack olhou para ele, ergueu uma sobrancelha.

— Neto?

— Se Lucy é sua filha honorária agora, isso não faz de Christopher seu neto honorário?

Jack pareceu refletir sobre isso.

— Você sabia que, no estado do Maine, dá para adotar legalmente outro adulto?

— Só não me adote junto com Lucy, por favor.

— Nada de beijar a irmã.

— Exatamente — disse Hugo.

— Depois que vir o quarto de Christopher, ela provavelmente vai se casar com você.

— É melhor eu dar um beijo nela antes de me casar com ela.

Jack bufou.

— Se quiser fazer as coisas à moda antiga...

Hugo não sabia dizer o que o animava mais: pensar em rever Lucy ou em ver Lucy vendo o quarto de Christopher. Ele tinha passado o mês todo preparando o quarto para Christopher com base no que Lucy tinha dito que ele gostava. Havia pintado o teto como um céu azul de nuvens esplêndidas. As paredes eram imagens do oceano — barcos capitaneados por tubarões, polvos tricotando redes de pesca que apanhavam cartas — cartas com o nome de Christopher. Era uma das melhores obras que ele já tinha feito. Quem diria que a felicidade seria a melhor musa de todas?

— Na próxima vez que uma criança me perguntar se o Mentor existe — disse Hugo —, vou falar que sim.

— Eu nunca ia imaginar que você gostaria tanto de Lucy — comentou Jack com uma risadinha. — Não me responsabilize por isso. Essa parte foi você.

— Por algum motivo, não acredito nisso.

Hugo olhou para painel de chegadas. Faltava pouco. Muito pouco...

Jack deu seu sorriso de Mona Lisa. Ele tinha a mente de um autor, sempre vendo dez, vinte, cem páginas à frente do resto do mundo.

— Desculpa por manter você no escuro sobre o concurso. De verdade. Mas eu estava com medo de que você me dissuadisse, e não era hora de pensar duas vezes. Fui covarde por tempo demais. Era hora de seguir meu próprio conselho e ser um pouquinho valente. Ou idiota. Difícil saber a diferença às vezes.

Jack olhou o relógio. Os dois estavam contando os segundos.

— Enquanto a gente espera, queria comentar com você — disse Hugo. — Recebi um e-mail estranho do dr. Dustin Gardner.

Ele queria confirmar se você tinha visto o cartão de agradecimento dele.

— Vi, sim.

— Agradecimento pelo quê? Por chutá-lo da ilha?

— Por nada.

Jack estava com uma expressão de pura inocência que não enganou Hugo nem por um segundo.

Hugo encarou Jack, embora o outro não olhasse em seus olhos.

— Você quitou os empréstimos estudantis dele, não foi?

— Nada a declarar. Mas — disse ele —, se eu tivesse feito isso, teria sido sob a condição de ele fazer terapia para controle da raiva.

— E Andre e Melanie?

— Eles não ganharam o jogo, mas ninguém disse que eu não podia dar bons prêmios de consolação para eles.

— Notei que, por algum motivo, a festa de lançamento do livro vai ser dada numa livraria chamada Little Red Lighthouse em Saint John, Nova Brunswick. Nova Brunswick? Nunca fomos nem à Velha Brunswick.

Jack colocou as mãos nos bolsos e deu de ombros.

— Sempre fui um apoiador de pequenas livrarias independentes.

Apoiador? Estava mais para salvador. Hugo já conseguia imaginar. Repórteres e fãs invadiriam a livraria de Melanie aos montes na semana em que o livro fosse publicado. A fila para conhecer Jack e pegar seu autógrafo daria a volta no quarteirão. Só as encomendas on-line de exemplares autografados do livro novo dele sustentariam Melanie por uma década.

— Estou com medo de perguntar sobre seus rins — comentou Hugo.

O único desejo de Andre era um rim para o pai, que estava no leito de morte. Quando Andre foi para a ilha, eles ainda não tinham encontrado alguém compatível.

— Não doei nenhum rim meu. Duvido que alguém iria querer algum dos coitados depois de tudo pelo que já os obriguei a passar.

Mas, com a ajuda de um detetive em Atlanta, conseguiram encontrar um primo de segundo grau que era compatível. Parece que a cirurgia vai acontecer muito em breve.

— Jack, você não pode salvar o mundo.

— E eu jamais tentaria — disse Jack. — Tudo que fiz foi cumprir minha promessa àquelas crianças.

Hugo ainda se questionava... por que agora? Por que Jack de repente havia abandonado o luto e voltado a escrever? Reaberto sua casa? Voltado a viver? Ele vinha se questionando isso fazia um tempo, e os comentários de Jack abriram a porta que Hugo tinha medo de cruzar. Mas ele sabia que aquela poderia ser sua única chance por um bom tempo.

— Você nunca vai me contar por que voltou a escrever? Não estamos falindo, estamos?

Jack sorriu.

— Posso dizer, mas apenas numa charada.

— Deixa pra lá.

— É o que o telefone diz quando cai a ligação.

O que o telefone diz quando cai a ligação? *Tu-tu-tu?* O cérebro de Hugo, já bem treinado — ou talvez estragado — por Jack, fez a conexão. *Tu.*

Você.

— Por mim — disse Hugo. — Você fez isso tudo por mim?

Ele mal conseguia ouvir a própria voz. As palavras pareciam rasgar sua garganta.

— Você estava indo embora, não? E agora aqui está você. E ainda não fez nenhuma mala.

Ele engoliu em seco.

— Jack.

— Não consigo ver o que está bem embaixo de meu nariz às vezes. Eu me martirizei por anos por não ter filhos. Só quando começamos a receber panfletos no correio de corretores de imóveis em Nova York é que entendi que estava prestes a perder meu único filho. E, quando perdesse, o único culpado seria eu. Eu sabia que você ficaria por tempo suficiente para ver o que aconteceria no concurso. E, dependendo do que acontecesse no jogo... talvez, se eu encontrasse um bom motivo, você ficasse.

Emocionado demais para falar, Hugo conseguiu apenas olhar para Jack por um momento.

Ele se lembrou da noite em que Lucy tinha aparecido na casa de hóspedes, pronta para ir embora. O que Jack o tinha aconselhado a fazer para ela ficar?

Crie alguma distração. Peça a ajuda dela para algum projeto. Sempre funciona.

Ele estava certo. Funcionou.

Por fim, Hugo disse:

— Esse jogo todo foi um truque para tentar me fazer ficar?

Jack riu sua velha risada. A risada que ele ria quando nem ele contava com a própria astúcia. Ele deu uma cotovelada na costela de Hugo e apontou para a escada rolante, onde Lucy e Christopher desciam devagar.

E Jack disse:

— Nós vencemos.

LÁ VAMOS NÓS, pensou Lucy quando ela e Christopher chegaram à escada rolante. Sua nova vida juntos no Maine começaria no segundo em que eles chegassem ao pé da escada. Christopher hesitou no alto da escada rolante e ergueu os olhos para ela.

— Está tudo bem — disse Lucy. — Posso levar você no colo ou você pode experimentar. É só segurar no corrimão e pisar bem rápido no degrau.

Ele estendeu o braço, tocou o corrimão, tirou a mão rapidamente como se tivesse se queimado. Mas, em vez de pular nos braços dela de medo, ele tentou outra vez.

Dessa vez, conseguiu. Christopher pegou o corrimão e subiu na escada rolante. Lucy o segurou pela parte de trás da camiseta por precaução.

— Uau — disse ele, depois riu consigo mesmo.

— Muito bem, campeão — incentivou ela.

Christopher abriu um sorriso grande. Ele estava fazendo muito isso ultimamente. Suas olheiras escuras haviam desaparecido fazia tempo. O olhar perdido que às vezes surgia em seu rosto em dias difíceis tinha deixado de aparecer tanto. E ele vinha sorrindo e gargalhando e dando cambalhotas pela casa sem nenhum motivo concreto. Só porque podia. Porque agora estava seguro. Porque ele era amado. Porque essa segurança e esse amor nunca mais iriam embora.

Lucy puxou a parte de trás da camisa dele. Ele a olhou.

— Mamãe te ama — disse ela.

Ele revirou os olhos e disse:

— Eu sei.

Mas logo depois encostou a parte de trás da cabeça nela, seu jeito de dizer que também a amava.

Ao olhar para baixo, Lucy viu Hugo e Jack esperando por eles. Ela sorriu, mas não acenou nem disse nada para Christopher. Não queria que ele ficasse animado demais e descesse a escada correndo. Ele estava falando sem parar sobre como seria louco pegar um barco para a escola todo dia, quando as aulas começassem, dali a uma semana. *Um barco! Para a escola! Todo dia!* Ele nunca nem tinha subido em um barco em toda a sua vida, e agora pegaria *Um barco! Para a escola! Todo dia!*

Jack acenou para ela. Hugo estava ocupado demais mexendo em um rolo do que parecia ser um papel de embrulho branco. Ela o viu bater no braço de Jack. O que é que eles estavam fazendo? Então, ele e Hugo começaram a se afastar um do outro, abrindo uma faixa de pelo menos três metros de largura e um de altura que dizia: BEM-VINDOS, LUCY E CHRISTOPHER.

Era óbvio que Hugo tinha pintado a faixa. O nome deles estava escrito dentro de barrigas de tubarões. O dela estava em um elegante tubarão-branco, e o de Christopher, em um tubarão-martelo. Quando Christopher viu a faixa, ficou de queixo caído. Não dava mais para impedi-lo agora. Ele desceu correndo os últimos degraus na direção da faixa.

Primeiro, vieram os abraços em Hugo. Em seguida, Lucy pôde fazer algo com que vinha sonhando fazia semanas.

— Christopher — disse ela, segurando-o pelos ombros e o guiando à frente. — Esse é Jack Masterson. Jack, esse é o Christopher.

Ela sorriu e, com o maior orgulho que já havia sentido na vida, acrescentou:

— Meu filho.

Christopher ergueu os olhos arregalados para Jack, em silêncio de tão deslumbrado.

— Diga oi — pediu Lucy.

— Você é mesmo o Mentor? — perguntou Christopher.

— O que tem uma perna mais comprida que a outra e anda dia e noite sem parar?

Um sorriso tomou devagar o rosto de Christopher.

— Um relógio!

— Parabéns, meu rapaz. Você vai se dar muito bem na Ilha Relógio. Vamos indo? Mikey está esperando no carro.

Assim que eles chegaram ao carro, Christopher pediu para ficar no banco do meio com Jack, e Lucy e Hugo se sentaram sozinhos no banco de trás. Quando Jack entrou no carro, ele deu uma piscadinha para os dois.

Durante a viagem até a doca, ela e Hugo conversaram aos sussurros no fundo enquanto Christopher e Jack competiam para ver quem falava mais pelos cotovelos.

— Nunca o vi tão feliz — disse Hugo. — Em todos esses anos... nem antes de Autumn morrer.

— Christopher está nas nuvens e nunca vai descer.
— E você? — perguntou Hugo. — Feliz?
Ela apoiou a cabeça no ombro dele.
— Ele é meu. Isso já é tudo.

OS TRÊS MESES ANTERIORES tinham sido uma loucura, os melhores três meses da vida de Lucy. Assim que voltou para Redwood, ela se deparou com uma recepção digna de uma heroína, feita pelas crianças da escola. Enquanto ela estava fora, Jack tinha mandado trezentas coleções completas de livros da Ilha Relógio — uma para cada aluno da Escola Redwood. Lucy passou o fim de semana dando entrevistas para programas de TV nacionais e locais. Depois, na manhã de segunda, como as aulas tinham acabado, ela encontrou uma advogada da região especialista em direito de família que trabalhava junto com a sra. Hyde. Levou duas semanas — para alugar uma casinha num bairro seguro, enchê-la de móveis, alugar um carro —, mas por fim Christopher virou seu. Ela finalmente foi aprovada como lar temporário dele.

Todos os dias daquele verão, eles tinham dado passeios de bicicleta ou ido à biblioteca ou feito caminhadas. Andaram até de patins. Durante todo esse tempo, ela e a sra. Vargas, a advogada de família, trabalharam na solicitação de adoção. Tudo isso financiado por Jack Masterson.

E Hugo pensando que dinheiro não podia comprar felicidade...

Mas a melhor parte, ainda que tenha sido difícil, foi a primeira vez em que Christopher criou caso por algo que Lucy pediu para ele fazer. Ela estava esperando por aquele momento, o momento em que Christopher se comportaria mal com ela. Porque significaria que ele sabia que era mesmo filho dela, que ela era mesmo mãe dele, que ele sabia que Lucy não iria a lugar nenhum, mesmo se ele choramingasse por ter que colocar a louça do café da manhã no lava-louças ou se recusasse a escovar os dentes ou guardar os LEGOs, que estavam literalmente espalhados pela casa toda. Aquilo é que era dividir a casa com um bagunceiro de primeira categoria.

— Ele está me deixando maluca hoje — dissera Lucy a Theresa numa noite particularmente difícil.

— Parabéns — respondera Theresa, rindo. — Agora você é mãe *de verdade*.

Houve momentos mais difíceis, noites em que Christopher acordava suando com pesadelos antigos e chorando pelos pais. E não tinha nada que ela pudesse fazer além de abraçá-lo e conversar com ele ou ler para ele até que o pequeno caísse no sono. Estranhamente, era nessas noites difíceis de partir o coração que ela mais se sentia como mãe.

Quando chegou a hora de Lucy adotar Christopher oficialmente, não apenas a sra. Theresa e sua família apareceram, mas os professores e toda a turma do segundo ano de Christopher. Até a sra. Costa, a assistente social, comprou balões para Lucy que diziam: *É menino*. Lucy ficou feliz em vê-la ali. Ela estava certa, afinal. Para cuidar de uma criança, era necessária toda uma rede de apoio. E Lucy estava ganhando uma rede de apoio nova. Porque, naquela noite, Hugo parou diante deles na sala de estar da casa alugada e anunciou que, como representante oficial do Reino Encantado da Ilha Relógio, ele estava convidando Lucy e Christopher para se tornarem cidadãos oficiais.

— Ele está perguntando se queremos nos mudar para a Ilha Relógio — sussurrou Lucy no ouvido de Christopher. — Você acha que a gente deveria?

Ele disse sim. Ele disse sim dez mil vezes seguidas.

No dia seguinte, sentindo-se mais forte do que nunca, Lucy ligou para Sean e conseguiu ter uma conversa curta mas civilizada com ele. Ela contou para ele sobre o aborto, pediu desculpa por não ter contado antes, depois disse educadamente "Nunca" quando ele perguntou se ela queria conversar sobre isso pessoalmente na próxima vez em que estivesse em Portland. E foi isso. Sean. Seus pais. Seus fracassos. Lucy tinha deixado seu passado e todos os seus fantasmas, reais e imaginários, para trás.

Quase todos.

— CHEGAMOS, LUCY — anunciou Jack no banco da frente.
— Obrigada — disse Lucy. — Juro que não vou demorar. Só uma visita rápida.

Jack estendeu a mão sobre o banco e apertou o braço dela com delicadeza. Ele olhou em seus olhos.

— Leve o tempo que precisar — afirmou.
— Posso ir? — perguntou Christopher.
— Hoje, não. Mas em breve, juro — prometeu Lucy. — Fique com Jack e Hugo.
— Não — disse Hugo. — Eu vou também. Vou esperar no corredor.

Pelo tom de Hugo, Lucy sabia que não adiantaria discutir. Ela abriu um sorriso tranquilizador para Christopher, e ela e Hugo saíram do carro. Eles passaram pelas portas de vidro giratórias do centro de tratamento de câncer.

— Onde? — perguntou Hugo ao chegarem ao elevador.
— Terceiro andar — disse ela em voz baixa, a barriga tensa.

Uma placa no elevador dizia: PROIBIDA A ENTRADA DE VISITANTES MENORES DE DEZOITO ANOS.

Hugo apertou o botão. O elevador subiu.

— Você não precisava vir...
— Sim, precisava — replicou ele. — Ela sabe que você está aqui?
— Eu disse que a veria esta semana, mas ela respondeu que tinha sido internada para alguns exames hoje.
— Você sabe se é muito ruim? — perguntou Hugo. A pergunta em que ela vinha evitando pensar.

— É — admitiu Lucy, com um calafrio. — Ela deve ter uns três meses de vida. Quatro, se tiver sorte. Nossa, perdemos tanto tempo...

Ele não disse nada, apenas pegou a mão dela e a apertou.

O elevador parou e as portas se abriram. Lucy encontrou o quarto 3010.

— Vou esperar aqui — declarou Hugo.

Lucy respirou fundo.

— É muito injusto — sussurrou ela. — Acabei de tê-la de volta. Mas você sabe disso melhor do que ninguém.

— Eu sei.

Hugo beijou sua testa.

Lucy respirou fundo para se acalmar e entrou no quarto.

— Angie? — disse ela, ao abrir a cortina floral que rodeava a cama.

Angie estava sentada numa cadeira, um lenço estampado bonito em volta da cabeça, uma coberta azul sobre o colo, o iPad na mão.

— Lucy — cumprimentou Angie, com um sorriso cansado e feliz. Ela deixou o iPad na mesa de cabeceira. — Quando você chegou?

Ela queria abraçar Angie, mas a irmã estava com um cateter intravenoso ou algo do tipo no braço, então ficou com medo de tocar nela. Mas Angie estendeu o outro braço e Lucy pegou sua mão. A pele da irmã estava fria e sua mão, magra demais, mas ela deu um aperto forte em Lucy.

— Faz vinte minutos.

Angie arregalou os olhos. Ela apontou para a porta.

— Vá. Agora. Saia e volte amanhã. Ainda vou estar aqui.

Lucy ignorou as ordens e, em vez disso, sentou-se numa outra cadeira no quarto.

— Você tem que passar a noite aqui?

— Por conta do meu histórico médico, eles estão sendo supercautelosos — respondeu Angie, dando de ombros. — Fazer o quê. Agora, você precisa ir embora *já* e voltar *depois*.

— Eu só queria avisar que chegamos. Quer que eu te dê uma carona de volta amanhã, dê comida para seus gatos à noite ou coisa assim?

— Os gatos estão com meu vizinho. E já tenho carona. O que quero que você faça é que saia por aquela porta, pegue seu filho e o leve para a Ilha Relógio. E quero que grave vídeos e tire fotos e mande todos para mim. E depois quero ver você amanhã e Christopher mais para o fim da semana, quando eu estiver em casa. Tá? Agora vá antes que eu fique brava de verdade. Você está interrompendo minha leitura.

Ela pegou o iPad de novo.

— Estou indo — disse Lucy, erguendo as mãos em sinal de rendição. — Se você vai ser assim tão rabugenta…

Angie riu, mas a risada não chegou a seus olhos.

— Obrigada por vir, mana.

Lucy pegou a mão da irmã de novo.

— Eu ficava muito brava por não me deixarem visitar você no hospital.

— Olha que sorte: agora você tem idade suficiente. Muito divertido, né?

— Super — respondeu Lucy, tentando sorrir, mas não deu muito certo. — Você está bem?

— Estou em paz — disse ela, com um sorriso cansado. — Então pode ir. Vai. Vejo você em breve. Mande um abraço para meu sobrinho.

— Pode deixar — garantiu Lucy. Ela começou a se dirigir à porta, depois se lembrou de algo. — Ah, Christopher me deu uma coisa ontem à noite para te entregar. É estranho, mas ele quer muito que fique com você.

— Então quero muito que fique comigo.

Lucy abriu a bolsa e tirou uma bola de papel de seda azul amarrada com um cadarço.

— Como você pode ver, ele mesmo embrulhou.

Angie pegou o presente, sorrindo enquanto desamarrava o cadarço e rasgava o papel. Por baixo de todo o embrulho, estava um tubarão-martelo de brinquedo, o mesmo que Lucy tinha dado para ele.

— Ele ama tubarões — explicou Lucy. — Você deveria ficar honrada. Esse tubarão-martelo é o favorito dele.

Angie segurou o tubarão de plástico como se fosse uma antiguidade de valor inestimável. Em seguida, fechou a mão e segurou o brinquedo junto ao peito, perto do coração. E, naquele momento, sem nenhum alarde ou cerimônia ou fogos de artifício ou lágrimas, Lucy perdoou Angie, e elas eram irmãs, irmãs de verdade, pela primeira vez na vida.

— Diga a ele que me sinto honrada — declarou Angie.

Quando Lucy foi para o corredor, Hugo ainda estava esperando por ela. Ele se levantou da cadeira e estendeu os braços. Ela se aproximou, e ele lhe deu um abraço forte.

— Não me diga que vai ficar tudo bem — disse ela.

— Nunca — afirmou ele. — Tenho bom senso.

Ele beijou o cabelo dela.

— Venha — disse ele. — Vamos para casa.

Quando eles voltaram ao carro, Lucy já havia secado as lágrimas. Haveria tempo de sobra para chorar, mas não naquele dia. Aquele dia era todo de Christopher, não dela. Como mãe agora, tinha que deixar os próprios sentimentos de lado.

Vinte minutos depois, eles estavam no terminal da balsa.

— Pronto? — perguntou Jack a Christopher.

Christopher respondeu com uma voz cerca de dez decibéis mais altos do que o necessário:

— Pronto!

O ar estava quente e o sol, forte. Lucy jamais tinha visto o céu tão azul conforme a balsa os guiava na direção da ilha. Christopher e Jack estavam lado a lado na proa. Jack apontava para algo, depois Christopher apontava. Quando Jack erguia a mão para proteger os olhos para ver um pássaro voando, Christopher fazia o mesmo.

Atrás, com Hugo, Lucy não conteve o riso.
— Eles parecem vô e neto.
— Eles são — respondeu Hugo com um sorriso. — Você e Jack decidiram o que você vai fazer como ajudante oficial dele?
— Temos grandes planos — disse ela. — Primeiro, vamos abrir uma instituição de caridade para dar livros, mochilas e materiais escolares para crianças em lares temporários. Kits postados da Ilha Relógio. O que você acha?
— Acho que é uma das melhores ideias que já ouvi.
— Acho que vamos chamar de...
Hugo de repente olhou para a frente do barco e ergueu a mão. Lucy congelou.
— Que foi? — sussurrou.
— Christopher, venha aqui — chamou Hugo. Christopher virou e correu até ele. — Olhe.
Hugo apontou para a água, onde um triângulo cinza cortou uma onda antes de desaparecer de novo sob a água.
— Tubarão? — murmurou Christopher.
— Temos muitos por aqui — contou ele. — Nunca nade com um sanduíche de carne no bolso.
A balsa deu sua volta lenta ao redor da ponta sul da Ilha Relógio. Seis horas, cinco horas, quatro horas.
Lucy pegou o celular e começou a gravar. Angie queria fotos e vídeos e ela os teria.
Finalmente, lá estava, brilhando sob o sol. A casa da Ilha Relógio.
— Lar, doce lar — disse Jack a Christopher.
— Como assim? Aquela é nossa casa? — indagou Christopher. Ele olhou para Hugo e para Lucy, impressionado.
— É, sim — respondeu ela. — Gostou?
A balsa chegou à doca. O capitão desligou o motor.
— Tique-taque-tógio — disse Jack. — Bem-vindos à Relógio.
O sorriso de Christopher era maior do que o céu.

Hugo saiu do barco primeiro e ajudou Lucy, que ajudou Christopher. Todos os três ajudaram Jack.

CHRISTOPHER FICOU MARAVILHADO ao ver os tubarões pintados nas paredes e o mar, obviamente, pela janela. Depois, enquanto Jack ensinava Christopher a datilografar em uma máquina de escrever manual e dar nozes para Thurl Ravenscroft, Hugo fez sinal para Lucy ir com ele até o corredor.

— Que foi? — sussurrou ela.

Ele olhou para a esquerda. Olhou para direita. Estava com a mão atrás das costas, o que Lucy achou muito suspeito.

— Não conte a ninguém que dei isso para você. A editora de Jack me arrastaria pelas ruas me puxando pela orelha — comentou Hugo, tirando a mão de trás das costas.

Um livro. Não um livro qualquer.

— *Um desejo para a Ilha Relógio* — disse ele. — Espero que goste da capa.

Lucy sentiu lágrimas brotarem em seus olhos ao contemplar a arte de Hugo. Um menino que se parecia muito com Christopher estava sentado numa cama de solteiro, enquanto uma mulher que se parecia muito com ela lia uma história para ele. Pela janela, o Rosto na Lua espiava por trás da mulher, como se tentasse escutar a história.

Lucy não sabia o que dizer além de:

— Hugo...

— Eu li — disse ele. — É sobre Astrid, a menina do primeiro livro, que volta à Ilha Relógio quando é mais velha.

— Sou eu a Astrid da capa?

— É claro que é. Ela e o filho ficam sabendo que o Mentor estava desaparecido, e trabalham juntos para encontrá-lo.

— Eles o encontram?

Ele sorriu.

— Acho que você vai ter que ler para descobrir. E você deveria ler. É do caramba.

— Outro eufemismo para palavrão?

— Bom ver que você está aprendendo.

Ela não conseguia tirar os olhos da capa. Lá estava Christopher — grandes olhos amendoados, cabelo escuro desgrenhado. E lá estava ela — seu cabelo castanho, seu perfil, até um de seus cachecóis de tricô em volta do pescoço.

— Eu queria ser ela quando era criança, sabia?

— Agora você é. Se não me processar por usar seu rosto sem permissão.

Ela colocou os braços em volta dele e lhe deu um beijo tão intenso que quase derrubou o livro.

Christopher apareceu no corredor, chamando o nome dela. Lucy se separou de Hugo e escondeu o livro na bolsa.

— Mãe! Mãe! Mãe! Dei comida para um corvo de verdade!

Ela nunca se cansaria de ouvi-lo chamá-la de mãe. Mesmo se ele dissesse centenas de vezes seguidas.

— Eu vi! Parabéns. Para onde agora? — Lucy perguntou a Jack. — O poço dos desejos? O farol? O Mercado de Tempestades?

— Ah, tenho uma ideia muito melhor — disse Jack, pegando Christopher pela mão e o guiando até o quintal dos fundos.

Hugo pegou a mão de Lucy, e eles foram atrás.

— Fique aí — disse Jack a Christopher.

Todos pararam atrás da casa, enquanto Jack ia em direção à Cidade do Ponteiro de Segundos.

— O que ele vai fazer? — sussurrou Lucy para Hugo.

— Ele andou muito ocupado enquanto esperava vocês dois chegarem.

Bem nesse momento, eles ouviram um som, o giro de rodas de ferro e o assobio de um apito. E então o Expresso da Ilha Relógio entrou no campo de visão deles, fazendo barulho e cintilando em tons de preto e amarelo, com Jack no banco do maquinista.

— Lucy! — chamou Jack. — Finalmente terminei de instalar os trilhos! Quer uma carona para a estação Samhain, Christopher? Ouvi dizer que lá é Halloween todo dia!

Christopher ficou em silêncio. Os olhos dele estavam arregalados. Lucy sabia o que viria na sequência, e pegou o celular para gravar para Angie.

Ele inspirou fundo, encheu os pulmões, ergueu as mãos e gritou com a mais pura alegria.

E por que não?, pensou Lucy. Ela também gritou. Hugo também. Jack também.

Quando a gente tem que gritar, tem que gritar.

AS AVENTURAS DA ILHA RELÓGIO.
COMPLETE SUA COLEÇÃO!

A casa da Ilha Relógio
Uma sombra cai sobre a Ilha Relógio
Uma mensagem da Ilha Relógio
A assombração da Ilha Relógio
O príncipe da Ilha Relógio
O feiticeiro do inverno
A busca pela Ilha Relógio
Noite de goblins na Ilha Relógio
Crânios e Craniomancia (Uma superaventura da Ilha Relógio)
O corvo mecânico
A máquina-fantasma
Uma noite escura na Ilha Relógio
Os piratas de Marte contra a Ilha Relógio
O fantasma da ópera da Ilha Relógio
Os cavaleiros sem cabeça
A balada do Pé-Grande
A Ilha Relógio está sob ataque!
O rei perdido da Ilha Relógio
Uma bruxa a tempo
O feitiço de outubro
Lobisomens da Ilha Relógio
O navio dos pesadelos
O conde da Ilha Relógio
A ampulheta encantada
A escada secreta
Se vir um monstro, diga monstro
O apanhador de nuvens
O circo misterioso
O cavaleiro estrelado
A princesa da Ilha Relógio

A porta-esqueleto
Mistério no Expresso da Ilha Relógio
A Floresta das Horas Perdidas
Relógio do vovô, tempo da vovó
Ilhado! Na Ilha Relógio
Máscaras e mascaradas
A chave da torre do relógio
O parque de diversões do luar
O guardião da Ilha Relógio
Os náufragos da Ilha Relógio
Ilha Relógio no espaço!
O unicórnio de vitral
A queda da casa da Ilha Relógio
O mapa do labirinto
O cachorro da Ilha Relógio
O Bazar Bizarro
Contos esquecidos da Ilha Relógio
Asas do espantalho
Um perigo natalino
O ladrão de trovões
O viajante do tempo perdido
O segredo da Ilha Relógio
O paradoxo do enigma
Fuga para a Ilha Relógio
A Biblioteca de Quase Tudo
O relógio amaldiçoado
O dispositivo do dinossauro
Uma caixa de charadas
Um espião na Ilha Relógio
A lanterna de fogo-fátuo
O bandido de histórias
A travessura do gato preto
O caldeirão do tempo

O monstro do lago da Ilha Relógio
Era uma vez um relógio
Um desejo para a Ilha Relógio

Outros livros de Jack Masterson:

NÃO FICÇÃO
Coescrever com corvos e outras histórias verídicas da Ilha Relógio

POESIA
Eu, ciclope
Um cancioneiro para aranhas

AGRADECIMENTOS

Escrever um livro é, teoricamente, uma atividade solitária, mas mil mãos invisíveis também estão no teclado sempre que um escritor escreve. Primeiro, tenho que agradecer ao Willy Wonka de Gene Wilder por dominar meu cérebro no terceiro ano. Imagine ter a chance de jogar um jogo capaz de mudar sua vida! Quem dera ser o Charlie... Além disso, minha mais profunda gratidão às centenas de pais temporários e crianças que já estiveram no sistema de acolhimento familiar que compartilharam suas experiências em redes sociais, livros e reportagens. Nenhuma história de acolhimento familiar ou adoção é igual à outra. Algumas são histórias felizes. Outras, de terror. Mas sei que podemos concordar que toda criança no sistema de acolhimento familiar merece um final feliz como o de Christopher. Desejo essa alegria e esse amor a todas as crianças e seus responsáveis. Peço desculpas por quaisquer erros ou omissões na representação dos aspectos legais e das realidades do acolhimento familiar. Preferi focar nos sonhos, esperanças e desejos de uma criança nessa situação do que nos meandros de um sistema complicadíssimo.

Obrigada a meus pais maravilhosos e minha irmã fabulosa por todo seu amor e apoio. Obrigada a meu marido genial por identificar os problemas que ninguém mais notou no livro. Obrigada a meus primeiros leitores, que me deram uma ajuda inestimável. A Kira Gold, autora e costureira talentosa que, como Hugo, tem um irmão adoradíssimo com síndrome de Down. Além disso, muito obrigada a Kevin Lee, meu artista britânico favorito, e a Karen Stivali, escritora, mãe e ex-terapeuta (e uma amiga muito amada).

Earl P. Dean, o primeiro escritor a ler algumas páginas desta história, me disse que, se eu terminasse este livro, ele ficaria feliz em ler. Obrigada, Earl, e espero que goste!

Obrigada a Amy Tannenbaum, minha agente literária brilhante, fabulosa e de altíssimo nível, e toda a equipe maravilhosa da Jane Rotrosen Agency. A todos os aspirantes a escritores: existe vida após a pilha de lama! Obrigada a Shauna Summers, minha editora extraordinária. Suas ideias e seu entusiasmo foram inestimáveis.

E um agradecimento muito especial ao episódio 470 de *This American Life*, "Just South of the Unicorns". É a história de Andy, o menino que, em 1987, fugiu de casa, em Nova York, para a Flórida, onde apareceu à porta de Piers Anthony, autor de best-sellers de fantasia e herói de Andy. Sério, Andy, este livro é para você e todas as crianças que, em tempos sombrios, encontram uma luz nas páginas dos livros.

Muito obrigada.

P.S.: Crianças, por favor, não fujam de casa.